A.N.G.E.

DU MÊME AUTEUR
CHEZ LE MÊME ÉDITEUR

Déjà parus

Les Chevaliers d'Émeraude
Tome 1 : *Le Feu dans le ciel*
Tome 2 : *Les Dragons de l'Empereur Noir*
Tome 3 : *Piège au Royaume des Ombres*
Tome 4 : *La Princesse rebelle*
Tome 5 : *L'Île des Lézards*
Tome 6 : *Le Journal d'Onyx*
Tome 7 : *L'Enlèvement*
Tome 8 : *Les Dieux déchus*
Tome 9 : *L'Héritage de Danalieth*
Tome 10 : *Représailles*
Tome 11 : *La Justice céleste*
Tome 12 : *Irianeth*

Les Héritiers d'Enkidiev
Tome 1 : *Renaissance*
Tome 2 : *Nouveau monde*

Les Ailes d'Alexanne
Tome 1 : *4 h 44*
Tome 2 : *Mikal*
Tome 3 : *Le Faucheur*
Tome 4 : *Sara-Anne*
Tome 5 : *Spirales*

ANNE ROBILLARD

A.N.G.E.

4. Sicarius

Michel Lafon
POCHE

© Anne Robillard et Les éditions Michel Brûlé, 2008
© Éditions Michel Lafon, 2011,
pour tous les pays francophones à l'exception du Canada,
© Michel Lafon Poche, 2016, pour la présente édition
118, avenue Achille-Peretti
CS70024 – 92521 Neuilly-sur-Seine Cedex

www.lire-en-serie.com

...001

À Toronto, comme dans toutes les villes du monde, il disparaissait souvent des enfants et des adolescents dont on ne retrouvait jamais la trace malgré des mois de recherche. Avant d'apprendre l'existence des reptiliens, Aodhan Loup Blanc ne se serait jamais douté que ces monstres s'en nourrissaient. C'était à lui que le directeur de la base torontoise de l'ANGE avait confié ce sordide dossier. Puisqu'il était d'une fiabilité à toute épreuve, l'Amérindien s'était acquitté de cette tâche qui ne lui plaisait pas, mais il s'était aussi promis de mettre en branle une campagne de publicité visant à prévenir les parents du danger auquel faisaient face leurs petits lorsqu'ils les laissaient sans surveillance.

Aodhan avait longuement travaillé avec Michel Ouellette, agent de la paix de la Gendarmerie royale du Canada, corps policier ayant à cœur d'éviter aux jeunes d'être touchés par le crime. Tout le monde aurait préféré une fin plus heureuse aux enlèvements des derniers mois en Ontario, surtout les familles des petites victimes, mais au moins les parents savaient ce qu'il leur était arrivé.

De retour à la base, l'Amérindien avait demandé à voir Cédric Orléans, même s'il savait que ce dernier consultait sans arrêt tous les dossiers de son prédécesseur pour mieux diriger ses effectifs. Malgré cette montagne de travail, le directeur accepta de le recevoir.

Habillé de façon impeccable, comme toujours, Aodhan entra dans le bureau de son chef. Il était difficile de deviner qu'il était un agent de l'ANGE. Il ressemblait davantage à un jeune entrepreneur en quête d'investisseurs.

– Voici mon premier rapport, annonça-t-il en le remettant à Cédric.

– Un enfant disparu est le pire cauchemar pour des parents, soupira le directeur en baissant les yeux sur le document. Tu veux m'en parler un peu avant que je le lise ?

– Seulement si vous avez du temps. Je sais que vous êtes débordé.

– J'imagine que je fais partie de la vieille garde, car je préfère discuter avec des êtres vivants plutôt qu'avec des ordinateurs. Je t'en prie, assieds-toi. Tu permets que je te tutoie, maintenant que je suis officiellement en poste ?

– Évidemment, monsieur. C'est d'ailleurs votre privilège.

– Si tous les agents du Nouveau-Brunswick sont comme toi, alors je vais les recruter là-bas à partir d'aujourd'hui.

L'Amérindien prit place devant lui.

– Je me doute que ce travail n'a pas été facile, devina Cédric.

– J'avoue qu'il a fait naître dans mon cœur une grande colère contre ces créatures qui s'emparent d'enfants sans défense. Elles sont trop lâches pour s'en prendre à des adultes qui peuvent se défendre.

– Il disparaît aussi des adultes partout à travers le monde, alors ne sautons pas aux conclusions trop rapidement.

– Vous avez raison.

– As-tu identifié toutes les victimes ?

– Oui, avec l'aide d'un agent de la paix de la GRC que vous devriez ajouter à votre liste de personnes-ressources. Il s'appelle Michel Ouellette, et je dirais qu'il est aussi dynamique et consciencieux que moi. Il a rassemblé tous les dossiers d'enfants disparus en un temps record et nous avons réussi, grâce à l'ADN, les vêtements, les dossiers médicaux et les radiographies dentaires des victimes à les rendre à leurs familles. Monsieur Ouellette s'est même occupé des médias qui voulaient absolument tout savoir sur le monstre qui avait séquestré ces petits.

– Tu lui as parlé des reptiliens ? s'inquiéta Cédric.

– Pas encore, mais si les rapts d'enfants se poursuivent à cette vitesse et que ces derniers sont régulièrement retrouvés dans des caves souterraines comme celle du docteur Grimm, il finira bien par comprendre ce qui se passe. C'est un homme très intelligent. Il a déjà commencé à fouiller le passé du « Chirurgien de l'enfer ».

– Rien ne prouve qu'il en viendra aux mêmes conclusions que nous.

– À moins que leurs services secrets n'aient déjà eu vent de la présence d'êtres extraterrestres sur notre planète.

– Je suis content que ces familles ne souffrent plus, souffla Cédric en ne retenant pas cette hypothèse.

Aodhan sentit tout de suite que ce commentaire devait avoir un quelconque rapport avec l'expérience personnelle de son nouveau directeur. Cependant, il ne connaissait pas encore assez Cédric pour l'encourager à se confier.

– Avez-vous découvert autre chose chez Grimm ? fit le chef en reprenant une contenance.

– Nos experts estiment que l'abri souterrain a été construit il y a une vingtaine d'années. Le métal des cages commençait à montrer des signes d'usure, ce qui nous porte à croire qu'elles y ont été installées dès le début. Il est impossible de démêler les différents ADN de sang séché retrouvé sur l'autel et sur le sol.

– Combien de victimes ont été sacrifiées ?

– Il y avait une vingtaine de corps dans les cages, mais ils n'ont pas tous été saignés.

– Les Dracos mangent pourtant leurs proies en entier, laissa échapper Cédric.

Il remarqua aussitôt le regard inquisiteur de l'Amérindien.

– Je ne me souviens plus où je l'ai lu, se justifia le directeur.

Aodhan connaissait la réputation de Cédric Orléans. Ce n'était pas le genre d'homme à oublier une référence.

– J'aimerais, avec votre permission, intégrer dans l'ordinateur de l'ANGE tout ce que nous avons découvert sur la cachette de Grimm, sollicita l'agent. J'ignore si les reptiliens ont un esprit routinier et s'ils tiennent *mordicus* à leurs rituels, mais si tel est le cas, je pense que ces données pourraient nous aider à retrouver d'autres salles de sacrifices, ailleurs au pays.

– En utilisant ensuite le satellite pour balayer chaque province, comprit Cédric.

– Et éventuellement chaque pays. Je crois que cette méthode pourrait constituer une arme efficace pour mener une offensive contre ces assassins.

– C'est une excellente idée, Aodhan.

Un sourire admiratif s'étira sur les lèvres du directeur.

– Si tu continues ainsi, tu finiras par devenir un des leaders de cette organisation.

– Je n'en demande pas tant, je vous assure.

– Tu es bien certain que je peux approcher monsieur Ouellette si j'ai besoin d'aide policière ?

– Oui, et mon intuition ne me trompe jamais. Un reptilien n'oserait jamais occuper une position aussi importante dans un organisme de sécurité publique.

« S'il savait que les Dracos et les Neterou ne visent que la tête de toutes les sociétés où ils mettent les pieds », songea Cédric.

– Océane revient-elle bientôt ? s'enquit Aodhan.

– Je lui ai accordé quelques jours de congé pour qu'elle se remette de ses émotions. Je suis certain qu'elle nous reviendra en pleine forme.

– Vous a-t-elle finalement raconté ce qui s'est passé à Montréal ?

– Elle m'a dit ce dont elle se souvenait, c'est-à-dire bien peu de choses. Je lui ai demandé de déposer un rapport complet à son retour.

Cédric détestait mentir, surtout lorsqu'il avait devant lui un agent de la trempe d'Aodhan Loup Blanc, mais son instinct de survie l'emporta sur son honnêteté.

– Je le lirai avec intérêt, assura l'Amérindien. Avec votre permission, je vais élaborer un nouveau programme de recherche pour le satellite.

– Tiens-m'en informé.

– Vous pouvez compter sur moi.

Cédric n'entendit pas sortir Aodhan. Il était de nouveau perdu dans ses pensées. La mystérieuse disparition de Michael Korsakoff continuait de le hanter. Il avait vu des Dracos dévorer un homme en quelques minutes, jadis. Toutefois, jamais il n'avait assisté à une exécution aussi rapide que celle du directeur nord-américain. Un rayon de lumière ardente avait réussi à traverser un demi-kilomètre de sédiments, ainsi que les épais murs de béton de la base de Toronto. Puis, en une fraction de seconde, ce faisceau avait désintégré Korsakoff. Ce qui était encore plus étonnant, c'est que Yannick Jeffrey maîtrisait cette terrible énergie.

Il avait bien sûr appris que l'ex-agent de Montréal était l'un des deux Témoins de la fin du monde, mais Cédric ne croyait pas en Dieu. Durant ses cinquante-sept années de vie, il n'avait jamais rien observé qui aurait pu prouver l'existence d'une puissance invisible guidant la vie des hommes ou des reptiliens. Ce Dieu dont parlaient les livres anciens ne l'avait d'ailleurs pas protégé contre la brutalité de son père...

– Monsieur Orléans, madame Zachariah aimerait vous parler.

Cédric sursauta.

– Oui, bien sûr, balbutia-t-il.

Le visage inquiet de la dirigeante de la section internationale remplaça le logo de l'ANGE sur l'écran géant du mur.

– Bonjour, Cédric.

– Madame..., commença-t-il.

– Si tu ne commences pas à utiliser mon prénom, le coupa-t-elle, je te renvoie sur le terrain comme un simple agent.

Sa menace arracha un sourire au nouveau directeur de Toronto.

– Bonjour, Mithri, se reprit-il.

– Je viens de lire pour la troisième fois ton rapport sur la mort de Michael Korsakoff et j'ai encore du mal à le comprendre.

– Il s'agit d'une description fidèle de ce qui s'est passé, sans aucune appréciation personnelle.

– C'est justement ce qui me tracasse. On dirait que tu refuses de croire à la possibilité d'une intervention divine.

– Si je me souviens bien, les agents de l'ANGE ont pour mission d'expliquer scientifiquement tous les phénomènes étranges sur lesquels ils enquêtent.

– Tu m'as dit que Yannick Jeffrey était un envoyé de Dieu. Ne crois-tu pas que son maître céleste ait pu lui accorder des pouvoirs incroyables ?

– Je n'en sais franchement rien, soupira Cédric.

– Tu as raison de dire que nous sommes une agence avant tout scientifique, mais il y a des puissances intangibles dont nous devons aussi tenir compte.

– Je fais de mon mieux pour garder l'esprit ouvert.

– Comme tu peux l'imaginer, j'ai demandé une seconde analyse des cendres que tu m'as envoyées. Le revolver est bel et bien celui de Michael, et le laboratoire ne comprend pas que ses balles, pourtant tirées au moyen de son arme, n'aient touché aucune cible. Il est vraiment dommage que les caméras de ta base n'aient rien enregistré.

Cédric garda le silence. Dans son rapport à ses supérieurs, il avait évidemment omis de mentionner le lien de Korsakoff avec la race reptilienne. Combien de temps pourrait-il garder secrète cette terrible vérité ?

– Pour incinérer un corps humain, il faut une très, très grande source de chaleur, poursuivit Mithri. Pourtant, ton rapport indique que rien n'a brûlé dans la pièce.

– Si c'est une explication que vous cherchez, je n'en ai aucune. Je suis désolé.

– Dans ce cas, dès que j'aurai reçu d'autres résultats d'analyses, je te ferai signe. Fais attention à toi, Cédric.

La grande dame amorça un geste en direction du clavier de son ordinateur.

– Mithri, attendez.

Elle le fixa droit dans les yeux.

– Je suis vraiment désolé pour Michael. J'ai tout tenté pour empêcher ce drame.

– Je sais, Cédric, mais il nous faut quand même enquêter sur cette mort plus qu'étrange. À bientôt, mon jeune ami.

Le logo de l'ANGE apparut à l'écran. « Croit-elle que j'ai assassiné Korsakoff ? » se demanda-t-il tout à coup, inquiet. La combustion spontanée faisait partie des phénomènes

inexpliqués sur lesquels l'Agence enquêtait depuis longtemps. Mais le feu qui avait tué le directeur nord-américain n'avait pas pris naissance à l'intérieur de son corps, il était sorti du plafond...
— Je dois parler à Yannick, décida-t-il.

...002

Dès que les six Spartiates qui logeaient dans la cour d'Andromède Chevalier eurent vent que le petit ami de sa fille savait manier l'épée, ils le harcelèrent jusqu'à ce qu'il accepte de croiser le fer avec eux. Océane laissa Thierry Morin choisir son arme avec une certaine crainte, parce qu'il n'était pas encore complètement remis de ses blessures, et que les Grecs utilisaient de vraies épées en métal. Le temps s'était beaucoup radouci en cette fin de printemps. Heureusement, puisque les garçons ne portaient pas grand-chose en termes de vêtements.

Juste avant le déjeuner, Thierry releva le défi que lui avait lancé Damalis. Il ôta le haut de son ensemble en molleton gris et le déposa sur la chaise en fer forgé sur laquelle il aurait dû sagement s'asseoir pour manger. Chaussé d'espadrilles toutes neuves, il entra dans l'arène de sable. Océane se raidit. « J'aurais été une véritable mère poule si j'avais eu des enfants », déplora-t-elle. Assise sur son trône de déesse, elle ramena ses jambes contre sa poitrine et les serra pour ne pas trop montrer sa nervosité.

Thierry ne se préoccupait plus d'elle. Guerrier dans l'âme, il ne pouvait pas résister à l'attrait d'un duel. Il examina le glaive que lui tendit Eraste. Ce n'était pas le genre d'armes qu'il avait appris à manier, mais Silvère s'était fait un devoir de le former à l'utilisation de tout ce qu'il avait sous la main pour se défendre. Le Naga jaugea la longueur de la lame pour ne pas s'en servir comme d'un katana.

Damalis fut le premier à lui faire face, puisque c'était lui qui l'avait provoqué. Le sourire qu'affichait le visage du Spartiate fit comprendre au Naga que celui-ci n'avait pas l'intention de le tuer, mais voulait seulement le voir à l'œuvre.

– Qui t'a formé ? demanda Damalis. Un grand maître ?

Ses cinq compatriotes se postèrent tout autour de l'arène. Ils étaient excités à l'idée de voir le nouveau venu se mesurer à leur chef.

– C'est mon mentor et il n'a jamais été vaincu, répondit fièrement Thierry.

Océane leva les yeux au ciel. « Les garçons et leur orgueil mal placé », grogna-t-elle intérieurement.

Damalis chargea en poussant un cri de guerre qui dut faire tomber la vaisselle et les arrosoirs des mains des voisines en train de vaquer à leurs occupations matinales. Le premier choc des lames fit sursauter Océane. Elle étudia les attaques et les parades des deux adversaires, aussi puissants l'un que l'autre. « Il est bien plus beau en humain que dans son accoutrement de grenouille ninja », songea-t-elle en observant les muscles du Naga.

Tandis que Thierry ripostait, le bout du glaive de Damalis effleura son biceps, l'entaillant légèrement. Océane tressaillit, mais son amant ne profita pas de cette blessure pour arrêter le combat. Au contraire, il redoubla ses attaques.

– Comme cadeau de noces, je vous achèterai une trousse de premiers soins, indiqua Andromède en s'asseyant près de sa fille.

– Très drôle.

– Lorsque ton policier s'est présenté ici, l'an passé, pour voir si tu te cachais chez moi, j'ai tout de suite su que c'était un bon parti.

– Malheureusement, je ne peux pas me marier.
– Et pourquoi donc ?
– Cela fait partie de mes conditions de travail. J'ai le droit d'aimer et de vivre avec un homme si ça me chante, mais je ne dois jamais signer de papier qui le relie directement à moi comme un contrat de mariage, par exemple. C'est tellement frustrant.
– Et puisque tu viens juste de rencontrer Thierry, cela veut-il dire que tu as aimé d'autres hommes avant lui, petite cachottière ?
– Un seul, avoua Océane. C'était un agent, lui aussi, alors on nous a avertis que nous perdrions notre emploi si nous ne mettions pas fin tout de suite à notre idylle.
– Tu l'aimes encore ?
– Il y a eu un grand vide dans mon cœur jusqu'à ce que je rencontre Thierry.
– Mais tu l'aimes encore ?
– C'est certain que je ne pourrai jamais oublier ce que nous avons vécu ensemble.
– Et lui ?
– Il souffre terriblement, mais il a choisi un chemin sur lequel je ne pourrai jamais le suivre. Il prêche à Jérusalem.
– Un prêtre ? Tiens, tiens. Il n'y en a jamais eu chez les Chevalier.
– C'est encore plus compliqué que ça.
– Dans cette famille, rien n'a jamais été simple ou facile, ma chérie.

Thierry terrassa son adversaire, immobilisant la pointe de son glaive à un millimètre de la gorge du Spartiate. Océane voulut crier pour l'arrêter, mais aucun son ne sortit de sa bouche.

– Bien joué, Théo, le félicita Damalis avec un large sourire.

La mention de son nom en grec décontenança le Naga. Il recula en titubant, faisant tout de suite croire aux Spartiates qu'il avait peut-être subi des blessures internes. Kyros lui saisit aussitôt le bras pour l'aider à conserver son équilibre.

– Je n'ai rien, le rassura Thierry.

– Si tu es blessé, nous t'affronterons un autre jour, indiqua Aeneas.

– C'est seulement un malaise passager. Ne vous en inquiétez pas.

– Moi, je pense qu'il a seulement faim, trancha Eryx. Une fois qu'il aura mangé, il aura la force de poursuivre les combats.

Kyros fit asseoir Thierry à la table, autour de laquelle le groupe se rassembla pour le petit déjeuner. Une fois repu, le Naga s'excusa et entra dans la maison pour nettoyer sa plaie. Océane se fit violence pour ne pas le suivre et l'enrober de bandages. Il était important pour lui de ne pas perdre la face devant la demi-douzaine de mâles grecs qui l'entouraient. Lorsqu'elle vit cependant Damalis se lever à son tour pour le rejoindre, elle faillit bien changer d'idée.

– Ce sont les anciens Grecs qui avaient des amants, chuchota Andromède à son oreille pour l'apaiser.

Océane soupira avec découragement et resta à table. Elle continua à manger en écoutant les bavardages des autres membres du groupe, même si les histoires de chasse dont il était question ne lui ouvraient pas l'appétit.

Damalis trouva son nouveau frère d'armes devant l'évier de la cuisine, en train de nettoyer l'égratignure sur son biceps avec du savon.

– Pourquoi m'as-tu appelé ainsi ? le questionna Thierry sans le regarder.

– Je me doutais de ta véritable identité, mais maintenant que je t'ai vu te battre, j'en suis certain. Ta réputation te précède, Théo.

Le Naga planta durement son regard dans le sien.

– Il y a eu des *varans* dans ma lignée, poursuivit Damalis pour le rassurer, mais je n'ai malheureusement pas hérité du gène, tout comme mes frères, d'ailleurs.

Thierry observa longuement le visage du Spartiate en se rappelant les paroles de Silvère. Tous les Nagas étaient blonds. Pourtant, Damalis et les cinq hommes qui campaient dans la cour d'Andromède avaient des cheveux noirs comme la nuit.

– Ne te fie pas à tes yeux, l'avertit le Spartiate avec un clin d'œil. Nous avons changé la couleur de notre chevelure pour passer inaperçus.

– Tu te bats comme un lion sans avoir reçu l'entraînement d'un maître ?

– Les humains possèdent d'excellentes écoles d'arts martiaux. Il suffit de bien choisir.

– Chassez-vous les Dracos ?

– Il nous manque malheureusement le sixième sens.

« Ils n'ont pas de glandes au milieu du front ? » s'étonna silencieusement Thierry.

– Avez-vous reçu le don de la métamorphose ? poursuivit-il.

– Oui, mais nous n'y avons jamais recours. À quoi cela nous servirait-il ? D'ailleurs, en raison de notre couleur, nous deviendrions des cibles bien trop tentantes pour les rois serpents.

Si Thierry avait eu le moindre doute au sujet de l'appartenance de Damalis, ce dernier venait de s'envoler. Seul un véritable reptilien pouvait connaître ces détails. Cependant…

– J'ai la faculté de traquer toutes les races, alors comment se fait-il que je ne sente pas la tienne ? se méfia Thierry.

Damalis se transforma alors sous ses yeux. Le *varan* remarqua tout de suite la cicatrice sur son front.

– Nous nous sommes mutuellement arraché l'œil du dragon pour vivre une vie normale, expliqua-t-il en voyant l'étonnement se peindre sur les traits de Thierry.

– Je croyais que seuls les membres de la royauté Dracos et les traqueurs le possédaient.

– C'est ce qu'ils essaient de nous faire croire depuis toujours, mais ils mentent.

Le Spartiate reprit son apparence humaine.

– Pourquoi prétendre que vous êtes des Grecs d'une autre époque ? s'enquit Thierry.

– En réalité, nous sommes des mercenaires qui offrons nos services à des militaires, mais lorsque j'ai vu l'annonce de cette charmante dame sur Internet, j'ai tout de suite su que nous pourrions venir nous reposer ici tout en lui faisant plaisir.

– Cela n'a rien à voir avec moi ?

– Non, mon frère, mais nous sommes honorés d'être en présence du plus grand de tous les Nagas.

Damalis remarqua l'expression de tristesse sur le visage du *varan*. Thierry allait se confier à lui lorsque Andromède entra dans la maison en rapportant des assiettes vides.

– Vos amis sont en train de boire tout le vin, les avertit-elle.

Le regard que le Spartiate lui lança fit comprendre à Thierry qu'ils pourraient poursuivre cette conversation plus tard. Ils retournèrent dans le jardin et se mêlèrent volontiers aux joyeux lurons qui chantaient des chansons grivoises. Au grand étonnement de l'ancien policier, Océane semblait toutes les connaître. Il versa discrètement un peu de poudre d'or dans son verre et avala le vin en fermant les yeux.

Au cours de l'après-midi, Thierry se mesura avec plaisir à Thaddeus, moins coriace que Damalis, mais plus rapide. Son stratagème préféré était d'étourdir sa proie en tournant sans cesse autour d'elle. Pris de vertige, le Naga demanda grâce au bout d'une heure. Les deux hommes s'étreignirent en riant et recommencèrent à boire du vin.

« Il va falloir que je l'arrache à cette vie de débauche », décida Océane. Elle retourna à sa chambre, ôta sa robe blanche de déesse et s'habilla plus chaudement, car elle avait l'intention d'aller marcher dans la nature. Lorsqu'elle se retourna, Thierry bloquait toute la porte.

– Tu es fâchée contre moi ? s'attrista-t-il.

– Non, mais je pourrais le devenir si tu ne m'accompagnes pas à la montagne.

Thierry lui tendit la main avec un sourire irrésistible et l'entraîna vers la sortie. Il attendit d'être suffisamment loin de toute civilisation avant de lui raconter ce qu'il venait d'apprendre.

– Des Nagas ! s'exclama Océane. Tous les six ?

Il hocha doucement la tête pour confirmer cette information.

– Ma mère m'a dit que c'étaient des extraterrestres ! Mais qu'est-ce qu'ils font sur le mont Saint-Hilaire ? Ce n'est pas toi qu'ils cherchent, au moins ?

Il l'attira dans ses bras et l'étreignit avec force pour la calmer.

– Non, la rassura-t-il. C'est un hasard. Ils ont deviné mon identité par ma façon de combattre. Ils ne peuvent même pas traquer. Arrête de voir des ennemis partout.

– Mais tu en as des milliers, et ils sont à la tête de gouvernements ou de puissantes entreprises à travers toute la planète !

– Ils sauront bien assez vite que leur reine m'a mis hors d'état de nuire. Les nouvelles circulent très rapidement chez les Dracos.

– Qu'est-ce que tu vas faire, maintenant que tu ne peux plus chasser ? Est-ce que tu retourneras travailler pour la police ?

– On me croit mort dans l'explosion de la ville, avoua-t-il.

– Toi aussi ? Sommes-nous en train de devenir une race de fantômes errants ?

– On dirait ta mère, la taquina Thierry.

Il la libéra et recommença à marcher sur le sentier en respirant l'air pur.

– Tu pourrais devenir un agent de l'ANGE, suggéra-t-elle en surveillant sa réaction.

– Tu veux te débarrasser de moi ?

– Ce n'est pas ce que j'ai dit, se défendit Océane.

– Je cite donc tes propres paroles : « Les agents ne peuvent avoir aucune relation intime entre eux sous peine d'expulsion de l'Agence. »

– Consultant, alors ?

– Donne-moi le temps d'y penser. En attendant, je me sens bien en compagnie des Spartiates.

– Si tu ne veux pas rentrer à Toronto avec moi, je suis persuadée que ma mère insistera pour te garder ici. Elle t'aime bien.

Ils redescendirent de la montagne et Océane lui fit visiter le quartier à pied. Il parut surpris d'apprendre que le voisinage d'Andromède était composé de gens tout à fait normaux. Ils rentrèrent à la fin de la journée, les joues rouges de santé et le cœur plus léger. Ils trouvèrent les Grecs massés au sous-sol de la maison récemment transformé en salle de cinéma. Océane et Thierry prirent place sur un sofa pour participer à l'activité collective.

Après une collation, les Spartiates se retirèrent pour la nuit. Ils se couchaient en même temps que le soleil et se levaient dès l'aurore. « Pas tout à fait mon rythme de vie », songea Océane en leur souhaitant de beaux rêves. Thierry ne se plaignait pas, mais il était évident qu'il était rompu de fatigue. Une fois qu'il eut pris sa douche, elle lui proposa d'imiter les Grecs et d'aller au lit. Il s'endormit dès qu'il posa sa tête sur l'oreiller. Elle observa longtemps son visage et les mèches blondes qui retombaient sur son front en se demandant ce qu'il ressentait vraiment à la suite du rejet de son mentor. Sa vie ne pourrait plus jamais être la même. Il avait tout perdu.

Elle se blottit contre lui et sombra à son tour dans le sommeil, pour se réveiller seule quelques heures plus tard. Alarmée, elle se redressa et alluma la lampe de chevet. Où Thierry était-il allé ? Elle s'enveloppa dans un peignoir et se rendit directement dans le jardin, qui attirait le Naga comme un aimant. Il y avait une lumière vacillante à l'intérieur du temple. « Que sont-ils encore en train de faire ? » s'énerva Océane. Elle sortit sur la galerie et tendit l'oreille. Elle pouvait entendre les murmures des hommes.

Andromède lui avait répété des dizaines de fois, depuis son retour, que si elle voulait garder son amant, elle devait cesser de diriger sa vie. « Mais je suis faite comme ça, maugréa intérieurement Océane. Si je ne dis pas aux autres quoi faire, je ne suis pas heureuse. » Elle alla donc jeter un coup d'œil dans le petit immeuble tout blanc. Sans faire de bruit, elle repoussa la toile qui couvrait la porte. Ce qu'elle vit lui coupa le souffle !

Cinq des Spartiates maintenaient Thierry cloué au sol, tandis que Damalis lui parlait, accroupi près de lui. Le Naga opinait doucement de la tête.

– Mais que faites-vous là ? s'exclama la jeune femme, effrayée.

– Océane, retourne au lit, lui dit calmement Thierry.

– Sans savoir ce que vous êtes en train de faire ? C'est bien mal me connaître.

Il se vit contraint de lui dire la vérité.

– Lorsque la reine m'a torturé, elle a brisé les lames de ses poignards dans mon corps de reptilien, et ces lames rendent mes bras inutilisables. Damalis et ses amis vont tenter de les retirer pour me rendre ma mobilité.

– Nous ne pouvons pas assurer, toutefois, qu'il recouvrera toute son agilité, spécifia le chef des Spartiates.

– Tu veux vraiment encore souffrir ? s'étonna la jeune femme.

– Je n'ai pas le choix, tenta de la convaincre Thierry. Ce sont les seuls hommes auxquels je peux demander cette faveur.

Il aurait évidemment été impensable de suggérer à un médecin « conventionnel » de retirer d'un corps de lézard deux poignards qui n'y étaient peut-être plus. Océane accepta donc à contrecœur que les Grecs torturent à leur tour son amant.

– Ne reste pas là, la supplia Thierry.

– Tu ne peux pas me demander de partir et tu le sais très bien, riposta Océane.

Il cessa alors de se préoccuper d'elle et se tourna vers Damalis.

– Tu es prêt, mon frère ? s'enquit le Spartiate.

– Rends-moi ma dignité.

Océane leva les yeux au plafond. Tous les Grecs des anciennes tragédies avaient dû être des reptiliens...

Damalis demanda à ses compatriotes de se préparer.

– À trois, leur dit-il. Un, deux, trois...

Ils se changèrent tous en Nagas vert clair, faisant sursauter Océane qui avait pourtant commencé à s'habituer aux métamorphoses de son ami. Sans perdre de temps, Damalis enfonça ses griffes tranchantes dans l'épaule de Thierry, à la recherche du morceau de métal. Ce dernier étouffa un grondement sourd. Tout son corps tremblait tant il déployait d'efforts pour demeurer immobile.

Damalis émit un sifflement discordant et retira de la chair du *varan* un petit bout de métal brillant dont dégoulinaient des gouttes de sang bleu. « Pourquoi son sang est-il bleu quand il est reptilien et rouge quand il est humain ? » s'étonna Océane. Même sous leur forme humaine, du sang marine s'était écoulé des plaies des sbires de Grimm ! « Il ne me répondra probablement pas si je le lui demande maintenant », songea la jeune femme.

Le Spartiate laissa le traqueur reprendre son souffle avant de s'attaquer à l'autre épaule. Thierry soufflait comme une locomotive. Au bout d'un moment, il fit signe à Damalis qu'il pouvait procéder. Sans perdre de temps, le Grec plongea ses griffes dans l'autre épaule. Cette fois, la douleur intense fit pousser au *varan* un terrible hurlement de douleur. Océane ne put s'empêcher de penser à tous les pauvres voisins de sa mère, qui devaient être tombés de leurs lits en entendant ce cri.

Thierry se débattit sur le plancher de marbre, mais les Nagas le maintenaient efficacement sur le sol. Et comme si ce n'était pas assez, Damalis ne semblait pas trouver ce qu'il cherchait. Il continua à fouiller dans l'épaule sous le regard horrifié d'Océane. Puis Thierry s'immobilisa. Avait-il perdu connaissance ou avait-il rendu l'âme ?

Ne tenant plus, la jeune femme s'élança à l'intérieur du temple. Au moment où elle s'agenouilla près de son amant, Damalis retirait enfin de l'épaule du traqueur un bout de lame plus long que le premier. Il tapota aussitôt le visage de son congénère évanoui. Thierry battit des paupières en gémissant. Le chef des Spartiates lui adressa quelques grincements qui devaient sans doute être des félicitations.

Aeneas appliqua sur les plaies sanguinolentes une concoction nauséabonde qui apaisa instantanément le traqueur. Thierry reprit son souffle, tandis que ses amis se changeaient en humains. Damalis souleva les lames à l'aide d'un chiffon et les examina de plus près. Il les huma, puis plissa le nez.

– Elles étaient empoisonnées, grommela-t-il.

– Va-t-il mourir ? s'inquiéta Océane.

– C'étaient ses muscles que visait le poison. Je ne suis donc plus certain que cette opération lui redonne son entière flexibilité.

– Nous verrons bien.

Puisqu'il n'était pas en état de retourner avec elle dans la maison, Océane confia Thierry aux Spartiates. De toute façon, il s'était endormi sans même reprendre son apparence humaine.

– Si jamais les voisins appellent la police pour qu'elle vérifie ce qui se passe dans notre cour au beau milieu de la nuit, ayez la décence de le cacher, recommanda la jeune femme, découragée.

Elle aurait bien voulu embrasser son amant, mais les écailles qui couvraient son visage l'en dissuadèrent. Elle lui jeta un dernier coup d'œil affectueux et tourna les talons.

...003

Cédric Orléans continua d'éplucher les dossiers d'Andrew Ashby avec son efficacité reptilienne habituelle. Car, s'il était déficient du point de vue émotionnel, son intelligence, en revanche, était remarquable. Il n'oubliait jamais ce qu'il lisait, encore moins ce qu'il entendait. Il établissait rapidement des liens entre plusieurs variables, et son pouvoir de déduction était étonnant. Il ne mit donc pas longtemps à comprendre que son prédécesseur n'avait pas toujours eu le bien de l'ANGE en tête lors de ses prises de décision.

– Vous m'avez demandé de ne pas vous importuner, monsieur Orléans, mais monsieur Lucas veut vous parler de façon urgente, fit la voix suave de l'ordinateur.

– Mettez-le à l'écran, je vous prie.

Le visage du directeur canadien remplaça le logo de l'ANGE sur le mur du bureau. Il semblait très inquiet.

– Est-ce que tu écoutes les nouvelles en ce moment ? demanda Lucas sans même le saluer.

– Non. Je suis en train d'étudier les dossiers d'Ashby. Ne me dis pas que Yannick Jeffrey fait encore des siennes...

– J'ignore s'il est responsable de ce phénomène, mais j'en doute. Je crois plutôt qu'il s'agit d'une arme de destruction massive.

– Quoi ?

– Il y a une heure à peine, j'ai commencé à recevoir des communications plutôt inquiétantes de toutes nos bases canadiennes. Apparemment, des centaines de gens disparaissent sans laisser de traces. Il est même surprenant que tu ne m'aies encore rien signalé en Ontario.

– Je me suis enfermé dans mon bureau en exigeant de ne pas être dérangé, afin de me mettre enfin à jour. Laisse-moi me renseigner.

Cédric tapa la question sur son ordinateur personnel, relié à la section des Renseignements stratégiques. La réponse ne fut pas longue à suivre. L'Agence torontoise avait déjà reçu plusieurs communications au sujet du mystérieux phénomène.

– Je crains de devoir te rapporter la même chose ici, soupira Cédric. Je croyais que tu parlais d'enlèvements, mais on me dit que des gens se volatilisent sous les yeux de témoins stupéfaits.

– Envoie-moi tout ce que tu as à ce sujet. Le nouveau directeur nord-américain va certainement réclamer un compte rendu dans les prochaines minutes.

– Je m'y mets tout de suite.

L'écran redevint sombre, affichant les lettres métalliques de l'acronyme de l'Agence Nationale de Gestion de l'Étrange sur fond d'éclipse solaire. Cédric bondit de son fauteuil et sortit de son bureau. Les techniciens recevaient des communiqués de tous les postes de police de la province. Le directeur se posta devant un écran et lut rapidement les données que les membres du personnel de surveillance entraient aussi rapidement que le leur permettaient leurs doigts dans l'ordinateur central. Les rapports arrivaient de partout. Il était donc impossible d'affecter un agent à cette enquête, car jamais il ne réussirait à couvrir un aussi grand territoire.

– Montrez-moi la communication la plus détaillée que vous ayez reçue, exigea-t-il.

Une technicienne fit apparaître sur l'écran central le témoignage d'un policier de Mississauga. Dépêché sur les lieux d'un accident au centre-ville de cette localité, ce dernier avait constaté avec étonnement que la voiture qui avait embouti plusieurs véhicules garés sur la rue principale n'avait pas de conducteur. Il s'était donc tourné vers les piétons témoins de la collision pour les questionner, mais plusieurs d'entre eux s'étaient alors évaporés comme dans les séries de science-fiction.

– Peut-être que des extraterrestres ont besoin de nouveaux cobayes, plaisanta l'un des hommes.

– Y a-t-il des engins spatiaux inconnus en orbite autour de la Terre ? demanda très sérieusement Cédric.

Les techniciens échangèrent un regard angoissé, mais s'affairèrent néanmoins sur leurs ordinateurs, interrogeant tous les systèmes de repérage de la planète.

– Il n'y a aucun engin non identifié dans l'espace, monsieur Orléans, mais la station spatiale capte une étrange source d'énergie s'échappant comme une colonne de fumée de la couche d'ozone. La NASA est sur un pied d'alerte.

– Voyez si la division internationale a une explication à nous fournir au sujet de cette énergie.

– Oui, monsieur.

La salle des Renseignements stratégiques se transforma en un véritable poste de commande de guerre. Les informaticiens utilisaient tous des écouteurs pour ne pas transformer la pièce en un agaçant brouhaha, mais le silence qui en résultait énervait beaucoup Cédric, qui ne se renseignait qu'avec ses yeux.

Il se déplaça jusqu'à l'écran de la division internationale et analysa rapidement les informations qui y défilaient. Il posa alors la main sur l'épaule du jeune homme qui travaillait à ce poste et lui demanda de configurer un planisphère sur lequel toutes les villes touchées apparaîtraient sous forme de points lumineux. Quelques secondes plus tard, la mappemonde se matérialisa sur l'écran géant qui dominait tous les autres. De petites lumières jaunes s'allumèrent successivement sur tous les continents.

– Les témoins de ces disparitions parlent-ils de rayons en provenance du ciel ? demanda Cédric en tentant de demeurer stoïque.

– Jusqu'à présent, ils ne comprennent pas ce qui se passe, répondit la doyenne du groupe, car il n'y a aucune chaleur, aucune lumière et aucun signe précurseur du phénomène de sublimation.

« Les Dracos peuvent-ils être responsables de cet enlèvement massif ? » se demanda le directeur. Les reptiliens étaient pour la plupart doués en sciences. On leur devait d'ailleurs plusieurs inventions importantes. Il n'était pas impossible que l'un d'eux ait découvert une façon moins risquée de se procurer de la nourriture.

Cédric abandonna cette hypothèse au bout de quelques heures lorsqu'il vit toute la carte se couvrir de points scintillants. Il s'empara du premier rapport informatisé qui sortait de l'imprimante et le parcourut rapidement : des milliers de personnes avaient disparu depuis le début de la journée partout sur la planète. Il s'agissait surtout d'enfants en bas âge, mais on dénombrait aussi des adolescents et des adultes.

– Ordinateur, faites une analyse des données actuellement recueillies par les Renseignements stratégiques, ordonna Cédric. Je veux connaître toutes les associations ou correspondances pouvant exister entre ces variables.

– Tout de suite, monsieur Orléans.

Le nouveau directeur continua de passer d'un technicien à l'autre pour consulter les données que recevait l'Agence. Le phénomène commençait à prendre des proportions vraiment énormes. L'ordinateur central, qui avait accès à tous les certificats de naissance émis à travers le monde, pourrait sans doute établir une corrélation entre les disparitions.

Cindy Bloom et Aodhan Loup Blanc arrivèrent l'un après l'autre dans la grande salle bourdonnante d'activités.

– Que se passe-t-il, Cédric ? s'alarma la jeune femme.

– J'aimerais bien le savoir, grommela le chef. Des personnes disparaissent partout sur la Terre.

– L'œuvre de terroristes ? s'enquit Aodhan.

– Ces gens n'ont pas été enlevés, ils se sont évaporés sous les yeux de nombreux témoins.

– Le Ravissement…, murmura Cindy, stupéfaite.

Toutes les personnes présentes dans la pièce se tournèrent vers elle.

– C'est dans la Bible ! se défendit-elle.

Cédric se rappela alors ce qu'il avait lu à ce sujet. Dieu avait promis aux croyants qu'il viendrait les chercher avant l'avènement du règne de terreur de l'Antéchrist et qu'il les pourvoirait de nouveaux corps lumineux…

– Monsieur Orléans, vous avez une importante communication privée de la part de la division internationale, annonça l'ordinateur.

Personne ne devait faire attendre Mithri Zachariah. Même si Cédric aurait préféré rester posté devant les écrans qui crachaient sans arrêt de nouvelles informations, il marcha résolument en direction de son bureau. Il n'eut pas à demander à l'ordinateur de mettre la grande dame à l'écran : elle y était déjà.

– Bonjour, Cédric. J'imagine que tu reçois les mêmes rapports que nous.

– Sans répit. Que signifient-ils ?

– Je crois bien que les événements prédits par les prophètes commencent à se produire. Tu ne crois pas en Dieu, mais tu es tout de même un érudit, alors je suis certaine que tu sais de quoi je parle.

– Yannick Jeffrey a constitué une base de données sur l'Antéchrist. C'est de cette manière que j'ai pu me familiariser avec la prétendue fin du monde.

– J'allais justement te parler de lui. Est-il toujours un membre actif de l'ANGE ?

– Il n'a pas officiellement donné sa démission et, techniquement, il a été déclaré perdu au combat par notre base de Jérusalem. Par contre, si on considère qu'il a jeté sa montre à la poubelle pour se mettre à prêcher quotidiennement sur les places publiques de la Ville sainte, je peux sans doute affirmer sans me tromper qu'il ne reviendra pas.

– J'aurais bien aimé profiter de ses connaissances bibliques.

– Adielle Tobias a eu quelques rencontres avec lui depuis son départ de l'ANGE. Elle pourrait certainement vous aider.

Mithri soupira profondément et Cédric fut incapable de déchiffrer son humeur. Était-elle irritée ou simplement fatiguée ?

– Que te dit ton intuition ? voulut-elle savoir.

– Je crois qu'il s'agit d'une nouvelle arme qui pulvérise les humains.

– Une arme entre les mains de l'Alliance ?

– Ou entre celles d'extraterrestres qui en ont assez du traitement que nous faisons subir à cette planète.

– Tu refuses de croire en Dieu, mais tu crois aux Martiens ? le taquina la directrice internationale.

– Je ne crois ni en l'un, ni aux autres, mais je n'ai aucune autre explication à vous fournir pour le moment. Puis-je vous poser une question, Mithri ?

– Bien sûr.

– Des membres de l'Agence ont-ils disparu aujourd'hui ?

– Je ne suis pas prête à l'annoncer tout de suite, alors garde cette information pour toi.

– Cela va de soi.
– Nous en avons perdu plusieurs, surtout dans le sud des États-Unis, mais aussi au Mexique, en Italie et même en Chine. Certains se sont volatilisés tandis qu'ils étaient assis devant leur poste de travail, à des kilomètres sous terre. Les détecteurs n'ont absolument rien enregistré d'anormal, sinon un parfum de fleurs.

Cédric arqua un sourcil, surpris. Mithri Zachariah avait raison : le seul qui pouvait répondre à de telles questions était Yannick Jeffrey.

– Ce soir, je devrai m'adresser à tous les chefs continentaux par vidéoconférence. Si tu mets la main sur de nouvelles données, n'hésite pas à m'appeler.

– Je n'y manquerai pas.

– Merci, Cédric.

Le logo se substitua au visage de la grande dame. Cédric demeura planté au milieu de la pièce pendant un long moment, se demandant pourquoi elle faisait appel à lui alors qu'elle avait à sa disposition les plus grands savants du monde.

...004

L'arrivée du révérend Reiyel Sinclair dans la vie de Vincent McLeod eut l'effet d'un baume miraculeux sur la santé mentale de ce dernier. Même si le pasteur n'avait pas encore fait sortir le démon du corps du savant, il avait tout de même réussi à redonner à Vincent sa joie de vivre. L'informaticien avait pris du poids et surtout de l'aplomb. Il s'acquittait de ses tâches tout de suite après le petit déjeuner avec une gaieté qui n'échappait à personne, puis il se rendait au salon virtuel de la base d'Alert Bay afin de bavarder avec son libérateur.

En fait, Vincent passait maintenant plus de temps avec son nouvel ami qu'aux Laboratoires. Jamais il n'avait rencontré quelqu'un à qui il pouvait confier ses pensées les plus secrètes. De son côté, Sinclair continuait de le préparer pour l'exorcisme.

Un matin, tandis que Vincent bavardait avec Cindy par le truchement de l'ordinateur de la base, il en profita pour lui vanter les talents du révérend.

– Travaille-t-il uniquement pour Alert Bay ? s'enthousiasma la jeune femme.

– Non, affirma Vincent. Il se déplace d'une base à l'autre, là où on a besoin de lui.

– Je ne sais pas si ma religion me permettrait d'avoir recours à un pasteur protestant.

– Je suis catholique, Cindy, et ça ne fait aucune différence. Nous parlons de Dieu, mais jamais de religion. Il est là pour m'aider à me débarrasser de l'entité invisible qui s'est installée en moi. J'irais même jusqu'à dire qu'il est bien plus un psychologue qu'un prêtre.

– Dans ce cas, quand tu seras guéri, est-ce que je pourrais te l'emprunter pendant quelques jours ?

– Je vais lui en glisser un mot. Je suis certain qu'il acceptera.

Cindy n'était pas la seule à remarquer la bonne humeur de son ancien collègue. Christopher Shanks appréciait aussi énormément la nouvelle attitude de Vincent, mais il avait peine à croire que l'intervention d'un seul homme en ait été responsable.

– Ordinateur, où le révérend Sinclair se trouve-t-il en ce moment ? s'enquit-il.

– IL EST SUR LE POINT DE QUITTER SES QUARTIERS, MONSIEUR SHANKS. DOIS-JE LUI DEMANDER DE SE RENDRE À VOTRE BUREAU ?

– Non merci, j'irai plutôt à sa rencontre.

Shanks avait besoin de se dégourdir les jambes, de toute façon. Il traversa la salle des Renseignements stratégiques et sortit dans le long couloir alors que Reiyel Sinclair descendait justement l'escalier en colimaçon qui menait aux chambres du personnel d'Alert Bay. Étant donné qu'il s'agissait principalement d'une installation destinée à la formation des futurs agents de l'ANGE, cette base ne fonctionnait pas tout à fait comme les autres. Il y avait bien un ascenseur au bout du corridor, mais il servait à l'évacuation du personnel en cas d'urgence. Tous les déplacements devaient se faire à bord des avions privés de l'Agence qui partaient du hangar souterrain.

– Révérend, puis-je vous parler un instant ? demanda Shanks en accostant le pasteur.

– Oui, bien sûr. Je me rendais aux Laboratoires pour chercher Vincent.

– Je ne vous retiendrai pas longtemps.

D'un geste de la main, il le convia à entrer dans la cafétéria. Les étudiants suivaient des cours à cette heure de la journée, aussi y seraient-ils tranquilles. Ils prirent place à une petite table pour deux et le directeur offrit un café au pasteur.

– Je n'ai heureusement pas ce vice, déclina ce dernier.

Shanks s'en versa une tasse et revint s'asseoir en face de Sinclair.

– Je voulais surtout vous féliciter, commença-t-il. Ce que vous faites pour Vincent est tout simplement prodigieux.

– En fait, j'ai surtout cherché à gagner sa confiance, car il aura besoin de croire en moi le jour où j'extirperai le démon de son corps.

– Cette opération mettra-t-elle la base en danger ?

– C'est possible, car l'entité maléfique cherchera un nouvel hôte. C'est pour cette raison que, lorsque le moment sera venu, j'aimerais emmener Vincent loin d'ici.

– Faut-il que ce soit dans un endroit désert ?

– Si un tel lieu existe encore sur Terre, disons que ce serait préférable.

Shanks se perdit dans ses pensées un instant.

– Il y a plusieurs îles le long de la côte de la Colombie-Britannique sur lesquelles vous seriez absolument seuls au monde. Mais dites-moi, le processus sera-t-il douloureux pour ce pauvre homme ? Vous n'êtes pas sans savoir qu'il a déjà beaucoup souffert.

– L'exorcisme mettra sa foi à l'épreuve, et je crains qu'il ne soit aussi accompagné d'un certain degré d'inconfort, avoua le pasteur. Mais Vincent est beaucoup plus robuste que vous ne le croyez. Je sais qu'il s'en sortira.

– C'est surtout cela que j'avais besoin d'entendre.

– Cessez de vous inquiéter pour lui. Dieu s'occupe de ses enfants.

Le directeur avala une gorgée de café. Ses yeux pâles brillaient de curiosité.

– Vous faites ce métier depuis longtemps ? s'enquit-il.

– Depuis la nuit des temps. Il faut dire que, lorsqu'on excelle dans un domaine, il est tout naturel de s'y consacrer. J'ai un impressionnant tableau de chasse, monsieur Shanks, et les démons le savent. Ils ne me résistent pas longtemps.

– Pourquoi s'emparent-ils des hommes ? Je ne comprends pas...

– Ce sont des entités malfaisantes qui aiment semer le chaos autour d'elles. Lorsqu'elles n'y arrivent pas sous forme d'énergie, elles trouvent une victime et s'y accrochent jusqu'à ce qu'elles puissent la manipuler.

– Donc, tous les manipulateurs sont des démons ?

– Ce n'est pas ce que j'ai dit, mais vous n'êtes pas si loin de la vérité.

– Ce démon pourrait-il influencer Vincent au point de lui faire saboter cette base ?

– Il faudrait pour cela qu'il se soit infiltré très profondément dans son esprit. Habituellement, les anges déchus préfèrent s'en prendre à une seule personne à la fois. Vincent serait plutôt enclin, sous l'emprise d'une telle créature, à s'attaquer tout d'abord à ses collègues de travail, puis au reste du personnel.

– Je ne sais pas si je dois trouver cette information encourageante.

– Ce que j'essaie de vous dire, c'est que vous le surveillez assez étroitement pour détecter le moindre changement dans son comportement. Or, s'il n'a, jusqu'à présent, brutalisé personne, c'est bon signe.

– Bon...

– Arrêtez de vous inquiéter. J'ai la situation bien en main.

Shanks hocha doucement la tête. Il y avait une douceur dans la voix et dans les manières de ce religieux qui parvenait toujours à le rassurer.

– Si vous n'avez pas d'autres questions, j'aimerais bien aller m'occuper du possédé, poursuivit Sinclair sur un ton amical.

– Oui, bien sûr.

Le révérend se leva.

– Ne buvez pas trop de café, conseilla-t-il au directeur, et si vous en avez la volonté, cessez totalement d'en boire.

Shanks allait justement en avaler une autre gorgée. Il posa sa tasse sur la table tandis que Sinclair quittait la pièce. « Pourquoi ai-je soudain envie de boire de l'eau ? » s'étonna-t-il. Cette province en produisait en grande quantité et, qui plus est, elle était d'une pureté exceptionnelle. Il se leva, jeta le café dans l'évier le plus proche et sortit une bouteille d'eau du réfrigérateur.

– Ceci est une annonce à l'attention du personnel de toutes les bases de l'ANGE de la part de la division internationale.

Shanks appuya sur un bouton près de la porte de la cafétéria. Un large panneau glissa le long du mur opposé, révélant un écran. Celui-ci affichait la photographie d'un homme dans la cinquantaine que le chef d'Alert Bay n'avait jamais vu auparavant.

– En remplacement du regretté Michael Korsakoff, décédé récemment, monsieur Gustaf Ekdahl, de la division scandinave, a accepté le poste de directeur de la division nord-américaine. Tous les dirigeants de l'Agence lui souhaitent la bienvenue.

« Décédé comment ? » s'étonna Christopher Shanks. Les hauts gradés de l'ANGE mouraient rarement de vieillesse. Emportant la bouteille d'eau avec lui, il regagna son bureau afin d'en apprendre davantage sur la mort de Korsakoff et d'envoyer un petit mot d'encouragement à son remplaçant. Il en profiterait aussi pour jeter un coup d'œil à son dossier, histoire de savoir s'il serait aussi intransigeant que son prédécesseur.

Reiyel Sinclair trouva Vincent aux Laboratoires. Ce dernier venait de mettre fin à sa conversation avec Cindy. Le révérend eut juste le temps d'entrevoir le visage de l'agente avant que l'écran ne s'obscurcisse.

– Qui était cette jolie fille ? demanda Sinclair avec un air réjoui.

– Une collègue de Montréal qui travaille temporairement à Toronto, en attendant que nos installations soient reconstruites.

– Tu y retourneras, toi aussi ?

– Oui, à moins que le démon refuse de partir.

– Et que ferais-tu si je n'arrivais pas à le déloger ?

– Je demanderais à mes patrons de me séquestrer à vie dans notre base de l'Arctique. Elle sert de prison et de station météorologique et ne contrôle strictement rien. Donc, je ne pourrais faire aucun dommage à l'Agence ou à la planète.

– Ton démon ne serait pas très content.

– C'est justement pour cette raison que je voudrais qu'on m'y enferme.

– Heureusement pour toi, je suis venu à ton secours.

Les deux hommes se rendirent au salon virtuel d'Alert Bay pour une nouvelle séance de méditation et de discussion. Vincent apprenait de plus en plus à calmer ses angoisses et à faire taire ses pensées obsédantes. Ainsi, lorsque l'entité malfaisante finirait par se manifester, le savant pourrait se retirer dans un coin tranquille de son esprit afin de laisser le pasteur effectuer son travail d'expulsion.

– Tu ne m'as pas encore parlé de ta famille, Vincent, commença Sinclair pour resserrer leurs liens.
– Je n'ai que ma mère. Je n'ai jamais connu mon père.
– Pas de sœurs ni de frères ?
– Non, il y a eu des complications à ma naissance et ma mère n'a plus été capable d'avoir d'enfants.
– Tu avais une bonne relation avec ta mère ?
– Elle m'a beaucoup couvé quand j'étais petit. Puis quand elle a découvert que j'étais un génie et que mon école m'inscrivait à des concours de science partout à travers le pays, il a bien fallu qu'elle me donne un peu plus de liberté.
– Est-ce qu'elle te laissait sortir avec des filles ?
– Ciel, non ! Elle voulait me garder pour elle. De toute façon, les filles ne s'intéressent pas aux gars super intelligents qui savent où ils s'en vont dans la vie. Elles préfèrent les marchands de rêves qui finissent par les rendre amères et malheureuses.
– Si je comprends bien, tu aurais aimé connaître l'amour.
– Comme tout le monde, j'imagine. Mais quand j'ai été recruté par l'ANGE, la question ne se posait même plus. On nous impose des restrictions dans ce domaine et je ne m'en plains pas. Au moins, ici, on ne me regarde pas de travers parce que je suis célibataire. Et vous, Reiyel, vous êtes un homme perspicace et vous avez belle allure. Pourquoi êtes-vous devenu prêtre ?
– C'est un choix personnel que j'ai fait dès mon premier souffle, pour ainsi dire. Je suis tombé amoureux de Dieu très tôt dans ma vie, et la seule chose que je voulais, c'était le servir.
– Je trouve cela difficile à comprendre, mais c'est votre truc.
– Nous avons tous un rôle à jouer dans cet univers. Es-tu prêt à tenter une nouvelle contemplation intérieure ?

Vincent fit signe que oui. Il commençait à apprécier ces instants de paix profonde qui lui donnaient ensuite des idées surprenantes et souvent brillantes. Il redressa son dos, croisa ses jambes en position du lotus et ferma les yeux. Sinclair lui demanda de respirer lentement, puis il lui décrivit une merveilleuse oasis. Vincent se laissa emporter par son imagination. Il pouvait même sentir le parfum des fleurs exotiques et entendre s'écouler l'eau d'une petite fontaine, présente dans ce décor paradisiaque.

– Personne ne peut t'importuner lorsque…
– C'est ce que tu crois, messager ? cracha une voix caverneuse qui sortait de la bouche de Vincent.

Sinclair venait enfin de prendre contact avec son ennemi.

– Qui es-tu ?
– Je porte beaucoup de noms, mais j'aime bien celui de Nergal.

L'informaticien avait les yeux fermés et tout son corps était au repos. « Le démon ne possède probablement que le pouvoir de parler à travers lui », déduisit Reiyel.

– Pourquoi as-tu quitté l'enfer, Nergal ?
– J'avais besoin de vacances.

L'entité maléfique éclata de rire. Reiyel demeura de glace. Toute possession prolongée par une créature aussi malfaisante mettait la vie de son hôte en danger. Sinclair passa donc tout de suite à l'attaque. Son corps s'illumina graduellement, coupant court à l'hilarité du démon.

– Tu n'es pas un vulgaire prêtre, gronda-t-il, menacé.
– Je suis de la Sephirah Hesed, qui applique les lois divines sous la gouverne de l'Archange Uriel.

Nergal poussa un grand cri. Vincent tomba à la renverse avec le fauteuil, comme balayé par un vent violent. Sinclair se précipita pour lui venir en aide. Normalement, le choc aurait dû réveiller le savant. Il avait cependant les yeux fermés et semblait toujours sous l'emprise de Nergal.

– Au nom de tous les anges et archanges, et au nom de Dieu lui-même, je t'ordonne de quitter ce corps, créature de l'enfer ! tonna le pasteur.

L'informaticien se leva comme s'il avait été tiré par des ficelles. Son bras frappa durement Sinclair qui s'envola à travers la pièce. Avant qu'il ait pu réagir, le démon réussit à redresser Vincent et à le diriger vers la porte d'entrée du salon.

– Non ! hurla Sinclair.

Il ne voulait pas blesser le jeune savant, mais il devait empêcher Nergal de mener à bien sa sombre entreprise. Il se précipita pour l'empêcher d'ouvrir la porte et fut une fois de plus repoussé. Chaque fois que le démon touchait le saint homme, des brûlures apparaissaient sur les bras de l'informaticien. Content de voir que rien ne pouvait plus l'arrêter, Nergal s'esclaffa en fonçant dans le corridor. Le prêtre fit alors la seule chose qu'il pouvait faire : il appuya sur le bouton du petit ordinateur qui se trouvait contre le cadre de la porte.

– Monsieur Shanks, aidez-moi !

– Qu'y a-t-il, révérend ? s'alarma le directeur.

– Le démon s'est finalement manifesté et il guide les gestes de Vincent ! Empêchez-le d'entrer dans la salle des Laboratoires ! Il pourrait saboter la base !

L'alerte fut immédiatement déclenchée par l'ordinateur d'Alert Bay.

– Pourrait-il aussi être responsable des disparitions de membres de la base qu'on vient tout juste de me signaler ?

– Je n'en sais rien. Commençons par stopper cet esprit malin, c'est le plus urgent.

L'ordinateur fermait déjà toutes les issues de l'aile dans laquelle circulait l'informaticien possédé.

...005

La prédication des deux Témoins étant régulièrement présentée aux bulletins de nouvelles de la chaîne télévisée de Jérusalem, elle fit rapidement son apparition sur Internet et attira de plus en plus de curieux. Au début, il s'agissait surtout de locaux, puis des touristes commencèrent à arriver de partout pour entendre la parole de Dieu. Les différents chefs religieux de la ville se plaignaient de plus en plus de la présence gênante des deux apôtres, mais la police les tolérait, car ils n'avaient commis aucun crime. Ceux qui avaient péri en leur présence avaient été frappés par la foudre sans que les saints hommes n'aient remué le petit doigt. Les témoins de ces actes divins étaient convaincus que ces prophètes étaient protégés par une force divine.

Puisque les deux Sémites ne prêchaient jamais au même endroit, le matin, toute la ville était en effervescence quand des centaines de personnes se mettaient à leur recherche. Yannick choisissait désormais des espaces plus vastes pour parler à la foule. Quelques fois, il s'exprimait sur des collines, d'autres fois sur une place publique et, de temps en temps, il s'installait devant le Mur des Lamentations, ce qui irritait beaucoup les croyants qui s'y rassemblaient.

Ce matin-là, le ciel était menaçant au-dessus de Jérusalem, mais il ne pleuvait pas. En fait, depuis que les deux hommes sillonnaient la Ville sainte, il n'était pas tombé une seule goutte de pluie. Les journées devenaient de plus en plus chaudes, au grand bonheur de Yannick qui détestait le froid. À ses côtés, son ami Yahuda, dit Océlus, ne se plaignait jamais de rien. Il était le compagnon parfait, le complice idéal. Lorsque Yannick s'adressait à leur auditoire, il l'écoutait avec attention. S'il le sentait faiblir, il prenait alors la relève.

Les deux hommes avaient vu des équipes de télévision installer de l'équipement sur des toits, des balcons ou de petites estrades sans jamais vraiment s'approcher d'eux. Yahuda avait exprimé son inquiétude à Yannick, mais ce dernier avait simplement haussé les épaules.

– Que ceux qui ont des oreilles entendent, avait répondu l'ex-agent de l'ANGE. Si Jeshua avait joui de tout cet équipement, les choses seraient bien différentes aujourd'hui.

Ce jour-là, Yannick s'arrêta près d'une fontaine, dans un parc au pied d'une colline. Bientôt, ceux qui les aperçurent appelèrent leurs amis au moyen de leurs téléphones portables pour signaler leur présence. Les premiers arrivés étaient des étudiants de l'université.

– Comment es-tu certain que ce qui est écrit dans ces vieux livres se produira ? lança un jeune homme, d'un air de défi.

– J'en suis certain parce que j'ai la foi, affirma Yannick.

– Le Livre des révélations est le texte biblique le plus difficile à interpréter, indiqua un autre. Pourquoi y arriverais-tu mieux qu'un autre ?

– Tu dis vrai, admit l'ancien professeur d'histoire. Il y a cependant deux façons de comprendre les prophéties de la Bible. La première est littérale, la deuxième spirituelle. Les tenants de cette dernière méthode refusent de croire au retour du Christ, puisque selon eux, il est déjà venu. Ils prétendent que ces prophéties ont déjà été réalisées en l'an 70, lorsque les armées romaines ont détruit Jérusalem. Malheureusement, ils ont tort.

– Et toi, as-tu raison ?

– Il y a un peu plus de deux mille ans, Jeshua a sévèrement critiqué les chefs religieux d'Israël parce qu'ils étaient incapables de comprendre les signes qu'ils avaient sous les yeux.

Il y eut des murmures de colère dans la foule grandissante.

– Les prophètes n'ont jamais eu l'intention de rendre leurs textes si obscurs que seule une poignée d'hommes pourrait en saisir la portée, renchérit Yahuda.

Une limousine noire s'arrêta au même moment sur la colline qui surplombait la grande place.

– Ils désiraient que tous puissent les lire et les comprendre, ajouta le Témoin.

Asgad Ben-Adnah regarda la foule à travers la vitre teintée de sa portière. Il venait d'assister à l'inauguration d'un nouvel hôpital à Jérusalem et rentrait enfin chez lui, épuisé. Dans la quarantaine, Asgad commençait à peine à redonner au monde ce qu'il avait reçu de la Providence, aussi ne voulait-il pas mourir maintenant. À la tête d'entreprises en plein essor dans le domaine de l'informatique, Asgad était l'un des hommes les plus riches d'Israël. Toutefois, son immense fortune ne lui était d'aucun secours dans sa vie personnelle. Il souffrait en effet d'un mal physique dont les spécialistes ne pouvaient le guérir. Aucun d'entre eux ne parvenait à identifier la cause de ses fréquentes pertes de conscience.

Depuis quelques mois, il lui arrivait de plus en plus souvent de s'endormir dans un endroit et de se réveiller dans un autre. Son médecin avait d'abord cru qu'il était somnambule et que cette agitation nocturne était provoquée par du surmenage. Un repos forcé n'avait cependant pas amélioré son état de santé. On l'avait donc soumis à des tests très angoissants, car ils ciblaient le système nerveux et le cerveau.

Les examens n'avaient révélé aucune tumeur ou trace de cancer. Asgad était de toute évidence en parfaite santé. Mais les évanouissements s'étaient poursuivis et leur fréquence avait augmenté. Découragé, l'entrepreneur avait consulté des représentants de toutes les religions qui se côtoyaient dans la Ville sainte. Ils n'avaient eu aucune explication à lui donner et avaient judicieusement évité de parler de possession démoniaque. Ils lui avaient recommandé de prier, ce qu'il faisait déjà tous les jours.

Comme la majorité des gens, Asgad avait vu à la télévision les deux étranges prophètes qui prêchaient à Jérusalem. Ce qu'ils disaient n'était pas dénué de sens. La Bible elle-même prétendait qu'un jour l'homme devrait répondre de ses actes devant Dieu.

En apercevant le rassemblement de loin, l'homme d'affaires sut tout de suite que ces prédicateurs en étaient à l'origine, et il demanda à son chauffeur de s'arrêter. Il observa les Témoins un long moment avant que son secrétaire, sagement assis à côté de lui, n'intervienne.

– Monsieur Ben-Adnah, vous devez vous reposer, lui rappela-t-il amicalement.

Benhayil Erad était au service d'Asgad depuis déjà cinq ans. Au début, son travail consistait surtout à planifier l'horaire de son patron, à prendre ses rendez-vous et à s'assurer qu'il soit toujours au bon endroit au bon moment. Avec le temps, il avait fini par lui servir de confident, de conseiller et de conscience. Benhayil admirait beaucoup cet homme puissant qui n'oubliait jamais ses humbles origines et qui n'hésitait pas à donner aux plus démunis. Il s'était établi un lien d'affection entre Asgad et son secrétaire qui allait bien au-delà de l'amitié.

C'est pour cette raison que l'état de santé de l'homme d'affaires inquiétait profondément Benhayil.

– On dit que ce sont de saints hommes, répliqua Asgad avec espoir.

– Personne ne le sait vraiment, indiqua Benhayil.

– J'aimerais leur parler.

– Vous n'y pensez pas ! s'écria son secrétaire. Des hommes sont morts pour s'être approchés d'eux.

– Ces hommes leur avaient lancé des pierres. Je n'ai pas l'intention de les attaquer. Je veux seulement savoir s'ils ont des pouvoirs de guérison.

– Benhayil a raison, monsieur, répliqua le chauffeur de la limousine. C'est trop dangereux.

– Mon cher Sélèd, dans la vie, ceux qui ne risquent rien n'obtiennent rien.

Sans attendre que d'autres protestations s'élèvent, Asgad ouvrit la portière de la voiture.

– Monsieur Ben-Adnah, attendez ! s'exclama son confident.

Trop tard, l'homme d'affaires était déjà sorti du gros véhicule. Benhayil glissa rapidement sur la banquette de cuir et le suivit dehors.

– Vous êtes fatigué et vous ne pensez pas clairement.

– Je dirais plutôt que je suis désespéré et que je vois un rayon de soleil pour la première fois depuis bien longtemps.

– Ces prophètes ne parlent que de la fin du monde. Comment pourraient-ils vous aider ?

– Je n'en sais rien, mon jeune ami. J'écoute seulement mon intuition.

Asgad commença à dévaler la colline afin de se rapprocher des Témoins. Leur audience respectait un périmètre de sécurité autour d'eux, la plupart de ces spectateurs ayant vu flamber leurs agresseurs à la télévision, sur Internet ou en personne.

Yannick se mit à marcher le long du demi-cercle en s'adressant à l'assistance.

– Écoutez bien mes paroles. Nous ne sommes pas de faux prophètes dont le seul but est de vous effrayer. Ce que nous désirons, c'est vous permettre d'être sauvés lorsque le Père vous demandera de lui rendre des comptes, et ce temps approche.

– Et qui êtes-vous, exactement ? demanda un homme dans l'assemblée.

Il descendait la colline, vêtu comme un riche politicien, en se faufilant parmi les gens assis sur l'herbe.

– Nous sommes les Témoins de Dieu, répondit Yannick.

Océlus se rapprocha de son ami. Quelque chose chez cet étranger l'inquiétait beaucoup. Il ne savait pas encore ce dont il s'agissait, mais il avait pris l'habitude de protéger Yannick après que ce dernier eut perdu ses pouvoirs.

– Ne le sommes-nous pas tous un peu ? dit l'inconnu.

– Il nous a choisis pour vous avertir que seuls les hommes honnêtes et vertueux seront sauvés, rétorqua Océlus. Ceux qui n'auront pas respecté ses commandements subiront le même sort que Satan.

Asgad s'arrêta à quelques pas des apôtres en faisant bien attention de ne pas franchir la barrière invisible qui s'était créée autour d'eux.

– Si tu aimes Dieu et que tu as toujours traité ton prochain avec bonté, tu n'as rien à craindre, ajouta Yannick sur un ton plus doux que celui de son ami.

– Parles-tu du Dieu d'Israël ? demanda Asgad.

– Il n'y a qu'un seul Dieu, peu importe le nom qu'on lui donne, et il aime tous ses enfants.

– Êtes-vous juifs ?

– Nous l'avons été jusqu'à ce que nous recevions les enseignements du Maître et que nous les prêchions à notre tour, l'informa Océlus.

– Vous êtes des chrétiens, alors.

– Les hommes ont créé des religions différentes à partir des paroles de Jésus, répondit Yannick. En vérité, il ne s'est pas incarné pour nous sauver du péché, mais pour nous montrer comment le faire nous-mêmes grâce à l'amour, l'honnêteté et la charité. La seule façon de garantir notre salut est de cesser de faire du mal aux autres. Nous devons apprendre à nous aimer de manière inconditionnelle et à nous aider mutuellement pour atteindre notre plein potentiel. Jadis, Jésus reprochait aux hommes leur méchanceté, leur égoïsme, leur hypocrisie et leur matérialisme. Il sera déçu de constater, à son retour, que les choses n'ont guère changé.

– Sais-tu qui je suis, Témoin ? le coupa Asgad.

– Je ne connais pas ton nom et je ne sais pas comment tu gagnes ta vie. Je n'ai reçu de Dieu que le don de sentir les émotions des autres. Parfois, cela devient presque une malédiction, car il y a tant de souffrance en ce monde.

Yannick s'approcha de l'homme d'affaires éprouvé, provoquant une vague d'appréhension dans l'assistance, qui craignait une nouvelle intervention de la foudre céleste.

– Tu connais donc la source de mon mal…

– Ton corps est en bonne santé, le rassura Yannick. C'est ton âme qui est faible. Tu as dû faire beaucoup de compromis pour atteindre une position aussi importante dans le monde des affaires. Tu as détruit des vies pour te hisser jusqu'au sommet, certaines de façon inconsciente, d'autres sciemment. C'est ce tort que tu dois redresser si tu veux connaître le repos éternel. Apprends à tendre la main aux autres au lieu de te servir d'eux pour assouvir tes ambitions.

Les deux hommes se regardèrent pendant de longues minutes, puis Yannick se tourna vers les croyants et les curieux qui retenaient leur souffle.

– Le message de Jeshua était simple : « Aimez-vous les uns les autres. » Au lieu de cela, les hommes se battent et s'entretuent depuis des siècles. Pourquoi ? Pour obtenir plus de terres, plus d'argent, plus de pouvoir. Dieu ne s'oppose pas au pouvoir et à l'obtention de richesses s'ils servent à aider son prochain.

Au coin d'une maison, à quelques pas de l'assemblée, un homme épiait les prétendus Témoins de la fin des temps. Il surveillait surtout Asgad Ben-Adnah à la demande de son sombre maître. Quelques mois auparavant, le prince des ténèbres avait temporairement pris possession du riche entrepreneur, mais la guerre qui sévissait dans les royaumes invisibles l'avait obligé à changer précipitamment ses plans. Dans les cieux, les anges déchus tentaient depuis longtemps de s'emparer du pouvoir divin. Satan avait dû reprendre la tête de son armée diabolique, puisque celle de ses ennemis gagnait du terrain.

L'emprise passagère du plus puissant des démons sur Asgad avait affaibli l'âme de ce dernier, la rendant susceptible d'être réclamée par des entités négatives en quête d'une enveloppe humaine. Satan avait donc demandé à Ahriman de s'assurer que personne ne lui vole sa créature préférée en son absence.

Ahriman était ambitieux, mais il connaissait fort bien son rang dans le nouvel ordre que voulait instaurer Satan sur Terre. Il suivait donc Asgad pas à pas, restant dans l'ombre, attendant son heure de gloire. Il savait que cet homme d'affaires était un Anantas qui ne ferait qu'une bouchée de lui s'il tombait entre ses mains. Cependant, tous les Anantas avaient la même faiblesse : ils n'acceptaient pas d'être des reptiliens. Cette fragilité jouait en faveur du prince des ténèbres, qui jouirait ainsi d'un corps mille fois plus fort que celui d'un simple mortel. Ahriman devait toutefois garder intacte la faiblesse d'Asgad jusqu'au retour de son maître.

Le Faux Prophète ignorait néanmoins qu'une entité maléfique s'était très récemment échappée du gouffre sans fond au sein duquel Dieu enfermait les irrécupérables. Cette dernière était remontée à la surface afin de se procurer un corps et de reprendre sa vie là où elle l'avait laissée. Or, il n'était pas facile de s'emparer d'un homme lorsqu'on n'était pas un démon. Il fallait provoquer en lui des pertes de conscience de plus en plus prolongées, jusqu'à ce que son âme quitte définitivement le monde des vivants.

Asgad écoutait le message des Témoins en se disant qu'il avait pourtant utilisé ses richesses pour venir en aide aux autres. Il venait justement de financer l'ouverture d'un nouvel hôpital. S'il n'y avait pas eu autant de personnes autour des saints hommes, il aurait pu leur demander ouvertement de le guérir de ses pertes de conscience. Mais comme il craignait l'opinion publique, il hésitait.

C'est alors que se produisit un étrange événement. Soudain, sans que des faisceaux lumineux s'abattent du ciel ou que des jets de flammes s'échappent de la terre, des personnes se mirent à disparaître sur la place publique. Ceux qui les virent s'évaporer poussèrent des cris de stupeur. En un rien de temps, la panique s'empara de la foule, chacun craignant d'être la prochaine victime de ce mystérieux phénomène. Désemparés, les croyants prirent la fuite. Certains d'entre eux n'échappèrent cependant pas à cette force inexplicable qui gobait des êtres vivants.

Ahriman ne fut pas le seul à remarquer cette intervention divine. Les deux Témoins avaient levé les yeux vers le ciel, ébahis.

– Il a tenu sa promesse, Képhas ! s'exclama joyeusement Océlus. Il est venu chercher ceux qui croient en lui depuis le début afin de leur éviter les souffrances que l'Antéchrist fera subir à l'humanité.

Yannick ressentait un curieux picotement sur sa peau. Cela ressemblait au frôlement d'une source électrique. La Bible annonçait en effet le Ravissement des enfants de Dieu avant les terribles événements de l'Apocalypse. Ces temps difficiles étaient donc arrivés.

Il baissa les yeux sur la foule, ne sachant comment rassurer ces pauvres gens terrorisés qui s'éloignaient en toute hâte. Ceux que le Père venait chercher étaient bénis entre tous. Alors, comment expliquer aux autres qu'ils n'avaient pas eu suffisamment la foi et qu'en conséquence, ils seraient exposés à la cruauté du prince des ténèbres ?

– Aidez-moi…, supplia Asgad.

Yannick le vit s'effondrer sur le sol. N'écoutant que son cœur, il se précipita à son secours. Asgad venait une fois de plus de perdre connaissance. Le Témoin posa sa main droite sur son cœur pour le ranimer, mais une puissance diabolique le repoussa brutalement.

– Il est à moi ! hurla une voix caverneuse qui sortait de la bouche de l'homme d'affaires, mais qui ne ressemblait en rien à la sienne.

Océlus agrippa son ami par-derrière pour l'éloigner de l'inconnu.

– Qui êtes-vous ? l'interrogea Yannick, plus curieux que prudent.

– Je n'ai pas à révéler mon nom à un Juif, gronda Asgad.

Il semblait pourtant en être un, lui aussi…

Benhayil arriva sur les lieux en courant, car il avait eu du mal à se frayer un passage à travers la foule terrifiée. Il saisit son patron par le bras et l'aida à se relever.

– Vous a-t-il agressé, monsieur ? demanda le jeune homme, alarmé.

Asgad tourna très lentement la tête et observa la débandade des fidèles avec une incompréhensible fascination.

– Monsieur Ben-Adnah, répondez-moi, insista son secrétaire.

– Comment suis-je arrivé ici ?

– C'est vous qui vouliez parler à ces prédicateurs. Sélèd et moi avions raison de vous mettre en garde contre leur sorcellerie.

Benhayil le tira doucement par le bras pour l'éloigner des apôtres.

– Attendez ! s'exclama Yannick. Je veux savoir qui vous êtes.

– Comment osez-vous m'adresser la parole ? cracha Asgad.

Il se tourna vers son employé, le regard enflammé.

– Faites-le fouetter, ordonna-t-il le plus sérieusement du monde.

– Quoi ? s'étonna le secrétaire.

L'entrepreneur se défit de son emprise et marcha en direction de la colline, laissant les trois hommes pantois. Puis, alors qu'il allait atteindre la rue, il se tourna vers eux d'un air hautain.

– Obéissez à votre empereur ou il vous en coûtera, lâcha-t-il.

– Empereur ? répétèrent Océlus et Benhayil en chœur.

Pour sa part, Yannick était demeuré muet, car il venait de reconnaître l'essence ancienne qui s'était emparée du brillant homme d'affaires.

– Hadrien…, murmura-t-il, déconfit.

...006

Quelques heures après le début des disparitions massives sur la planète entière, toutes les bases de l'ANGE étaient sur un pied d'alerte. Les techniciens entraient les données qu'ils recevaient des capteurs et des agents aussi rapidement qu'ils le pouvaient, et l'ordinateur les analysait en tenant compte des variables sans cesse modifiées. Il devenait de plus en plus évident que les gens qui se volatilisaient n'étaient pas choisis au hasard. Les premiers rapports indiquaient que la majorité des victimes étaient des enfants, suivis de près par leurs grands-parents. Peu d'adultes dans la force de l'âge avaient subi le même sort, du moins, pour le moment.

Mithri Zachariah était en communication constante avec ses directeurs continentaux qui, à leur tour, consultaient les comptes rendus des chefs provinciaux ou régionaux au fur et à mesure qu'on les déposait entre leurs mains. La grande dame écoutait leurs hypothèses sans émettre de commentaires. Son visage exprimait une grande inquiétude. Toutefois, elle ne l'avait pas encore verbalisée.

Tous les corps policiers participaient au recensement de leurs territoires et notaient les noms des disparus. Contactés d'urgence, les services de traumatologie de toutes les grandes villes du monde tentaient de réconforter ceux qui venaient de perdre mystérieusement un membre de leur famille ou un ami. Pris de court, les gouvernements ne savaient plus comment réagir.

L'incompréhensible phénomène n'avait pas épargné l'ANGE. Plusieurs agents et membres des services techniques étaient manquants. Le fait qu'ils se trouvaient tous à l'intérieur des bases sécurisées écartait la possibilité que l'Alliance ait créé une arme capable de vaporiser les gens à distance.

Mithri connaissait les prophéties bibliques, mais il y en avait autant d'interprétations qu'il y avait de chercheurs. Le seul homme capable de l'éclairer avait vécu à l'époque de Jésus. Toutefois, il ne faisait plus partie de l'Agence. La directrice internationale écouta encore quelques rapports venus de Scandinavie et d'Afrique, puis se décida à agir.

– Ordinateur, je veux parler à Adielle Tobias, ordonna-t-elle.

Il y eut un court silence.

– LA BASE DE JÉRUSALEM TENTE EN CE MOMENT DE LA JOINDRE SUR SON SYSTÈME DE COMMUNICATION PERSONNEL.

« Il ne doit pas être évident de contenir l'émoi d'une population qui attend ces événements depuis des siècles », songea la grande dame en attendant patiemment qu'on retrouve Adielle. Sur l'écran de son ordinateur, le nombre de disparitions continuait à grimper de façon alarmante.

– MADAME TOBIAS A ÉTÉ LOCALISÉE, annonça la voix métallique.

– Puis-je avoir un visuel ?

– NÉGATIF, MADAME ZACHARIAH. SEULE UNE COMMUNICATION AUDIO EST POSSIBLE.

– Procédez.

– LE LIEN EST MAINTENANT ÉTABLI.

– Adielle ?

– Bonjour, madame Zachariah. Je me doute du but de votre appel.

– Pourquoi l'ordinateur a-t-il eu de la difficulté à vous joindre ? Avez-vous quitté votre base ?

– Mon équipe sait ce qu'elle a à faire, alors j'ai pris l'initiative d'aller chercher de l'information à la source.

– Yannick Jeffrey ?

– En effet. Malheureusement, il est presque impossible de circuler dans la ville.

– Je vous appelais justement pour vous demander de récupérer l'agent Jeffrey.

– Le récupérer ? répéta Adielle, hésitante. Je crains que cela ne soit plus possible. J'avais plutôt l'intention de le questionner au sujet des disparitions. Je suis certaine qu'il sait quelque chose.

– Désirez-vous des renforts ?

– Non. De toute façon, je n'ai plus beaucoup d'agents de sécurité. Comme vous le savez, la base de Jérusalem est celle qui a été la plus durement touchée par le phénomène. Et puis, il me sera plus facile d'approcher Yannick si je suis seule.

– Rappelez-moi dès que vous aurez des réponses, Adielle. Utilisez mon code personnel.

– Vous pouvez compter sur moi.

Mithri s'enfonça dans son fauteuil, profondément perdue dans ses pensées.

Planté devant les nombreux écrans de la salle des Renseignements stratégiques de la base de Toronto, Cédric Orléans songeait aussi à son ancien agent. Le moment était mal choisi pour fouiller dans la base de données de Yannick, car les hauts dirigeants de l'ANGE pouvaient faire appel à lui d'un instant à l'autre. Comme tous les autres chefs régionaux, Cédric observait, impuissant, les statistiques qu'affichait l'ordinateur central. Les bras croisés, il était immobile et profondément troublé.

Les techniciens de l'équipe de nuit, désormais moins nombreux, arrivèrent pour relayer ceux qui travaillaient d'arrache-pied depuis le matin. Les hommes et les femmes épuisés leur cédèrent leurs sièges avec soulagement, mais ils furent toutefois incapables de quitter le centre nerveux de la base et demeurèrent debout derrière leurs collègues. La plupart avaient peur de rentrer chez eux et de découvrir que leurs proches faisaient partie du nombre des victimes.

Lorsque le compteur s'arrêta finalement, un peu avant minuit, ils retinrent leur souffle pendant plusieurs minutes. Le silence devint si intense que le chuintement de la porte fit sursauter tout le monde. Aodhan Loup Blanc entra et s'approcha de son directeur en levant lui aussi les yeux sur le plus gros des écrans. Le nombre global de disparus le frappa.

– C'est inconcevable, laissa-t-il échapper, énonçant tout haut ce que tous pensaient tout bas.

– Ordinateur, le phénomène a-t-il cessé ? demanda Cédric.

– Aucune des bases de l'Ange n'a enregistré de disparitions depuis vingt-trois heures cinquante-cinq.

Les techniciens se tournèrent vers leur chef.

– Ne nous réjouissons pas trop vite, les avertit Cédric. Attendons encore un peu.

Au bout d'une demi-heure sans aucun changement, il devint évident que le Ravissement avait pris fin. Cédric ferma les yeux et laissa retomber ses bras de chaque côté de son corps. Des cris de joie retentirent dans la vaste pièce. Cependant, le directeur de la base refusa d'y participer avant d'être certain qu'ils étaient bel et bien saufs. En silence, il se dirigea vers son bureau. Aodhan lui emboîta le pas.

– Avez-vous besoin de moi ? s'enquit l'Amérindien avant que Cédric n'atteigne la porte métallique.

– Tant que nous n'aurons pas obtenu le tableau complet de la situation, il n'y a rien que nous puissions faire,

Aodhan, mais merci de le proposer. Dès que j'aurai reçu mes ordres, je diviserai les tâches entre mes agents.

Désarmé, Cédric s'enferma dans son bureau. Il prit place à sa table de travail et analysa les chiffres compilés par l'ordinateur. S'ils étaient exacts, presque un tiers de la population mondiale venait de s'envoler. Ces gens étaient-ils morts ? Avaient-ils été transportés ailleurs par une intelligence extraterrestre ?

– Ordinateur, en quoi consiste le Ravissement ? demanda-t-il à tout hasard.

– C'est une prophétie que l'on retrouve dans la Bible des chrétiens. Elle indique que lors du Ravissement, les corps mortels des croyants seront transformés en corps immortels, afin qu'ils puissent régner avec le Fils de Dieu à jamais. Jusqu'à présent, cette prophétie ne s'est pas encore accomplie.

– De quelle façon peut-on opérer cette transformation ?

– Les données sont actuellement insuffisantes pour que je puisse répondre à votre question, monsieur Orléans.

– Les disparitions enregistrées aujourd'hui de par le monde pourraient-elles être reliées à ce Ravissement ?

– L'analyse du phénomène est toujours en cours.

– Dans ce cas, avertissez-moi lorsque vous l'aurez terminée.

– Très bien, monsieur.

Cédric se mit alors à pianoter sur son ordinateur personnel, encastré dans sa table de travail, afin de trouver d'autres passages bibliques susceptibles de l'éclairer.

...007

Jérusalem avait connu son lot de bouleversements depuis sa fondation, et elle semblait vouloir demeurer à jamais un bassin explosif de croyances opposées. Mais ce jour-là, peu importe le nom qu'ils donnaient à leur dieu, les fidèles affolés couraient en tous sens dans les rues de la ville. Certains, complètement désemparés, tournaient en rond, à la recherche de leurs amis disparus. La Ville sainte ressemblait à une immense ruche qui aurait perdu sa reine.

Adielle Tobias naviguait tant bien que mal à travers les torrents humains qui se déversaient dans l'ancienne cité. Elle avait abandonné sa voiture depuis longtemps et cherchait à se rapprocher à pied du Mur des Lamentations. Les fuyards gémissaient dans toutes les langues en bousculant ceux qui ne circulaient pas assez rapidement. Adielle ne put s'empêcher de penser à l'histoire de la tour de Babel que lui avait racontée sa grand-mère. Les ouvriers, soudainement incapables de se comprendre, avaient dû en abandonner la construction.

La directrice de l'ANGE s'arrêta à une intersection pour s'orienter, lorsqu'une femme s'évapora sous ses yeux. Il n'y avait eu ni douleur ni surprise sur son visage, mais plutôt une brève illumination. Adielle leva les yeux vers le ciel pour voir si un engin terrestre ou extraterrestre s'y trouvait. Elle n'y vit rien d'anormal. Pourtant, autour d'elle, des enfants et leurs mères continuaient de disparaître. « Il y a certainement une explication logique à ce phénomène », songea-t-elle pour se rassurer. Elle piqua à droite, ralentie par l'exode.

Au bout d'un moment, elle aperçut celui qu'elle cherchait. Debout près du second Témoin, Yannick Jeffrey observait stoïquement le désordre et la confusion du peuple. Son compagnon marchait autour de lui en levant les bras au ciel, le visage paré d'un large sourire.

Adielle marcha vers eux avec prudence pour ne pas être brûlée vive, comme tous ceux qui avaient tenté de les approcher.

— Yannick ! l'appela-t-elle en s'arrêtant derrière un flot d'hommes terrorisés.

Il se tourna vers elle, et elle reconnut à peine ses traits. Une grande paix se reflétait sur son visage. « Comment peut-il être aussi serein ? » s'inquiéta Adielle. Elle se faufila de peine et de misère à travers la foule qui courait en sens contraire.

— Yannick, puis-je te parler ?

Immobile dans sa longue tunique beige, il ressemblait à une statue antique.

— Est-ce que tu comprends ce que je te dis ?
— Tu ne devrais pas être ici, répondit-il enfin.
— Suis-je en danger ?
— Pas si tu crois en Dieu.
— Pourquoi les gens se volatilisent-ils sans raison apparente ?

Il arqua légèrement les sourcils, comme si cette question le prenait de court.

— Sans raison ? répéta-t-il, incrédule.
— Ce prodige vous a été annoncé par les prophètes, intervint Océlus en plantant dans les yeux de la directrice un regard glacé.
— Dieu est en train de soustraire ses fidèles aux souffrances que le prince des ténèbres fera bientôt subir à

l'humanité, ajouta Yannick. C'est la récompense qu'il leur a promise, il y a fort longtemps.

– Explique-moi comment, supplia-t-elle en arrivant finalement devant lui.

– Mon rôle n'est pas d'expliquer aux hommes ce genre de mystère, mais de les aider à accéder à la vie éternelle.

Son air de béatitude fit penser à la directrice qu'il était peut-être sous l'influence d'une drogue quelconque.

– Yannick, ne me reconnais-tu pas ? C'est moi, Adielle. Tu sais qui je représente et qui je dois protéger. Dis-moi ce que j'ai besoin de savoir pour poursuivre ma mission.

La question le fit frémir, comme s'il sortait enfin de sa transe.

– Il sera bien trop puissant pour que l'ANGE puisse l'arrêter, soupira-t-il.

Cette fois, la directrice reconnut en lui l'agent qu'il avait toujours été.

– Qui ? le pressa-t-elle.

– L'Antéchrist.

– Rien ne nous sera impossible si nous rallions nos forces.

– Il dominera toute la Terre.

– Les prophéties sont des avertissements, Yannick. Elles ne se réalisent pas forcément.

– J'ai vu son visage.

– Quand ? Où ?

– Ici même, à Jérusalem. C'est un personnage important, un homme qui possède une grande fortune.

– Si tu peux l'identifier, nous le ferons emprisonner, et rien de ce qu'ont prédit les prophètes ne se produira.

– Ils ont annoncé le Ravissement et il est survenu. Comment auriez-vous pu l'empêcher ?

– Si nous avions pu le pressentir…

– Vous le saviez depuis plus de deux mille ans.

– Yannick, je t'en conjure, essaie de penser clairement. Tu es le meilleur agent de Cédric. Tu as été formé pour affronter n'importe quel type de terrorisme.

– Je suis aussi Képhas, et mon maître m'a confié une tâche que je ne pouvais refuser. Au lieu de gaspiller ton énergie à douter de ce que tu vois, Adielle, essaie plutôt de comprendre ce qui s'en vient.

– Reviens à la base avec moi, implora-t-elle.

– Je ne fais plus partie de l'Agence.

– Loin de moi l'idée de te faire reprendre du service, rassure-toi. À moins que tu ne connaisses déjà le véritable nom de l'Antéchrist, j'aimerais que tu nous aides à l'identifier.

Yannick hésita.

– Ne te mêle plus aux hommes, lui recommanda Yahuda.

Depuis qu'ils prêchaient ensemble à Jérusalem, Océlus n'avait pas revu sa belle. « Sans doute a-t-il raison de me conseiller de rester auprès de lui », songea l'ancien agent de l'ANGE. Toutefois, Yannick s'était attaché aux habitants de ce monde.

– Je ne serai pas parti longtemps, dit-il enfin.

– Ton travail est ici, désormais, protesta son compagnon.

– Tu dis vrai, mais nous aurons besoin d'aide pour empêcher Satan de s'emparer de la Terre. Le moins que je puisse faire, c'est de guider l'ANGE dans la bonne direction.

Océlus se contenta d'afficher un air réprobateur.

– Si je ne suis pas revenu dans une heure, viens me chercher, ajouta Yannick.

Sans attendre la réponse de son ami, l'ancien agent posa la main sur le bras de la directrice. Ils se dématérialisèrent instantanément. Océlus poussa un grondement de mécontentement. Képhas avait toujours été le plus téméraire de tous les apôtres, celui qui ne savait pas écouter les conseils des autres. « Les choses n'ont pas vraiment changé », regretta Yahuda.

○

Yannick Jeffrey choisit de réapparaître dans le bureau d'Adielle Tobias pour ne pas créer plus d'émoi dans la base de Jérusalem. La transformation de millions de corps physiques de fidèles en des corps de lumière inquiétait déjà suffisamment les non-croyants qui s'activaient devant les écrans de la salle des Renseignements stratégiques.

Adielle prit une grande inspiration en se matérialisant. Les yeux écarquillés, elle observait le Témoin avec stupéfaction.

– Mais qu'est-ce…, marmonna-t-elle.

Elle tourna sur elle-même et constata qu'elle était de retour à la base.

– Explique-moi ce qui vient de se passer, exigea-t-elle en se tournant à nouveau vers Yannick.

– Je nous ai transportés là où tu voulais aller, répondit-il calmement.

– Les personnes qui disparaissent sont-elles aussi transportées ailleurs ?

– Oui, au Royaume des Cieux.

– Où est cet endroit, exactement ?

– Il se trouve quelque part dans le vaste univers.

– Ces gens sont-ils encore vivants comme moi, en ce moment ?

– Leurs corps ne sont plus soumis aux lois naturelles de la Terre.

– Comme le tien ?

– C'est ton manque de foi qui te fait poser toutes ces questions.

– J'essaie seulement de comprendre ce qui nous arrive.
– Tu m'as demandé de te suivre ici pour découvrir le véritable nom de l'Antéchrist.

Reprenant son sang-froid, la directrice hocha doucement la tête. Cet interrogatoire devrait attendre quelques minutes. Il était plus urgent d'arrêter celui qui, selon les prophètes, allait bientôt semer la mort et la destruction sur la planète.

– Ordinateur, mettez à l'écran les noms de tous les hommes fortunés d'Israël, ordonna-t-elle.
– Je suis désolé, madame Tobias, mais je dois d'abord compléter l'analyse des données que je reçois de toutes nos bases. Votre requête devra attendre plusieurs heures.
– Plusieurs heures ? Je n'ai pas le temps d'attendre.

Elle prit place derrière sa table de travail et pianota sur son clavier. Yannick demeura debout à quelques pas d'elle, impassible. Une minuscule ampoule se mit alors à clignoter au-dessus de la porte du bureau, accompagnée d'un faible signal sonore.

– Laissez entrer, soupira la directrice sans même lever les yeux.

Noâm Eisik fit irruption dans la pièce et s'immobilisa brusquement devant Yannick.

– Comment vous êtes-vous introduits ici sans que personne ne vous voie ? balbutia-t-il.

Son regard chercha sa patronne. Elle consultait son ordinateur personnel sans se soucier de lui ou de son illustre visiteur vêtu à l'ancienne.

– Au lieu de te crisper, viens donc me donner un coup de main, lui dit Adielle.
– Pour faire quoi ? s'étonna le technicien en contournant prudemment le Témoin.
– Yannick a vu le visage de l'Antéchrist, mais il ignore son nom. J'essaie d'accéder aux fichiers des citoyens du monde, mais je n'arrive à rien.

Adielle lui céda sa place devant l'écran. Eisik commença par faire apparaître les données sur l'écran géant du mur.

– Pour accélérer le travail de l'ordinateur, il faudrait choisir un pays en particulier, indiqua-t-il.

– Essaie Israël.

Il entra très rapidement les données demandées. Postée derrière lui, Adielle suivait ses progrès sur l'écran géant.

– Comment avez-vous réussi à revenir à la base en si peu de temps ? la questionna Eisik. Il y a à peine cinq minutes, vous étiez au centre de la ville.

– C'est compliqué à expliquer, se contenta de répondre la directrice.

– Voici la section concernant notre pays. Que dois-je chercher ?

– Les hommes les plus riches. Je veux les voir un par un.

Le technicien s'exécuta et bientôt des visages se mirent à défiler sur le mur. Yannick ne réagit que lorsque celui d'Asgad y apparut.

– C'est lui, affirma-t-il.

Eisik ouvrit sa fiche signalétique avant même qu'on ne le lui demande.

– Ce ne peut pas être lui, murmura-t-il, incrédule. Monsieur Ben-Adnah est l'un des principaux bienfaiteurs d'Israël. Il vient juste d'inaugurer un nouvel hôpital, et Dieu sait que nous en avions besoin.

– Es-tu bien certain que c'est lui, Yannick ? voulut s'assurer Adielle en lisant la longue liste des réalisations de l'homme d'affaires.

– C'est bien son visage.

– Son dossier est irréprochable.

– Avant de se transformer en loup, le prince des ténèbres se conduira en brebis.

– Je vais confier cette arrestation à la division internationale, parce que je ne vois rien, ici, qui justifierait une telle action de la part d'une unité régionale.

Adielle remarqua alors l'hésitation qui venait d'apparaître sur le visage de l'ancien agent de l'ANGE.

– Es-tu bien sûr de ce que tu avances ? insista la directrice. Comme tu le sais, nous n'avons pas l'habitude de détruire la réputation des gens en nous fondant uniquement sur notre intuition.

– Notre première rencontre a eu lieu dans le quartier chrétien. Je ne pouvais pas voir son visage en raison de l'obscurité. Puis il est revenu vers moi sur la place publique tandis que je prêchais avec Yahuda. J'ai reconnu sa voix et, pour la première fois, j'ai observé ses traits. Cependant…

Yannick fronça les sourcils d'incertitude.

– Cependant quoi ? s'inquiéta Adielle.

– C'est Satan lui-même qui doit prendre possession du corps d'un mortel. Or, l'entité qui m'a parlé par la bouche de Ben-Adnah n'était pas le prince des ténèbres, mais un empereur romain qui avait juré de revenir régner en ce monde.

– Là, je ne te suis pas du tout.

– C'est la théorie que vous avancez depuis des années ! se rappela Noâm Eisik, le visage illuminé.

– Quelle théorie ? s'impatienta Adielle.

– La résurgence de l'empire romain, c'est bien ça ?

L'ancien professeur d'histoire ne réagit pas. Son esprit tentait de se rappeler ce qu'il avait jadis écrit à ce sujet. Sans crier gare, il s'évapora sous les yeux des deux membres de l'ANGE.

– Yannick ! s'exclama la directrice.

– Il a disparu lui aussi ? s'alarma Eisik.

– Dans son cas, c'est une façon de se déplacer, mais je n'avais pas fini de lui parler.

Les mains sur les hanches, Adielle était véritablement en colère.

– Imprime tout ce que tu trouves sur Ben-Adnah et sur la théorie de monsieur Jeffrey. Je veux lire ces informations avant de communiquer avec la division internationale.

– Tout de suite, madame.

Le technicien se précipita vers la porte, car il lui serait plus facile d'exécuter ses ordres à partir de son propre poste de travail. Pour sa part, Adielle Tobias se mit à tourner en rond dans son bureau, son cerveau sur le point d'éclater tellement il s'y ajoutait de questions.

...008

Enveloppés dans de chaudes couvertures, Océane Chevalier et Thierry Morin observaient le ciel. Pour leur part, les Spartiates s'étaient déjà retirés dans leur temple. Andromède vivant dans un quartier peu éclairé, on pouvait voir un nombre considérable d'étoiles lorsque le ciel était sans nuages. Les connaissances astronomiques du Naga étaient étendues. Océane avait travaillé suffisamment longtemps à la section des Corps célestes pour le vérifier.

– Parle-moi de ta planète, le pria-t-elle.
– Je suis né sur Terre, tout comme toi.
– Mais tes origines viennent de l'espace. Tu dois en savoir quelque chose.
– Je sais seulement que mon père est un Dracos de sang pur et ma mère, une Pléiadienne. Puisque les Dracos sont les maîtres de nombreux systèmes solaires dans deux galaxies différentes, à moins de lui poser directement la question, il m'est impossible de te dire exactement où il est né.

Océane l'écoutait, fascinée d'apprendre qu'il y avait vraiment de la vie sur d'autres planètes.

– Ma mère est une descendante des habitants de Tiamat, la mère patrie. Ils sont venus sur Terre il y a des milliers d'années et ont gardé leur sang plus ou moins pur. On peut observer au moins cinq des mille quatre cents étoiles de l'amas nébuleux des Pléiades en automne dans la constellation du Taureau. Mais il faut utiliser un puissant télescope pour voir celle autour de laquelle orbite Tiamat.

– Vivent-ils comme nous ?
– Je n'en sais rien.
– Tu es capable de me dire d'où ils viennent, mais pas qui ils sont ?
– Je ne sais du monde que ce que mon mentor m'a enseigné et ce que j'ai découvert par la suite. Je n'ai pas mené le même genre de vie que toi, Océane.
– Fais-moi confiance, personne sur cette planète n'a mené le même genre de vie que moi.

La jeune espionne lui raconta alors les extravagances de sa mère dans cette même cour où ils étaient allongés. Elle espérait le faire sourire avec toutes ces histoires les plus abracadabrantes les unes que les autres. Mais à son grand étonnement, il garda le silence.

– Je pensais te faire rire un peu, soupira-t-elle.
– Ce n'est pas ta faute si mon passé me fait mal aux tripes.
– C'est une autre ancienne particularité des Nagas ?
– Je dirais plutôt que c'est un cas isolé.

Il cessa de regarder le ciel et se tourna vers elle. Même s'ils étaient dans la pénombre, elle sentit son malaise.

– Rentrons, décida-t-elle. Il commence à faire vraiment froid.

Enroulés dans leurs couvertures, ils clopinèrent jusqu'à la galerie et accueillirent la chaleur de la maison avec joie. Andromède n'était nulle part et Thierry chassa de ses pensées la possibilité qu'elle pût se trouver chez les Spartiates. Il suivit plutôt sa belle jusqu'à la chambre Shinto qu'ils avaient adoptée. Océane le fit s'allonger sur le ventre et lui massa vigoureusement les épaules.

– Pendant que j'essaie de dénouer ces nœuds de matelot tout au long de ta colonne vertébrale, ouvre-moi ton cœur, l'encouragea-t-elle.

– Je n'ai pas envie de m'apitoyer sur mon sort, ce soir.
– Il y a donc quelque chose qui te cause encore du chagrin.
– Tu es vraiment tenace.
– Irréductible…
Elle déposa un baiser bruyant sur son omoplate, ce qui le fit finalement sourire.
– Avant d'être espionne, j'étudiais en psychologie, ajouta-t-elle.
– Tu dis n'importe quoi.
– J'ai encore mes notes de cours…
Elle se rappela alors que son appartement avait été rasé lors de la destruction de la base de Montréal.
– Correction : je les avais avant l'explosion. L'important, c'est que j'ai retenu les notions de base, non ? Dis-moi ce qui te tracasse. Je suis sûre que je peux t'aider.
– Personne ne peut changer le passé.
– C'est vrai. Toutefois, on peut l'empêcher de perturber le présent et le futur.
Thierry garda le silence un moment et la jeune femme sentit qu'elle était sur le point de le faire craquer.
– Serre-moi, chuchota-t-il en se retournant sur le dos.
Océane se blottit dans ses bras et fit ce qu'il demandait.
– Ce n'est pas tout à fait la technique qu'on nous enseignait, mais ça ira, le taquina-t-elle.
– Je n'ai pas eu la vie trépidante dont j'avais envie, se confia-t-il en feignant de ne pas avoir entendu la plaisanterie. J'ai passé juste assez de temps au pensionnat pour entendre parler des carrières qui attendaient les garçons ordinaires. Au lieu de poursuivre mes études, je me suis retrouvé dans le sous-sol d'une cathédrale à étudier les arts martiaux et toutes les façons de tuer mes ennemis. Je n'en suis sorti que lorsque mon mentor a

jugé que j'étais prêt à éliminer des Dracos, mais je n'ai jamais oublié mes rêves.

– Quel genre de vie aurais-tu choisi si tu n'avais pas été un Naga ?

– Je serais devenu Spartiate.

Océane éclata de rire si fort qu'elle finit par dérider Thierry, qui s'esclaffa à son tour.

– Sois sérieux, le somma-t-elle.

– C'est toi qui me demandes une chose pareille ?

– Qu'aurais-tu fait si ton mentor reptilien ne t'avait pas recruté ?

– Je serais devenu un brillant savant et j'aurais inventé un gaz invisible et inodore pour forcer les gens de cette planète à arrêter de s'entretuer pour des peccadilles. Je l'aurais ensuite répandu dans l'atmosphère pour que tous s'en remplissent les poumons.

– Pourrait-on vraiment inventer un tel produit ?

– Nous ne le saurons jamais, puisqu'on a fait de moi un assassin.

– Ce sont donc tes aspirations pacifiques contrecarrées qui t'attristent, mon pauvre chéri. Te rends-tu compte, au moins, que cette confession te rend encore plus séduisant ?

– Non, je ne vois pas comment.

Elle l'embrassa jusqu'à ce qu'il comprenne enfin ce qu'elle voulait dire. Une fois qu'ils eurent fait l'amour, il se pressa contre Océane et écouta battre son cœur. « Pourquoi la passion est-elle défendue aux Nagas ? » se demanda-t-il, confus. Incapable de trouver de réponse à cette question obsédante, Thierry mit de longues heures avant de s'endormir.

Il était presque midi lorsque la mère d'Océane les réveilla en frappant de façon insistante sur la porte de leur chambre.

– Océane, quelque chose ne tourne pas rond ! s'exclama finalement Andromède.

Ce fut suffisant pour piquer la curiosité de l'espionne et du traqueur. Ils se vêtirent rapidement et rejoignirent leur bienfaitrice dans le couloir d'inspiration égyptienne.

– Est-il arrivé quelque chose aux Spartiates ? s'informa aussitôt Thierry.

– C'est plus grave encore.

Ils la suivirent jusqu'au sous-sol, où les six guerriers étaient déjà agglutinés devant le téléviseur géant. En se joignant à eux, Océane analysa de son mieux les images qui se succédaient à l'écran. Il s'agissait sans l'ombre d'un doute d'un reportage sur ce qui semblait être une panique générale dans une grande ville du monde.

– Y a-t-il une nouvelle guerre ? s'enquit-elle, découragée.

– Ils ne savent pas ce qui se passe, expliqua Damalis. Des gens disparaissent partout dans le monde sans que qui que ce soit n'ait utilisé une arme contre eux.

– Quoi ?

La journaliste maîtrisait son affolement de son mieux. Elle racontait que les grandes puissances du monde industrialisé venaient de faire appel à l'ONU pour les aider à élucider ce mystère.

– As-tu une idée de ce qui se passe, Océane ? lui demanda Andromède.

– Je ne connais pas de pays possédant une telle technologie, avoua-t-elle, abasourdie.

Sa montre se mit alors à vibrer sur son poignet. Elle baissa les yeux et ne fut pas surprise d'y voir les chiffres clignoter en orange. Elle s'excusa auprès du groupe et regagna sa chambre pour y prendre son petit écouteur, que Cindy avait finalement eu la gentillesse de lui envoyer par la poste. Elle le plaça sur son oreille et appuya sur l'unique bouton du système de transmission.

– OC neuf, quarante, à l'écoute.
– Océane, c'est Cédric.
– Je me doutais bien que tu appellerais. Que se passe-t-il ?
– Nous l'ignorons pour l'instant, mais le phénomène est mondial.
– Tu veux que je rentre à Toronto ?
– Pas maintenant. Je préfère attendre que l'assaut soit passé. Je t'enverrai un hélicoptère, alors tiens-toi prête à partir à tout moment.
– J'ai une faveur à te demander.

Océane entendit soupirer son patron dans le petit écouteur.

– Thierry Morin est avec moi, poursuivit-elle.
– Tu veux que je le fasse reconduire chez lui ?
– Il n'a plus de chez-lui à cause de la reine des Dracos. Elle l'a torturé à un point tel qu'il ne peut plus remplir sa mission de traqueur dans son corps de reptilien.
– L'ANGE n'est pas une société d'adoption, Océane.
– Ce n'est pas un petit chien égaré que je t'offre, mais un policier qui peut encore nous être utile sous sa forme humaine. Compte tenu du chaos auquel j'assiste à la télévision, nous ne serons jamais trop pour découvrir la source des disparitions.
– Il y a une procédure pour devenir agent de l'ANGE.
– Il s'y soumettra.
– Ce n'est pas le moment de discuter de son cas, Océane. Ramène-le à Toronto si tu veux. Nous en reparlerons sur place.
– Tu es un amour de papa.
– Je te rappelle que lorsque tu utilises l'équipement de l'Agence, c'est à ton patron que tu t'adresses.

– Tu es un amour de patron, alors.
– Cette conversation est terminée.

Elle entendit le déclic caractéristique de la fin de ce genre de communications privées. « Il finira bien par accepter qu'il a une fille, maintenant », songea l'espionne en glissant son écouteur dans la poche de sa veste. Elle redescendit au sous-sol, où régnait un silence d'enterrement. Même Thierry regardait fixement l'écran sans sourciller. Son cerveau entraîné d'une façon différente de celui de l'espionne analysait sans doute les données qu'il recevait. Elle prit place près de lui. Le bulletin spécial montrait de courtes entrevues avec des policiers qui ne comprenaient visiblement pas ce qui se passait.

– C'était annoncé dans ta religion, lâcha soudain Thierry.

– Rafraîchis ma mémoire, s'il te plaît, le pressa Océane.

– C'est le début des sept années du règne de celui que vos prophètes ont appelé l'Antéchrist. Mes professeurs m'en ont parlé au pensionnat.

– Est-ce qu'ils t'ont aussi dit que cet homme serait un Anantas ?

Les six guerriers grecs se tournèrent brusquement vers elle, les yeux écarquillés.

– Il est inutile de se faire des cachotteries, à présent, poursuivit-elle. Je sais qui vous êtes. En fait, personne dans cette pièce n'est humain.

– Mais la déesse..., commença Damalis, étonné.

– Elle est Pléiadienne avec quelques gouttes de sang terrestre, expliqua Océane.

Andromède confirma cette information d'un léger mouvement de la tête, tout en enveloppant ses Spartiates d'un regard rempli de tendresse.

– Et vous ? osa demander Thaddeus.

– Je suis la fille d'Andromède, mais mon père est un Anantas.

Elle sentit tout de suite un vent de panique traverser les regards des guerriers.

– Mais je viens juste de l'apprendre, s'empressa-t-elle d'ajouter. Je vous jure que mon père n'est pas l'Antéchrist, si c'est ce que vous vous demandez en ce moment. Il ne sait pas grand-chose de ses origines. Il a même longtemps cru qu'il était un Neterou.

Damalis consulta Thierry du regard.

– Elle dit la vérité, affirma ce dernier.

– Mais que peuvent faire neuf personnes contre une catastrophe d'une telle ampleur ? s'enquit Kyros.

– La Terre a heureusement de bons protecteurs, le rassura Océane. Ce que j'aimerais, au fond, c'est que vous protégiez ma mère pendant que des équipes spécialisées s'affairent à élucider ce mystère.

Elle constata alors que Thierry et Damalis semblaient échanger des informations secrètes en se regardant dans les yeux.

– Il n'en est pas question ! protesta-t-elle en devinant leurs intentions.

– L'homme qui est responsable de ce bouleversement est certainement bien gardé, expliqua Damalis. Seuls des Nagas pourront se rendre jusqu'à lui pour l'éliminer.

– Il a raison, l'appuya Thierry.

– Il y a, sur cette planète, des agences qui savent comment traiter ce type de situations.

– À coups de réunions et de discussions sur différents niveaux de la hiérarchie ? se moqua Eraste.

– Nous n'en faisons pas partie, renchérit Aeneas. Libre à nous d'agir à notre guise.

– Cédric va m'écorcher vivante si je vous ramène tous à Toronto…, se lamenta Océane. Et puis, qui protégera ma mère si vous partez tous ?

– Je suis parfaitement en sécurité dans cette maison, ma chérie. J'ai embauché les Spartiates pour avoir de la compagnie, pas pour me défendre.

Océane cacha son visage dans ses mains.

– Cette fois, il va me tuer.

...009

Contrairement à ce que croyaient Christopher Shanks et le révérend Sinclair, ce n'est pas vers la salle des Laboratoires que le démon dirigea les pas de Vincent McLeod. Ce que les membres de l'ANGE ignoraient, c'était que le Faux Prophète avait personnellement implanté dans de pauvres innocents, partout à travers le monde, des Orphis dont le seul but serait de servir l'Antéchrist lorsque ce dernier ferait appel à eux. L'intervention du prêtre avait cependant réveillé un peu trop tôt celui qui habitait Vincent.

Dès que Sinclair l'eut prévenu de la manifestation du démon, Shanks ordonna à l'ordinateur de fermer toutes les issues, puis aux professeurs de surveiller leurs élèves, car le révérend lui avait également dit que ce genre d'entité avait la faculté de passer d'une personne à l'autre. Si cette chose se mettait à rebondir d'un membre du personnel à un autre, il deviendrait presque impossible de la repérer.

Le directeur de la base s'élança ensuite à la poursuite du fuyard. Des membres de la sécurité se joignirent aussitôt à lui.

– Ordinateur, où Vincent McLeod se trouve-t-il maintenant ? s'écria Shanks en courant en direction de la salle des Laboratoires.

– Il va bientôt atteindre la porte A-43.

Les hommes s'arrêtèrent net, car ils couraient en sens

inverse ! En tournant les talons, Shanks tenta de se remémorer le plan de la base.

— Où mène cette porte ?

— C'est un accès qui ne doit être utilisé qu'en dernier recours. Il monte tout droit vers la surface.

— La surface ? s'étonna le directeur.

— Le point de sortie se situe au milieu de la plaine. Il fait huit degrés Celsius et la pluie abondante ne cessera qu'en fin de soirée.

— À quelle distance sont les habitations les plus proches ?

— Trente kilomètres vers le sud et quarante kilomètres vers l'ouest. Cependant, aucune route ne mène à cette plaine, qui est généralement utilisée comme terrain de chasse par la population.

— Bloquez tous les accès à la porte A-43 et dépêchez une équipe d'urgence à la surface par un autre accès. Vincent McLeod doit être capturé vivant.

— Tout de suite, monsieur Shanks.

Les hommes qui accompagnaient le directeur étaient armés, mais ce dernier savait qu'ils n'utiliseraient leurs pistolets que si le démon devenait trop menaçant.

Se servant de la mémoire de l'informaticien, Nergal avait choisi de s'échapper par la sortie la plus directe, soit une cheminée à l'intérieur de laquelle grimpait un interminable escalier. Il ignorait si le corps qu'il empruntait parviendrait à atteindre l'air libre, mais il n'allait certainement pas rester dans cette base où les dommages qu'il causerait anéantiraient son enveloppe humaine. Il avait heureusement eu le temps de parcourir les principaux corridors d'accès à la conduite d'urgence lorsque les portes métalliques commencèrent à se refermer autour de lui.

Le démon allait atteindre le sas de la porte A-43 lorsqu'un panneau métallique glissa vivement du plafond et lui barra la route. Il poussa un cri de fureur et examina rapidement les murs. Une boîte de contrôle était encastrée à droite de la porte. Faisant appel aux connaissances de Vincent, Nergal en arracha le couvercle. Il s'agissait d'un petit ordinateur. Les mains du savant se mirent aussitôt à pianoter sur le minuscule clavier.

Cette activité fut aussitôt perçue par l'ordinateur de la base, qui en avisa le directeur d'Alert Bay.

– Changez les codes d'accès ! s'écria-t-il. Ne le laissez pas ouvrir cette porte !

– Tout de suite, monsieur Shanks.

Il courait en compagnie des hommes en noir, ouvrant au fur et à mesure les panneaux de sécurité à l'aide d'une petite manette que lui seul possédait.

– Monsieur McLeod adapte rapidement sa stratégie de décodage.

– Nous sommes presque arrivés ! Retenez-le !

Shanks atteignit finalement la dernière division qui le séparait de l'informaticien possédé. Il s'arrêta net avant d'appuyer sur le bouton qui ferait remonter le panneau de sécurité vers le plafond.

– Surtout, ne le tuez pas, ordonna-t-il aux membres de la sécurité.

Il actionna le dispositif et la porte métallique s'ouvrit. Elle avait à peine glissé de moitié le long du mur qu'une boule de feu jaillit du compartiment voisin et frappa l'un des hommes au milieu du corps. La force de l'impact le projeta très loin dans le corridor. Instinctivement, Shanks et le reste de l'équipe s'écrasèrent contre les murs. L'un des agents se laissa tomber sur le ventre en tenant son revolver à deux mains pour mieux distinguer sa cible. Ce qu'il vit le sidéra.

N'ayant plus le temps de déjouer l'ordinateur, l'Orphis utilisait toute sa puissance afin de tailler une brèche dans l'épais panneau qui l'empêchait d'atteindre son but. Une lumière éclatante s'échappa de ses paumes, forçant ses poursuivants à se protéger les yeux de leurs mains. Lorsque le phénomène cessa, l'équipe aperçut des coulées de métal liquéfié sur le sol. Shanks tenta d'utiliser sa manette pour faire remonter le panneau endommagé de la porte coupe-feu, mais ce dernier ne bougea pas. Il vit alors par la brèche le savant en train de prendre la fuite par le sas de la sortie de secours.

– Vincent, ne le laisse pas t'emmener dehors ! cria-t-il, alarmé. Tu ne survivras pas là-haut sans vêtements chauds !

– Maintenant que je suis avec lui, il survivra à n'importe quoi ! rugit Nergal.

Le démon disparut complètement dans l'étroite conduite. Shanks approcha la main des grosses gouttes argentées qui coulaient le long de la porte et ressentit l'intense chaleur qu'elles dégageaient. Il ne pouvait se risquer à utiliser ce passage sans s'infliger de graves brûlures.

– Ordinateur, est-il possible de bloquer l'accès extérieur de la cheminée A-43 ?

– Cette action ne fait pas partie de ma programmation car il s'agit d'une sortie de secours.

– Où se trouve l'équipe d'interception ?

– Elle remonte vers la surface au moyen de votre ascenseur personnel et l'atteindra dans quatre minutes.

– Et Vincent McLeod ?

– À cette vitesse, il atteindra la surface dans environ trente-sept minutes.

Jamais le directeur n'avait eu à faire face à pareille situation depuis son affectation à Alert Bay. Aucune des recrues n'avait tenté de s'échapper par le passé. Shanks rebroussa chemin sans faire connaître ses intentions aux hommes qui l'accompagnaient. Il se pencha sur celui qui avait été touché par la boule de feu et constata avec consternation qu'il était mort.

S'armant de courage, le directeur demanda aux hommes de la sécurité de ramener leur collègue à l'infirmerie, puis il retourna à la salle des Renseignements stratégiques.

– Ordinateur, qui dirige l'équipe d'interception ? demanda-t-il tandis qu'il obliquait vers la gauche dans le long couloir de l'ANGE.

– C'EST WILLIAM BERRINGER, MONSIEUR.

– Mettez-moi en communication avec lui.

Shanks sortit son petit écouteur de la poche de son veston et l'accrocha à son oreille.

– WB quarante, huit, s'annonça l'agent.

– Berringer, ici Christopher Shanks. L'homme que vous allez appréhender n'est pas le Vincent McLeod que vous connaissez. Il est sous l'emprise d'une créature malfaisante qui lui fait faire des gestes dont il n'a pas du tout conscience. Il semble aussi être en possession d'une arme suffisamment puissante pour faire fondre du métal. Je préférerais que vous le preniez vivant, mais si vous n'avez aucun autre choix, tuez-le, puis établissez un périmètre de sécurité autour de lui. Ne vous approchez surtout pas de McLeod. Cette entité a certainement la faculté de s'emparer d'un autre corps.

– Bien compris, monsieur Shanks.

Le directeur entra dans la vaste salle des Renseignements stratégiques, où la majorité des techniciens assistaient à l'augmentation alarmante des disparitions à travers le monde. Shanks s'arrêta derrière ses employés et promena son regard sur les écrans. « Les deux événements pourraient-ils être reliés ? » songea-t-il.

Il se mit à arpenter la pièce en attendant impatiemment des nouvelles des hommes en noir qui devaient à présent être sortis de la base.

○

Nergal regretta d'avoir choisi un sujet si peu en forme, car, au bout de quelques minutes, ce dernier faillit lâcher les montants de l'échelle qui menait à l'accès extérieur et se laisser tomber dans le vide. Le démon dut faire appel à toute sa force de persuasion pour que le savant poursuive sa route. Lorsqu'il eut atteint les derniers échelons, c'est en tremblant que Vincent pianota le code de sortie sur le panneau illuminé situé sur la paroi de la cheminée. La coquille métallique se souleva d'elle-même et retomba contre son socle de béton.

L'Orphis éperonna une fois de plus l'informaticien pour qu'il accepte de franchir le dernier mètre qui le séparait de la liberté. Vincent grimpa à la surface à pas de tortue et se laissa tomber tête la première dans les broussailles. La pluie froide qui l'assaillit sembla lui redonner de la vigueur. Toutefois, Nergal ne le pressa pas, car il ne ressentait aucune présence hostile à l'extérieur de la cheminée. Pendant que le savant reprenait des forces, le démon examina les alentours. Il se trouvait au milieu d'un grand espace sauvage. Cependant, il sentit qu'il y avait de la vie non loin, vers le sud. C'est donc dans cette direction qu'il irait afin de subjuguer la population jusqu'à ce que son maître fasse appel à lui.

Il perçut alors l'approche des membres de la sécurité de l'ANGE. Il n'y en avait qu'une douzaine. Ses pouvoirs magiques lui permettraient donc de s'en débarrasser sans difficulté, à condition que Vincent se remette rapidement de la fatigue de l'escalade.

Les agents de l'ANGE arrivaient un peu trop vite. N'ayant plus le choix, Nergal força Vincent à se relever. La pluie drue et froide collait ses cheveux blonds sur sa tête et sur ses yeux. Il avait même commencé à frissonner. Au lieu de fuir, le démon poussa Vincent à avancer vers ses ennemis. Dès qu'ils furent à quelques mètres seulement de lui, l'Orphis fit naître une flamme dans chacune des paumes du savant.

– Vincent, rends-toi ! cria Berringer.

Constatant que la lumière rouge devenait de plus en plus éclatante dans les mains du possédé, le chef de la sécurité ordonna à ses hommes de se déployer en éventail de chaque côté de lui.

– Vincent, je ne veux pour rien au monde te faire de mal ! poursuivit Berringer.

Un rire inhumain retentit sur la plaine.

– Vincent, je…

Berringer ne termina pas sa phrase. Deux énormes sphères enflammées roulèrent vers lui comme des boules de bowling.

– Dispersez-vous ! ordonna le chef.

Les hommes n'eurent pas le temps de bouger. Un énorme mur de feu les encercla et se referma impitoyablement sur eux. Leurs cris d'agonie ne firent même pas frémir le démon.

– Bon débarras, cracha-t-il.

Nergal allait se retourner afin d'atteindre le village le plus proche avant que Vincent ne meure d'hypothermie quand, à son grand étonnement, un homme sortit de la vaste colonne de fumée noire qui s'élevait du brasier. Celui-ci marchait d'un pas résolu, sans éprouver la moindre crainte.

– Le messager de l'Archange..., gronda l'Orphis, mécontent.

Reiyel Sinclair avait vaincu bien des créatures surnaturelles depuis le début de sa longue carrière. Il avait parfois été obligé de sacrifier les humains qu'elles avaient choisi d'habiter, mais ces âmes étaient aussitôt accueillies avec joie dans les cieux par la cohorte des anges.

– Tu ne peux pas m'arrêter sans tuer Vincent, le menaça le démon.

– Je ne reculerai devant rien pour te retourner à ton maître, Nergal.

La voix calme et assurée du prêtre alarma l'entité diabolique.

– Si tu exécutes Vincent, c'est ton corps que je prendrai !

– Il faudrait d'abord que j'en aie un.

La peau de Sinclair s'illumina de l'intérieur comme une lanterne chinoise.

– Je suis un soldat de la lumière venu sur Terre pour protéger les hommes de l'esprit du Mal. Libère Vincent ou je t'anéantirai.

– Si tu le veux, viens le chercher.

Le révérend continuait d'avancer comme un fantassin imprudent. Nergal fit donc apparaître de nouvelles boules de flammes dans les mains du savant. Il n'attendit pas qu'elles soient volumineuses avant de les lancer sur son adversaire. Elles foncèrent sur Sinclair, mais se heurtèrent soudain à un mur invisible et prirent la trajectoire opposée. Le démon les évita de justesse. Elles frappèrent un autre obstacle derrière lui et rebondirent en sifflant comme un serpent. Nergal ordonna à son hôte de se laisser tomber sur le sol pour éviter les ricochets. Il ne se releva que lorsque l'énergie malfaisante fut entièrement dissipée. Reiyel était à quelques pas seulement de lui, le visage impassible.

– Maintenant que je sais qui tu es, tu ne pourras plus me prendre de court, démon.

En poussant des cris inhumains, Nergal frappa de ses poings les parois de la prison que Reiyel avait créée autour de lui. Il était fait comme un rat.

– Libère Vincent.

Sinclair éloigna sa main droite de son corps. Un tourbillon prit forme dans les broussailles comme une tornade miniature. Elle commença alors à creuser le sol à la manière d'une vrille.

– Non ! hurla le démon.

– C'est la dernière fois que je te le demande.

L'entonnoir mouvant se rapprochait de plus en plus de la cage invisible qui retenait Nergal.

– Tu ne l'auras pas ! l'avertit ce dernier.

Sinclair se mit à réciter des paroles inintelligibles pour la plupart des humains, car elles provenaient d'un langage qu'ils avaient oublié depuis fort longtemps. Le corps de Vincent fut aussitôt pris d'effroyables convulsions. Imperturbable, l'exorciste poursuivit sa tâche divine. Une sombre entité vaporeuse sortit alors de la bouche de l'informaticien et tenta d'échapper à la barrière d'énergie qui la retenait captive. Agile comme une mangouste, Sinclair plongea le bras dans la prison invisible, saisit le bras de Vincent et le tira vers lui. Le pauvre homme tomba tête la première au milieu des broussailles.

Dans sa forme primitive, Nergal semblait inoffensif. Les hommes ne pouvaient distinguer de lui que sa silhouette fumante et ses yeux ardents. Sinclair, lui, le voyait tel qu'il était : un ange déchu vêtu de loques noires, les ailes déchirées. Ses longs cheveux noirs encadraient un visage affligé qui ne souriait jamais. Tous ceux qui s'étaient détournés de l'amour du Père lui ressemblaient.

– Lorsque tu seras auprès de Lucifer, dis-lui que nous ne le laisserons jamais s'emparer d'un monde qui n'a pas été conçu pour lui.

Privé des cordes vocales de Vincent, Nergal poussa des hurlements incompréhensibles, mais dans lesquels il était facile de déceler de la colère. Le tourbillon se faufila finalement sous la cage dont le démon ne pouvait pas s'échapper et aspira la créature du diable. Sinclair ramena ses doigts contre la paume de sa main et la terre se referma d'un coup sec. Dès que le démon eut disparu, le révérend se pencha sur l'informaticien. Il était en piteux état, mais vivant. Il le souleva dans ses bras et se rendit en marchant vers l'accès de l'ascenseur.

La deuxième équipe d'intervention était penchée sur les corps des membres de la première lorsque le révérend l'aperçut. Personne n'avait survécu aux flammes voraces de Nergal. Les agents de l'ANGE virent alors le prêtre avançant avec difficulté à travers les arbustes et se précipitèrent pour le décharger de son fardeau. Christopher Shanks se tenait au milieu de l'hécatombe, le visage livide. Tandis que les hommes en noir emmenaient Vincent à l'intérieur, Sinclair s'immobilisa devant le directeur de la base.

– Personne n'est jamais mort à Alert Bay, s'affligea Shanks.

– Malheureusement, le Mal fait toujours des victimes sur son passage.

– Vous n'avez pas été touché ?

– Je suis arrivé après vos hommes.

Le révérend entoura les épaules de Shanks d'un bras rassurant et le ramena vers l'entrée secrète. L'équipe médicale arrivait justement sur les lieux pour ramasser ce qui restait du groupe de Berringer.

Le directeur se laissa conduire sans résister. Il garda d'abord le silence, son esprit tentant désespérément de comprendre ce qui venait de se passer. Sinclair le fit asseoir dans le salon de ses appartements personnels et lui tendit un drap de bain pour qu'il éponge son visage et ses cheveux.

– Si j'avais pu dépister cet esprit malin il y a des semaines, rien de tout ceci ne se serait produit, déplora Shanks.

– Les cas de possession sont parfois difficiles à identifier, croyez-moi.

– Mais pourquoi Vincent ? Il n'était pas le seul agent de Montréal à s'être approché du Faux Prophète.

– Peut-être était-il plus faible et plus impressionnable que les autres. Les démons n'aiment pas la résistance. Ils choisissent toujours des victimes fragiles.

– Vincent est-il définitivement débarrassé de l'esprit malin ?

– Je ne pourrai vous l'affirmer que dans quelques jours. Malheureusement, il arrive que plusieurs entités se partagent le même corps. Je vais donc m'assurer que celle que j'ai extirpée était bien la seule à s'être infiltrée dans l'âme de votre savant.

Reiyel posa alors ses mains sur celles du directeur.

– Tout ira très bien.

Instantanément, Shanks sentit une apaisante chaleur envahir tout son corps. Rassuré, il se contenta, pour toute réponse, de hocher doucement la tête.

...0010

Aux petites heures du matin, Cédric Orléans était toujours assis à sa table de travail, en train de consulter les nombreux rapports que lui avaient remis ses techniciens depuis le début du Ravissement. Si le nombre des disparitions était alarmant, la situation à l'extérieur de la base l'était bien davantage. Le phénomène avait touché des personnes de tous les âges, mais surtout des enfants. Il n'avait pas non plus été question de discrimination raciale. Tous les pays faisaient état de centaines de milliers d'individus manquant à l'appel. La direction de l'ONU rassurait la population mondiale de son mieux, mais elle ne comprenait pas du tout ce qui s'était passé.

D'un rapport à l'autre, cependant, Cédric commençait à brosser le tableau de la situation. Tous les disparus étaient soit profondément croyants, soit aussi innocents que des agneaux. Or, les prophéties prétendaient que Dieu viendrait chercher les méritants avant l'arrivée des Ténèbres pour les soustraire à la cruauté de l'Antéchrist...

– Monsieur Fletcher aimerait vous voir, annonça l'ordinateur.

– Faites-le entrer.

Aaron Fletcher pénétra dans la pièce sans cacher son découragement.

– Je voulais juste savoir si vous étiez retourné chez vous pour dormir un peu, avoua-t-il.

– Je n'aurais pas pu fermer l'œil.
– Ce qui n'est pas étonnant. Plus je lis ces rapports, plus je suis confus.

Cédric invita le chef de la sécurité de la base de Toronto à s'asseoir.

– Si on analyse cette situation d'un point de vue strictement matérialiste, on pourrait presque conclure qu'une nation de ce monde a créé une arme capable d'anéantir des millions de personnes ou qu'une race extraterrestre est venue chercher son bétail humain, lui confia Cédric. Mais si on regarde ce qui vient de se passer d'un point de vue spirituel, on penche davantage pour l'interprétation que l'agent Jeffrey a jadis donnée aux prophéties bibliques. Ces gens n'auraient pas été impitoyablement anéantis, mais plutôt sauvés par une puissance divine d'un destin plus cruel encore.

– Donc, si vous et moi sommes ici, cela signifie que nous avons été abandonnés à notre triste sort.
– J'en ai bien peur, Aaron.
– Je suis pourtant croyant.
– Apparemment, vous entretenez suffisamment de doutes au sujet de votre créateur pour qu'il vous ait écarté de son grand plan.
– Ce qui semble être aussi le cas des deux tiers des habitants de la Terre, car c'est ce qu'il en reste, en ce moment. Et si ce que vous dites est vrai, ils ne sont pas composés des sujets les plus purs.
– Ces gens sont seulement incertains quant à leur spiritualité. Cela ne fait pas automatiquement d'eux de mauvaises personnes.
– Aurez-vous encore besoin de moi, cette nuit ?
– Non, vous pouvez rentrer chez vous. J'en ai encore pour quelques heures.

L'homme en noir le salua et quitta le bureau. Cédric baissa à nouveau les yeux sur les feuilles imprimées afin de poursuivre sa lecture. Il reçut alors une communication à laquelle il ne s'attendait pas.

– Madame Zachariah désire vous parler sur la ligne sécurisée.

– Mettez-nous en communication, je vous prie.

Le logo de l'ANGE céda sa place aux traits tirés de la grande dame de l'Agence. Apparemment, elle n'avait pas dormi, elle non plus.

– Bonsoir, Cédric. Je savais que je te trouverais à ton poste.

– Bonsoir, Mithri. En fait, je n'arriverai pas à trouver le sommeil avant d'avoir résolu cette énigme.

– Les grands de ce monde se perdent en conjectures et toi, tu prétends pouvoir tout expliquer ?

– J'examine simplement les nombreuses hypothèses afin de choisir celle qui a le plus de sens à mes yeux.

– En es-tu venu à une conclusion ?

– Je dois avouer que c'est celle du Ravissement qui semble la plus plausible, jusqu'à présent. Mais vous le savez déjà, alors ce n'est pas le but de cet appel nocturne.

– Tu as raison. Je voulais t'informer que j'ai demandé à Adielle Tobias de récupérer Yannick Jeffrey.

– J'imagine un peu la réponse qu'il vous fera.

– Nous avons besoin d'un érudit tel que lui dans nos rangs, Cédric.

– Sauf que son Dieu a d'autres plans pour lui. Yannick nous a heureusement transmis sa science par le truchement d'une base de données. Je suggère que nous commencions par là. Si, pour quelque raison que ce soit, nous nous trouvions dans une impasse, je suis certain que Yannick reviendrait nous donner un coup de main de façon temporaire.

– Donc, tu m'aiderais à le persuader de revenir à l'ANGE.

– Si cela se révélait nécessaire, oui.

Sa réponse parut satisfaire la grande dame. Tandis qu'elle prenait une profonde inspiration, Cédric ne put s'empêcher de reluquer la breloque qui ornait la chaîne qu'elle portait toujours autour de son cou.

– Adielle a réussi à lui arracher une information qui ne se trouve pas encore dans la base de données, lui apprit-elle. Il a identifié pour nous le visage de l'Antéchrist.

– Il le connaissait ? s'étonna Cédric.

– Je n'ai pas plus de détails, je le crains, mais nous sommes en train d'enquêter sur cet homme d'origine israélienne. Son passé est irréprochable, mais le professeur Jeffrey soutient que le prince des ténèbres se fera d'abord passer pour un saint homme. Nous le garderons à l'œil.

– Je suis certain que Yannick est déjà sur son cas.

– Va te coucher, Cédric. Les prochains jours seront éprouvants pour l'ANGE, j'en ai peur.

– Je suis à votre service en tout temps.

Mithri lui adressa un sourire fatigué et mit fin à la communication. Cédric se cala dans son fauteuil pour réfléchir à ce qu'il venait d'apprendre. Yannick Jeffrey était sans l'ombre d'un doute un personnage clé dans ces curieux événements, mais l'ANGE, tout comme les centaines d'autres agences secrètes sur la Terre, devrait faire bien attention à ne pas nuire à la mission de l'ancien agent. Devait-il demander à la division internationale d'empêcher ces gens d'importuner le Témoin ?

– MONSIEUR LOUP BLANC AIMERAIT VOUS REMETTRE UN RAPPORT.

– Décidément, personne ne dort cette nuit, marmonna Cédric.

– DOIS-JE LUI RECOMMANDER DE REVENIR PLUS TARD ?

– Non, faites-le entrer.

L'Amérindien s'approcha en lui tendant un rapport plutôt volumineux.

– De quoi s'agit-il, Aodhan ?

– Les disparitions se sont produites partout, même dans des avions en vol, des autobus en marche et des machines en mouvement.

– Des pilotes d'avion ont aussi disparu ?

– Il y a eu de nombreux écrasements un peu partout, ainsi que de graves accidents de la circulation. Lorsque le conducteur d'une voiture qui roule à plus de cent kilomètres à l'heure sur l'autoroute s'évapore subitement de son siège, je vous laisse imaginer ce qui s'ensuit.

Cédric feuilleta rapidement les pages qui énuméraient la liste des accidents attribuables aux disparitions.

– Les forces policières et l'armée ont été obligées de s'en mêler, ajouta l'agent.

– C'est catastrophique...

– Ces morts supplémentaires feront augmenter le nombre de victimes dénombrées par l'ordinateur.

– Nous ne savons pas encore si ces personnes n'ont pas été tout simplement transportées ailleurs.

– Comme dans un vaisseau spatial, par exemple ?

– J'essaie tout comme vous de garder un esprit scientifique, l'avertit Cédric. La téléportation est actuellement étudiée par les plus grands savants. Il n'est pas impossible qu'une autre civilisation plus avancée que la nôtre sache déjà l'utiliser.

Aodhan ne répliqua pas. En fait, il ne savait pas comment interpréter le commentaire de son patron.

– Êtes-vous en train d'admettre qu'il y a de la vie ailleurs ? se risqua-t-il finalement.

– Pourquoi serions-nous le seul monde habité parmi des milliards d'autres existant dans le cosmos ?

– Si je comprends bien, le Ravissement serait une opération de sauvetage menée par des extraterrestres ?

– Peut-être... Je n'en sais rien.

L'Amérindien se rendit alors compte que Cédric était rompu de fatigue et que ce n'était sans doute pas le moment de discuter de telles théories.

– Je vais aller dormir un peu, annonça l'agent en se levant. De toute façon, il va falloir que je revoie complètement mon dossier d'enlèvements d'enfants après les événements d'aujourd'hui.

Le directeur se contenta d'un signe de tête pour montrer son assentiment. Il n'entendit même pas partir son agent. Ses yeux avaient recommencé à parcourir la liste interminable des victimes d'accidents issues de tous les pays. Il ne savait plus quoi penser. Si le Dieu que servait Yannick était un dieu d'amour et de compassion, pourquoi avait-il permis toutes ces fatalités ? Il laissa finalement errer son esprit sans trouver de réponse à cette énigme.

– L'AGENT BLOOM AIMERAIT VOUS VOIR, MONSIEUR ORLÉANS.

Cédric poussa un soupir agacé.

– Faites-la entrer.

Toute de rose vêtue, la jeune femme s'avança solennellement vers son patron. Son manque d'entrain mit aussitôt le directeur en garde.

– N'avez-vous rien d'autre à faire la nuit ? laissa-t-il tomber avant que Cindy n'ouvre la bouche.

– Il est sept heures du matin...

Cédric baissa les yeux sur sa montre. Elle avait raison !

– Je voulais juste te faire une proposition, mais si c'est le mauvais moment, je reviendrai, assura-t-elle.

– Non, assieds-toi. Je veux bien t'entendre.

Cindy prit place dans l'un des fauteuils qui faisaient face au gros pupitre.

– J'aimerais que tu me confies la relève de Yannick, dit-elle sans plus de préambule.

– Quoi ?

– Je ne veux pas devenir un Témoin, rassure-toi. Je voudrais juste poursuivre son travail d'eschatologie.

« Comprend-elle seulement ce que cela signifie ? » ne put s'empêcher de se demander Cédric. Il n'eut pas le temps de protester qu'elle poursuivait déjà ses justifications.

– Depuis que j'ai accompagné Aodhan sur les quais de Toronto pour rechercher des indices sur l'enlèvement d'Océane, je me sens beaucoup plus forte. Et puis, j'ai fini d'entrer les renseignements que nous possédons sur les reptiliens dans la base de données. Les sites Internet que j'ai consultés sur ces créatures ne s'accordent même pas sur leurs habitudes de vie. Alors, tant que nous n'aurons pas capturé un reptilien vivant, je vais être obligée de geler ce dossier.

« Si elle savait qu'elle en a un sous les yeux... », songea le directeur.

– En d'autres termes, je veux faire quelque chose de ma peau, termina-t-elle.

– Je croyais que les renseignements catalogués par Yannick étaient complets.

– Il ne les a tirés que de la Bible, alors qu'il y en a dans bien d'autres ouvrages. J'aimerais fouiller plus en profondeur, interroger des prophètes s'ils sont encore vivants et vous fournir une meilleure idée de ce qui s'en vient.

– N'allons pas trop vite. Je veux bien te laisser éplucher les livres et les sites Internet traitant d'autres prophéties, mais il est fort possible que vous soyez tous sur le terrain au cours des prochains jours.

– C'est juste pour passer le temps, parce qu'il est certain que je préférerais un rôle plus actif.

– Dans ce cas, je dis oui pour le travail de recherche, mais lorsque le temps sera venu de rencontrer ces prophètes, nous en reparlerons.

– Merci, Cédric.

Elle se leva, les yeux pétillants de bonheur.

– Veux-tu que je te fasse apporter un café ?

– Ce ne serait pas de refus.

Elle trottina vers la porte, ce qui était davantage son style. Cédric ne put réprimer un sourire amusé. Il reporta son attention sur le rapport, mais fut incapable de lire une ligne de plus. Les lettres dansaient devant ses yeux fatigués.

– Monsieur Orléans, vous avez une communication urgente de la part de Christopher Shanks.

– Alert Bay ?

– Monsieur Shanks est le directeur de la...

– Je sais de qui il s'agit. Mettez-nous en communication.

Cédric se tourna vers l'écran encastré dans le mur. Le visage du directeur de la base école y apparut. Il lui sembla aussi blême que le sien.

– Bonjour, Christopher, le salua-t-il nerveusement. Est-ce que ton appel concerne Vincent ?

– Oh que oui ! Il a causé tout un émoi à Alert Bay avant que nous ne puissions le maîtriser.

– Vous avez dû maîtriser Vincent McLeod ? s'étonna Cédric.

– Il ne se sentait pas bien depuis son arrivée chez moi et il saignait régulièrement du nez. Jamais nous n'aurions imaginé que ses malaises étaient causés par la présence dans son corps d'une entité malfaisante.

– Comme celle qui a détruit Montréal...

– C'est ce qu'il semble. Heureusement, le révérend Sinclair a réussi à l'en débarrasser, mais il ne peut pas affirmer que c'est le seul démon qui l'habite en ce moment, alors ton agent est retenu dans une chambre d'isolement. Sinclair prétend que plusieurs de ces créatures peuvent coexister pendant un certain temps dans le corps d'un être humain. Nous voulons nous assurer qu'il n'y en a pas d'autres avant de le relâcher.

– Lorsque ce sera fait, renvoie-le-moi.

– Je me doutais que ce serait ton vœu, Cédric, mais je voulais m'en assurer.

– Vincent a souffert à Montréal parce que je n'ai pas su le protéger, mais cela ne se reproduira plus.

– Personne ne t'accuse de quoi que ce soit.

– Je t'en prie, envoie-moi régulièrement un rapport sur son état de santé.

– J'allais justement te le proposer. Je ne te retiens pas plus longtemps, car je sais que vous avez de gros problèmes partout.

– As-tu mystérieusement perdu des membres de ton personnel, toi aussi ?

– Quelques-uns, mais surtout des élèves. J'ai bien hâte que vous me fournissiez une explication à ce phénomène.

– Nous travaillons là-dessus.

– J'attends donc de tes nouvelles.

– Moi de même.

– Tiens bon, Cédric.

L'écran s'obscurcit et le logo de l'ANGE y apparut de nouveau. Cédric posa ses coudes sur sa table de travail, joignit ses mains et y appuya son menton. Il fit mentalement le tour de la situation et s'estima chanceux d'avoir encore tous ses agents même si certains d'entre eux n'étaient pas aussi solides qu'il l'aurait voulu.

...0011

Cédric Orléans avait exceptionnellement permis aux membres du personnel qui le désiraient de dormir à la base, puisque la soudaine disparition de milliers de personnes avait plongé la ville dans le chaos, à la surface. Les techniciens ayant des familles avaient commencé par appeler chez eux pour savoir s'il leur manquait des êtres chers. Certains étaient même partis pour aller réconforter les leurs. Les autres étaient restés.

Aodhan Loup Blanc n'avait aucun parent dans la province ontarienne. Il avait bien sûr téléphoné au Nouveau-Brunswick pour s'enquérir de la situation. Sa mère lui avait appris que ses grands-parents s'étaient volatilisés, ainsi que tous ses neveux et nièces. Aussi peiné qu'elle, l'Amérindien n'avait pas trouvé les mots pour l'apaiser. En raccrochant, cependant, il lui avait promis de revenir chez lui dès qu'il le pourrait.

Tout comme Cindy et son patron, Aodhan aurait pu s'installer dans l'une des cabines de l'infirmerie pour y dormir quelques heures, mais sa curiosité le poussa à aller voir ce qui se passait à l'extérieur. Il se rendit donc aux garages de l'ANGE, où les mécaniciens furent plutôt surpris de le voir arriver.

– J'aimerais emprunter une motocyclette, annonça-t-il aux hommes qui jouaient aux cartes près de la porte.

– Il est préférable de ne pas sortir cette nuit, recommanda Herbert, l'aîné du groupe.

– Il y a des accidents partout, ajouta son adjoint.
– L'un de nous doit tout de même surveiller ce qui se passe là-haut, répliqua Aodhan.
– Les capteurs ne vous le montrent pas ? s'étonna Herbert.
– La plupart ont été endommagés.
– C'est monsieur Orléans qui vous envoie courir un risque pareil ?
– Monsieur Orléans en a plein les bras, en ce moment. Il sera content de recevoir mon rapport sans avoir eu à me le demander.

Après un moment d'hésitation, Herbert se leva et fit signe à l'agent de le suivre. Il l'emmena jusqu'à une stalle où se trouvait une motocyclette toute noire. Le mécanicien pianota un code d'accès sur la porte grillagée qui s'ouvrit sur-le-champ.

– C'est la plus puissante que nous ayons, mais il faut la traiter avec douceur, recommanda-t-il.
– Ne vous inquiétez pas, je m'adapte plutôt facilement à tous les moyens de transport.

Aodhan écouta religieusement les conseils de Herbert et accepta de faire un essai dans le garage. Constatant qu'il se débrouillait fort bien, le vieux soldat le laissa finalement grimper la pente qui menait au stationnement de la Casa Loma. L'Amérindien n'eut même pas à attendre l'ouverture du panneau du plafond. La rampe s'éleva tout de suite en angle. Aodhan accéléra et se retrouva bientôt à l'air libre. Dès les premières disparitions, le château avait fermé ses portes au public. Le stationnement et les alentours étaient donc déserts. L'agent avança lentement jusqu'à la rue en tendant l'oreille. Si le quartier semblait calme, les choses étaient bien différentes au centre-ville.

Tous ses sens en alerte, Aodhan descendit Walmer Road en observant le ciel qui aurait dû être encore sombre. Cette nuit-là, il était coloré de rouge, car il y avait des incendies un peu partout. À l'intersection de Davenport Road, il laissa passer deux camions de pompiers qui fonçaient vers le cœur de la ville, puis se hâta de les suivre. Les gros véhicules durent s'arrêter brusquement en arrivant sur Yonge Street, congestionnée par de nombreux accidents. Malgré leurs sirènes retentissantes, ils ne pouvaient pas se faufiler entre les voitures embouties les unes dans les autres et les camionnettes renversées. Des dépanneuses entourées de policiers tentaient d'ouvrir cette voie d'accès aux véhicules d'urgence, mais leurs progrès étaient très lents.

Grâce à la motocyclette, beaucoup plus manœuvrable que les poids lourds, Aodhan parvint à monter sur le trottoir. Il s'arrêta deux rues plus loin avant d'atteindre Bloor Street, et actionna sa caméra personnelle en faisant faire un tour au premier bouton de sa veste. Même si les techniciens étaient tous occupés ailleurs, l'ordinateur stockerait ces images dans sa mémoire. Il n'aurait qu'à les récupérer plus tard.

Tous les grands axes du centre-ville étaient dans le même état déplorable. Des automobiles sans conducteur avaient arraché des feux de circulation. D'autres s'étaient écrasées contre des murs ou dans des vitrines. Les ambulanciers tentaient désespérément de dégager tous les blessés. Çà et là, des véhicules flambaient.

Aodhan poursuivit sa route en évitant les empilements de ferrailles fumantes, les services de secours et les bornes-fontaines brisées desquelles jaillissaient de menaçants geysers. La ville bourdonnait de sons bien différents de l'ordinaire cette nuit-là. Aux sirènes des voitures de police, des ambulances et des camions de pompier se mêlaient les énervantes alarmes des automobiles accidentées, les cris des gens affolés et les pleurs de ceux qui ne comprenaient pas ce qui leur arrivait.

– Et c'est ainsi partout à travers le monde, s'affligea l'Amérindien.

Il découvrit le même spectacle d'une intersection à l'autre jusqu'à ce qu'il atteigne King Street. Le cœur lourd, il obliqua vers l'est afin de voir l'état de l'autoroute. Il trouva encore plus de dégâts dans cette voie et, au loin, une colonne de fumée noircissait l'horizon. Aodhan s'en approcha autant qu'il le put en empruntant Bayview Avenue. Il s'arrêta un moment devant le cimetière. Un immense incendie faisait rage dans le parc, de l'autre côté de Don Valley Parkway.

Aodhan remercia Herbert de lui avoir fourni une motocyclette aussi maniable, car il réussit à s'approcher suffisamment des clôtures pour comprendre ce qui s'était passé. Un grand nombre de camions de pompiers arrosaient les restes d'un avion commercial qui s'était écrasé dans le parc !

La mort dans l'âme, l'agent de l'ANGE entreprit de rentrer à la base. Au lieu de revenir sur ses pas, il rejoignit Bloor Street au nord, puis Davenport Road. Lorsqu'il s'arrêta enfin dans le stationnement du château, il se mit à pleurer amèrement. Ce n'était pas le Ravissement qui était en train de se produire, mais la fin du monde. Et si ce n'était qu'un épisode cauchemardesque de l'histoire de l'homme, le Canada et les autres pays riches finiraient par se remettre de ce désastre, mais les pays pauvres ?

Aodhan appuya la motocyclette sur sa béquille latérale et s'agenouilla sur l'asphalte froid. Dans la langue de ses ancêtres, il se mit à implorer le Grand Esprit de venir en aide aux survivants et d'accueillir les morts auprès de lui.

Ce furent les hommes de Fletcher, alertés par les caméras de surveillance, qui se précipitèrent au secours de l'Amérindien. Deux d'entre eux le soulevèrent par les bras, alors que les autres ramenaient son engin à l'intérieur. Ils firent asseoir Aodhan dans le bureau du chef de la sécurité et déposèrent une couverture chaude sur ses épaules.

– Ne me dis pas que tu as tenté de rentrer chez toi, lui reprocha Aaron Fletcher.

– Je voulais voir ce qui se passait là-haut.

– Les stations de télévision diffusent ces images depuis le début de la journée, Aodhan.

– C'est encore plus effroyable lorsqu'on les voit de ses propres yeux. La planète mettra des mois à se relever de ce désastre.

– Plus personne ne quittera cette base sans l'approbation de monsieur Orléans, y compris toi. Est-ce bien clair ?

L'agent atterré acquiesça d'un imperceptible mouvement de la tête.

– Maintenant, va dormir.

Aodhan traîna les pieds dans le long couloir, mais au lieu d'entrer dans la salle de Formation, il se dirigea plutôt vers celle des Laboratoires. En tremblant, il tapa son code sur le clavier d'un ordinateur et afficha à l'écran le film qu'il avait fait. Il y ajouta des légendes, de manière que Cédric puisse identifier les rues où sévissaient les incendies, puis lui transmit le tout au moyen d'un message électronique. Épuisé, le pauvre homme regagna son lit à la section médicale.

...0012

Pendant le long trajet qui séparait la place publique, où prêchaient les Témoins, de la grande résidence d'Asgad Ben-Adnah, les passagers de la limousine gardèrent le silence. Il y avait des accidents partout et des gens hystériques qui couraient au milieu des rues. Cependant, la grosse voiture poursuivait patiemment sa route, un mètre à la fois.

Benhayil Erad pouvait apercevoir dans le rétroviseur le regard troublé de Sélèd, leur chauffeur, mais il n'osait pas parler en présence de son patron. Il avait assisté, impuissant, à la progression de la maladie d'Asgad, qui lui avait d'abord semblé d'ordre physique. À présent, c'était son état mental qui l'inquiétait.

Après sa chute devant les prophètes, l'entrepreneur avait complètement changé de personnalité. Au lieu de vanter les pouvoirs de ces deux étranges personnages, ce qu'il aurait normalement dû faire, il regardait plutôt dehors comme s'il voyait Jérusalem pour la première fois.

Lorsque la grille de métal de la propriété d'Asgad s'ouvrit finalement devant la voiture, il parut offensé d'y pénétrer.

– Où allons-nous ? demanda-t-il enfin.

– Mais chez vous, monsieur Ben-Adnah, tenta de le rassurer Benhayil.

– Je sais encore reconnaître mon palais, scribe.

– Scribe ?

La limousine s'arrêta devant la porte de l'immense maison. Sélèd s'empressa de venir ouvrir la portière à son propriétaire. Asgad posa ses pieds sur le sol et se leva très lentement, promenant son regard sur la façade de sa demeure. Il devint évident pour le chauffeur que le grand homme avait perdu la mémoire en se frappant la tête, quelques minutes plus tôt.

– Je ne connais pas cet endroit, affirma Asgad en marchant vers la porte.

Benhayil se précipita pour la lui ouvrir.

– Après quelques heures de repos, tout redeviendra plus clair, indiqua-t-il d'une voix la plus naturelle possible.

– Vous ordonnez à votre empereur d'aller se reposer ?

Derrière Asgad, Sélèd faisait de grands signes pour attirer son attention. Il lui indiquait tant bien que mal, à l'aide de ses mains, que leur patron était devenu fou et qu'il allait téléphoner tout de suite au médecin. Benhayil acquiesça doucement pour ne pas indisposer davantage l'homme d'affaires.

Asgad circula très lentement d'une pièce à l'autre en contemplant le mobilier, les tentures, les tapis et les bibelots. Benhayil le suivait à la trace, craignant de le voir s'effondrer une seconde fois.

– Pourquoi ne suis-je pas à Rome ? s'enquit-il au bout d'un moment.

Le secrétaire avait deux choix : lui dire la vérité sans savoir comment il réagirait ou jouer le jeu jusqu'à l'arrivée du médecin.

– C'est vous qui avez choisi de passer l'hiver dans votre villa de Jérusalem, répondit-il avec un sourire forcé.

Asgad fit volte-face.

– Ne savez-vous donc pas qui je suis ? tonna-t-il.

Benhayil fut si surpris qu'il fut incapable de prononcer un seul mot.

– Je suis Publius Aelius Hadrianus, empereur de Rome ! Je déteste Jérusalem et tous ses rebelles qui ne reconnaissent pas ma puissance !

– Vous n'avez aucune raison de vous mettre en colère, Excellence, parvint finalement à articuler le secrétaire. Les choses ont beaucoup changé depuis votre...

Il faillit utiliser le mot « mort » et s'arrêta juste à temps. Si son patron était tombé sur la tête, ce n'était pas le moment d'envenimer les choses.

– Depuis quoi ? gronda Asgad.

– Depuis votre long sommeil. Votre maladie vous a fait perdre de nombreuses années.

Le visage de l'entrepreneur s'assombrit.

– M'a-t-on remplacé ?

Benhayil se remémora rapidement ce qu'il avait appris lors de ses cours d'histoire.

– Non, Excellence. Me permettez-vous de vous raconter ce qui s'est passé avant votre perte de connaissance ?

L'homme d'affaires prit place dans une confortable bergère et, d'un geste de la main, lui fit signe de parler.

– Vous avez rejoint votre armée à Jérusalem pour tenter de comprendre pourquoi vos légionnaires n'arrivaient pas à exterminer les Juifs. C'est à ce moment-là que votre corps a commencé à vous faire souffrir et que vous avez sombré dans l'inconscience. Nous vous avons emmené ici et nous avons patiemment attendu votre réveil.

Hadrien demeura silencieux, sans doute parce qu'il ne pouvait pas se remémorer ces événements qu'il n'avait pas vécus. Benhayil ne le pressa d'aucune manière. Silencieusement, il espérait voir bientôt arriver le médecin.

– Quel est votre rôle dans tout ceci ? voulut savoir l'empereur.

Le secrétaire n'avait jamais été un as de l'improvisation, mais s'il voulait éviter de traumatiser davantage son patron, il devait faire appel à tous ses talents.

– On m'a choisi pour vous servir de scribe à votre arrivée à Jérusalem.

– Mais vous êtes juif. Je n'aurais jamais accepté de vous prendre à mon service, même sous l'emprise de la maladie la plus terrible.

– Ma mère est grecque.

– Ah…

La fascination d'Hadrien pour cette brillante civilisation était bien connue, et Benhayil entendait se servir de toutes les bribes du passé dont il arrivait à se souvenir.

– Comment vous appelez-vous ?

– Benhayil Erad.

– Je n'aime pas votre nom. Il faut le changer.

Le médecin avait recommandé de ne pas contredire son patient pendant ces périodes de désorientation, alors le secrétaire garda le silence.

– Je t'appellerai Pallas. En grec, cela signifie « compréhensif ».

– Vous m'honorez, Excellence.

– Je sens que toi et moi allons nous entendre, Pallas.

Le visage d'Asgad s'attrista. Ces changements subits d'humeur n'avaient commencé à se produire que quelques mois auparavant, en même temps que le début de cette maladie que les médecins n'arrivaient pas à identifier.

– En venant ici, j'ai constaté que beaucoup de choses avaient changé et j'éprouve des craintes quant à l'état de mon empire. Trouve-moi une carte du monde.

– Oui, certainement.

Benhayil se pressa vers la grande bibliothèque en espérant que son patron resterait gentiment assis dans son petit salon. Toutefois, si Asgad était un homme calme et ambitieux, l'empereur Hadrien, lui, possédait une curiosité insatiable et avait constamment besoin d'action. Il suivit donc son nouveau serviteur uniquement pour voir où l'on classait les parchemins dans cette maison. L'homme d'affaires s'immobilisa à l'entrée de l'impressionnante pièce chargée d'ouvrages en tout genre. Benhayil fouillait déjà dans le tiroir d'un classeur qui se trouvait sous les dizaines d'étagères vitrées derrière lesquelles on voyait le dos de centaines de livres. Le jeune homme en retira un long document enroulé sur lui-même et se retourna. Il sursauta en apercevant « l'empereur » à quelques pas de lui.

– Montrez-moi mon empire.

– Oui, bien sûr.

Le secrétaire déploya la carte sur la table de travail. Hadrien l'étudia pendant de longues minutes avant de demander où il se trouvait exactement. Sans hésitation, Benhayil mit le doigt sur Jérusalem. Cette fois, son patron reconnut la région.

– Quelqu'un s'est-il emparé de mes terres de Gallia, de Hispania, d'Italia et de toutes celles qui appartenaient à Rome ?

– Je ne sais pas trop comment vous expliquer cela..., soupira son serviteur. C'est très compliqué.

– Mais je ne suis pas pressé.

« Aussi bien aller droit au but », pensa le secrétaire.

– L'Empire romain s'est effondré et tous ces pays sont devenus indépendants.

– Indépendants ? Les régents se sont révoltés ?

Sans laisser au secrétaire le temps de répondre, Asgad quitta la pièce. Benhayil abandonna la mappemonde et le poursuivit jusqu'au petit salon qu'il semblait avoir adopté. L'empereur se laissa tomber dans le fauteuil, abattu.

– Ai-je été malade si longtemps ? s'attrista-t-il. Où sont mes armées ?

– Laissez-moi vous reconduire à votre chambre, Excellence. Cette journée a été fort éprouvante pour vous. Vous avez besoin de dormir un peu.

– Qu'adviendra-t-il du reste de mon empire si je replonge dans le sommeil ?

Le pauvre secrétaire fut sauvé par la clochette de l'entrée.

– Veuillez m'excuser, Excellence. Je vais voir qui est à la porte.

Benhayil se courba respectueusement devant lui et tourna les talons, espérant de tout son cœur que ce soit le médecin. Il courut jusqu'au vestibule et fut déçu de trouver un inconnu sous le porche.

– Suis-je bien chez monsieur Asgad Ben-Adnah ? demanda l'étranger richement vêtu.

– Oui, monsieur, mais il est indisposé en ce moment.

– C'est pour cette raison que je suis ici. Le docteur Herschel s'excuse de ne pas pouvoir répondre à votre appel. Il a tellement de blessés à soigner. Êtes-vous le fils de monsieur Ben-Adnah ?

– Non, je suis son secrétaire, Benhayil Erad. Êtes-vous médecin ?

– Oui, monsieur. Permettez-moi de me présenter. Je suis le docteur Ahiyam Wolff.

Le secrétaire lui serra la main sans se douter qu'en réalité cet homme n'était nul autre que le Faux Prophète. Ayant intercepté l'appel téléphonique du chauffeur à Herschel, il s'était rapidement rendu chez le médecin pour effacer le message sur le répondeur de ce dernier.

– Connaissez-vous le dossier médical de monsieur Ben-Adnah ?
– Sur le bout des doigts, assura Ahriman.
– Donc, vous savez qu'il vient de passer une batterie de tests qui n'indiquent d'aucune manière ce dont il souffre.
– Il arrive que des symptômes physiques prennent naissance dans l'esprit, monsieur Erad.
– Vous tapez dans le mille, docteur Wolff. Il y a quelques heures, mon patron s'est frappé la tête, et depuis il prétend être Hadrien, l'empereur romain.
– C'est plutôt curieux, mais la détresse morale cause parfois ce genre de délire. Puis-je voir monsieur Ben-Adnah ?
– Oui, je vous en prie. Suivez-moi.
Lorsque les deux hommes apparurent à l'entrée de la pièce, Asgad leur présenta le visage abattu d'un homme atterré par la perte de son empire.
– Laissez-nous seuls, je vous prie, chuchota Ahriman au secrétaire.
– Je serai juste à côté si vous avez besoin de moi, assura Benhayil.
Il laissa son patron en compagnie du médecin, priant le ciel que celui-ci lui fasse entendre raison. Il ignorait évidemment qu'un Orphis de la trempe d'Arimanius possédait des pouvoirs bien plus étendus que ceux d'un omnipraticien.
– Comment vous sentez-vous, monsieur Ben-Adnah ? demanda le Faux Prophète en déposant sa petite valise noire sur la table basse.
– C'est à moi que vous vous adressez ? répliqua Asgad sur un ton tranchant.
– Votre secrétaire m'a raconté que vous aviez reçu un solide coup sur le crâne. Me permettez-vous d'y jeter un coup d'œil ?

– Qui êtes-vous ?

Même les reptiliens connaissaient l'histoire des hommes et Ahriman entendait bien se servir de son savoir pour amadouer le puissant entrepreneur. Il devait à tout prix devenir son meilleur ami jusqu'au retour de Satan, afin que personne ne s'empare de son corps.

– Je suis Ahiyam Wolff, médecin, magicien et astrologue.

Une lueur d'espoir illumina les traits de l'empereur.

– Dans ce cas, vous êtes l'homme dont j'ai besoin.
– Je sais.

Ahriman tira vers Asgad un pouf de cuir et prit place directement devant lui.

– Dites-moi comment vous vous sentez.
– Je suis confus.
– Avez-vous mal à la tête ?
– Je n'ai mal nulle part et pourtant, lorsque j'ai fermé les yeux, il y a de cela je ne sais combien de temps, mon corps me faisait terriblement souffrir. Je me suis réveillé sur une place publique, affublé de ces curieux vêtements, et un homme qui se dit mon serviteur m'a ramené dans cette maison que je ne connais pas. Même mon visage a changé...

Le Faux Prophète remarqua alors une égratignure sur le bras du futur maître du monde. C'était l'occasion rêvée de faire mordre son poisson à l'hameçon.

– Puis-je examiner cette écorchure ?

Asgad lui tendit innocemment le bras. S'assurant que son patient pouvait voir tout ce qu'il faisait, Ahriman illumina la paume de sa main et referma la blessure.

– Par tous les dieux ! s'exclama Asgad.
– Cette opération a-t-elle été douloureuse ?
– Je n'ai rien senti, mais...

L'homme d'affaires inspecta attentivement l'endroit où, quelques secondes plus tôt, la peau avait été fendue.

– Comment avez-vous fait cela ?

– Ne vous ai-je pas dit, tout à l'heure, que j'étais magicien ?

– Les magiciens se servent d'illusions. Ce que vous venez de faire tient du prodige. J'exige que vous m'expliquiez comment vous faites jaillir de la lumière de vos paumes.

Un sourire triomphal se dessina sur le visage du Faux Prophète. Il présenta sa main droite à Asgad et la fit briller de nouveau. Ce dernier la retourna dans tous les sens pour tenter de découvrir le dispositif qui créait ce phénomène, mais ne trouva rien.

– Ce n'est pas une illusion...

– Je possède des pouvoirs qui m'ont été légués par mes ancêtres, mentit Ahriman.

Il était encore trop tôt pour lui parler de reptiliens. Ahriman le laissa contempler sa peau luminescente autant qu'il le voulut.

– Cette science se transmet-elle uniquement au sein d'une même famille ? s'enquit Hadrien.

– Pas nécessairement. J'ai connu des hommes très doués qui sont devenus de grands guérisseurs par leur seule volonté.

– Cela nécessite-t-il un long apprentissage ?

– Là encore, tout dépend de la détermination de l'apprenti.

L'empereur se cala dans la bergère, les yeux chargés d'espoir.

– Depuis que je dirige cet empire, j'ai rencontré beaucoup de mages, de sorciers et d'enchanteurs. La plupart ne faisaient que prononcer des incantations vides de sens qui n'aboutissaient à rien ou réaliser des prédictions en scrutant les entrailles de bêtes innocentes. J'ai même sommé le plus puissant d'entre tous de faire mourir un homme devant moi avec sa magie, et il en a été incapable.

Ahriman garda le silence, faisant bien attention de se montrer intéressé par ce que lui confiait cet important personnage.

– Seriez-vous capable de tuer un homme sans même le toucher ? le pressa Hadrien.

– Sans doute, mais ma mission dans cette vie est fort différente. Je préfère utiliser mes dons pour guérir les malades.

– C'est un geste noble, mais est-ce là votre seul pouvoir ?

– Je manipule assez bien le feu.

Le Faux Prophète matérialisa une boule enflammée dans sa main. Lorsque l'empereur voulut en approcher les doigts, il la fit disparaître.

– Seuls les dieux peuvent accomplir de tels miracles, s'étrangla Hadrien.

– À ce qu'on m'a dit, ils auraient enseigné leur science aux hommes il y a fort longtemps. Heureusement, certains se souviennent encore de leurs leçons. Je suis l'un de ceux-là.

– Pouvez-vous faire autre chose ?

– Si je vous le dis, vous ne devrez jamais le répéter à qui que ce soit.

– Vous avez la parole de l'empereur Hadrien.

– Je suis capable, dans certaines conditions bien précises, de ressusciter les morts.

Des émotions se succédèrent sur le visage du revenant, car il avait perdu un être cher durant son règne. Ahriman en était parfaitement conscient, et la seule promesse de lui rendre cette personne le lierait à lui jusqu'au retour du prince des ténèbres.

– Si vous me rendez Antinous, je ferai de vous un homme riche, lui promit Hadrien dans un souffle.

Le Faux Prophète s'inclina devant lui pour qu'il ne voie pas le sourire démoniaque qui venait d'apparaître sur son visage. Avant de quitter l'homme d'affaires, il lui jeta un dernier sort destiné à lui faire voir dans toutes les glaces le visage qu'il avait eu lorsqu'il était Hadrien.

...0013

Depuis plusieurs heures, Reiyel Sinclair se tenait debout devant la baie vitrée de la cabine d'isolement de la section médicale de la base d'Alert Bay. Malgré les protestations de Christopher Shanks, le révérend n'avait pas laissé le docteur Robson s'approcher du blessé. Inconscient, Vincent McLeod reposait sur une civière au milieu de la petite pièce. Il ne s'était encore rien produit depuis son retour dans la base, mais Sinclair connaissait trop bien les esprits malins pour se fier à l'innocence qui baignait le visage du savant.

Robson arriva alors derrière lui. Le vieil homme venait de présenter ses arguments au directeur de la base, en vain. Refusant de s'avouer vaincu, il voulait lui-même tenter de convaincre le prêtre de l'importance de sauver le corps de l'informaticien tout autant que son âme.

– S'il meurt d'une hémorragie interne, ce sera votre faute, lui reprocha le docteur Robson.

– Ses blessures sont mineures, assura l'exorciste, imperturbable.

– Comment pouvez-vous le savoir ?

– Je l'ai examiné sommairement.

– À moins que vos yeux n'émettent des rayons X, vous ne pouvez pas savoir ce qui se passe sous sa peau.

– Je vous en prie, docteur, faites-moi confiance.

– Que va-t-il lui arriver, selon vous ? continua de tempêter Robson. Va-t-il se mettre à vomir des fourmis ou des abeilles ?

– Si ce n'était que cela…
– Pourquoi restez-vous ici à ne rien faire ?
– Je guette mon ennemi. Il ne doit pas savoir que je suis là.

Robson poussa un soupir d'agacement.

– Vous et moi soignons les gens de façon différente, poursuivit Sinclair sans quitter son protégé des yeux. Il ne servirait à rien de guérir le corps de Vincent s'il doit le céder à un démon.

– Un démon ?
– Croyez-vous en Dieu, docteur Robson ?
– Évidemment, que je crois en Dieu.
– Dans son infinie bonté, il a choisi parmi ses serviteurs célestes des anges et des archanges pour protéger les hommes, et il leur a donné de vastes pouvoirs pour s'acquitter de leur mission.
– Pourquoi me dites-vous cela ?
– Parce que dans les instants qui vont suivre, il pourrait se produire des choses que vous ne comprendrez pas.

Pourtant, l'informaticien était parfaitement immobile, sans doute dans le coma.

– Vous avez laissé les gens de la sécurité l'amener jusqu'ici, mais vous refusez de me laisser le toucher. Pourquoi ?

– J'ai chassé l'esprit qui s'était emparé de lui, mais il y en a peut-être d'autres qui se tapissent en lui. Heureusement, ces entités n'ont pas eu le temps de contaminer les hommes qui ont ramené Vincent. Cependant, dès qu'elles se rendront compte que le corps de Vincent ne leur permettra pas de se déplacer sur Terre, elles en sortiront pour s'en prendre à d'autres hôtes. Je ne voudrais pas que vous en fassiez partie.

– Comment pouvez-vous avancer une chose pareille ?

– Ce n'est malheureusement pas la première fois que je combats des démons. Je vous en prie, docteur Robson, soyez patient. Vous pourrez bientôt vous occuper de Vincent.

– Ce soir, demain, après-demain ?

– Je n'en sais rien.

Exaspéré, le médecin retourna dans son bureau en grommelant. « Il est préférable qu'il n'assiste pas à ce duel entre l'obscurité et la lumière », songea Reiyel. Dès que les hommes en noir avaient déposé le savant dans la cabine, le révérend les avait attentivement scrutés. Ne sentant aucune présence malsaine en eux, il les avait finalement libérés. En se tournant vers Vincent, par contre, il avait capté quelque chose. C'était presque imperceptible, l'embryon d'une force qui risquait une fois de plus de faire commettre à Vincent d'autres bêtises. Combien de serviteurs du Mal le Faux Prophète avait-il semés en lui ?

Sinclair n'était pas sans savoir qu'un être humain ne pouvait être soumis qu'à un nombre limité d'exorcismes et qu'il risquait de tuer l'informaticien s'il devait encore trouver en lui deux ou trois autres démons. Il n'avait cependant plus le choix. Ces sombres entités ne devaient pas se propager sur la planète.

Il perçut alors un mouvement sur la poitrine de Vincent. Se réveillait-il ? Ou était-ce autre chose ? L'exorciste ne voulut pas courir le risque de voir s'échapper un autre Nergal. Il poussa la porte de verre et s'approcha du savant. Le mouvement cessa aussitôt sous la chemise du blessé. Sinclair leva les yeux vers la petite caméra de surveillance placée à un coin de la pièce. Les directives de ses maîtres étaient claires : l'extraction des esprits malins devait se faire sans témoins. Il leva donc la main vers l'œil de verre et le rendit aveugle.

Vincent poussa un gémissement de douleur. Le prêtre inonda sur-le-champ la pièce d'une intense lumière blanche. Tout comme il l'avait pressenti, deux silhouettes diaphanes d'un noir profond surgirent de la poitrine de l'informaticien en se tortillant. Contrairement à Nergal, elles n'avaient pas eu le temps de solidifier leur emprise sur leur hôte.

– Par la puissance que m'a accordée Uriel, je vous ordonne de retourner dans le néant ! s'écria Sinclair.

Un vent violent s'éleva autour de la civière et des éclairs jaillirent des démons, dont la forme se précisait de plus en plus. L'exorciste joignit ses mains et ferma les yeux.

– Que sa volonté s'accomplisse, pria-t-il.

Des étoiles dorées se mirent à tomber du plafond comme de la neige. Les créatures vaporeuses poussèrent des cris de terreur en voltigeant dans la petite salle, incapables d'en sortir et d'éviter ces cristaux ambrés qui leur arrachaient la vie.

Lorsque l'ordinateur avertit le docteur Robson que la caméra avait cessé de fonctionner dans la cabine d'isolement, il craignit le pire. Abandonnant ses dossiers, il fonça dans le couloir et s'immobilisa presque aussitôt, protégeant ses yeux de la lumière éclatante qui fusait de la pièce de verre. Puis le phénomène prit fin brusquement. Robson battit des paupières pour réhabituer sa vue à la clarté plus tamisée de la base. Il aperçut alors le prêtre debout à proximité de la civière. Il semblait désemparé. N'écoutant que son courage, le médecin le rejoignit en courant. Cette fois, Sinclair ne l'empêcha pas de se rendre auprès du blessé.

– Je vous en prie, faites quelque chose, implora le révérend.

Vincent ne respirait plus. Robson s'empressa de le brancher aux machines qui tapissaient le mur. Son cœur avait aussi cessé de battre.

– Reculez, ordonna-t-il au révérend.

Il commença par masser son cœur, puis dut recourir au défibrillateur. Les chocs électriques secouèrent le corps de Vincent à plusieurs reprises sans le ramener à la vie.

– Je ne sais pas ce que vous avez fait, mais il n'était pas assez fort pour y survivre, lui reprocha le médecin.

Affligé, Sinclair observait le visage paisible du pauvre homme en maudissant Satan et tous ses serviteurs. Il avait lui-même essayé de ranimer Vincent après la destruction des démons, mais l'âme du savant avait refusé de revenir dans son corps. Il était dangereux de redonner la vie à un homme que Dieu avait décidé de ramener auprès de lui. Même si, à son avis, la mort de Vincent était tout à fait injuste, Sinclair n'avait pas le choix : il devait se plier à la volonté du Créateur.

– Je vais aller prévenir monsieur Shanks, l'avertit Robson, même s'il savait que le pasteur ne l'écoutait plus.

Le vieil homme quitta la cabine sans rien ajouter. Il comprenait le désarroi de Sinclair.

– Père, implora le prêtre, une fois seul avec la dépouille du jeune homme. Rien ne m'autorise à vous faire cette requête, mais Vincent McLeod ne méritait pas de perdre la vie aujourd'hui. Il n'était qu'une innocente victime des soldats de Satan.

Des larmes coulèrent sur les joues de Sinclair, car sur le petit écran la ligne verte n'oscillait toujours pas. Résigné, il se pencha, embrassa l'informaticien sur le front et quitta l'infirmerie.

Assis en tailleur au pied du Mur des Lamentations, Océlus écoutait les vibrations des millions de croyants qui quittaient la planète pour aller rejoindre le Père dans les cieux. Au milieu des chants célestes des anges qui les accompagnaient, il entendit soudain une voix discordante. Tous ceux qui avaient été enlevés ce jour-là étaient pourtant heureux d'échapper aux horreurs qui s'abattraient bientôt sur l'humanité. Océlus tendit l'oreille et crut reconnaître cette voix.

Képhas n'était pas encore rentré de la base de l'ANGE et il était impossible de prêcher avec tous ces survivants paniqués qui tentaient de fuir la ville. Persuadé que personne ne lui garderait rancune de s'être porté au secours d'une âme en détresse, Océlus ferma les yeux et s'évapora.

Il avait toujours aimé voguer dans le froid glacial de l'Éther, où il pouvait se concentrer sans être importuné. Pour la première fois depuis qu'il parcourait cette pure immensité, il se retrouva au milieu d'un véritable feu d'artifice. Des âmes montaient en flèche de tous les côtés comme des étoiles filantes bleues, blanches ou violettes, selon leur degré d'évolution. Il admira ce spectacle féerique jusqu'à ce qu'il entende de nouveau des lamentations. Il se laissa guider par ses sens divins et découvrit finalement leur provenance.

– Vincent ?

Il toucha du bout des doigts cette étoile qui refusait de suivre les autres. L'informaticien reprit aussitôt la forme physique qu'il avait sur Terre.

– Tu ne devrais pas résister au Ravissement, voulut le rassurer Océlus. C'est un présent de Dieu.

– J'ai été tué par un démon ! s'exclama son ami, dégoûté.

Océlus sonda profondément son corps semi-transparent et y décela en effet des traces de possession.

– Dieu ne te refusera pas le paradis pour si peu, je t'assure.

– Tu ne comprends pas, Océlus. Je n'étais pas supposé mourir. Reiyel Sinclair me l'avait juré.

– Reiyel...

Où avait-il déjà entendu ce nom ? Si Képhas avait été là, il aurait sans doute pu lui rafraîchir la mémoire.

– Es-tu en train de me dire que tu refuses de suivre les autres ?

– J'essaie de retourner chez moi ! J'ai senti une étrange force me tirer en sens inverse de tous ces points lumineux, mais elle n'était pas assez puissante. Je t'en prie, Océlus, aide-moi.

– Je ne sais même pas dans quel état est ton corps physique.

– Montre-le-moi.

Le Témoin ne pouvait pas lui refuser cette faveur si elle pouvait le persuader d'accepter son sort. Il prit donc sa main et le transporta instantanément à Alert Bay en suivant la trace qu'avait laissée son fil d'argent dans les espaces célestes. Ils flottèrent tous les deux au-dessus de la civière, dans la section médicale.

– C'est ton cœur qui a subi trop de pression, lui expliqua Océlus.

– A-t-il explosé ?

– Non. Il a simplement arrêté de battre.

– Alors, il ne manque aucun organe essentiel ?

– Pas que je sache.

Vincent plongea vers son corps et se heurta à un mur invisible.

– Est-ce un autre démon qui m'empêche de poursuivre ma vie ? s'effraya-t-il.

– Je ne sens aucune présence. Peut-être faut-il tout simplement que tu consentes à partir.

– Tu m'as déjà dit que, contrairement aux anges, les hommes avaient leur libre arbitre. Cela veut donc dire qu'ils peuvent décider du moment de leur mort, non ?

J'ai encore trop à faire dans ce monde, Océlus, et j'ai à peine trente ans. Je t'en conjure, aide-moi.

Le Témoin se rappela alors le soir où Képhas avait redonné la vie à Vincent, laissé pour mort par les sbires d'Ahriman entre des conteneurs sur les quais de Montréal. Dieu n'avait pas réprimandé son ami pour son geste téméraire. En fait, ce n'était même pas lui qui lui avait enlevé la moitié de ses pouvoirs. Képhas s'était puni lui-même…

– Tu me promets de ne plus entretenir de contacts avec des serviteurs de Satan ? fit-il en toute innocence.

– Tu crois que c'était un geste délibéré ? s'offensa Vincent.

Océlus rassembla aussitôt de petits bouts de fil argentés en suspension autour d'eux et les recolla ensemble. Il en planta une extrémité au milieu du corps inanimé du savant, puis enfouit une main dans sa poitrine translucide.

– Quelle curieuse sensation, s'étonna Vincent.

– C'est le lien entre ton corps et ton âme. Il a été très abîmé.

– J'ai cru remarquer.

– Je vais te faire glisser le long de ce fil. Ne résiste surtout pas.

– Je serai mou comme une poupée de chiffon, promis.

Océlus se plaça derrière lui, le retourna pour qu'il soit dans le même sens que son cadavre et le fit descendre en douceur. Vincent eut l'impression qu'on l'immergeait dans un bain d'eau glacée. Sa tête plongea sous la surface de cet étrange liquide et il suffoqua.

Au même moment, son corps physique sursauta et ouvrit les yeux. Il se redressa brusquement et se mit à tousser violemment, comme s'il venait d'être sauvé de la noyade. Océlus apparut près de la civière. Il posa tout de suite ses mains sur les épaules du blessé pour le calmer.

– Ça va aller, haleta Vincent au bout de quelques minutes. Combien de temps ai-je été mort ?

– Je n'en sais rien.

Le jeune savant ouvrit et ferma les doigts plusieurs fois, heureux de constater qu'ils n'étaient pas complètement rigides.

– Je dois retourner à Jérusalem sans tarder, annonça l'apôtre.

– Merci, Océlus. J'espère pouvoir te rendre un jour la pareille.

Le Témoin fronça les sourcils, se demandant comment un simple mortel pourrait éventuellement redonner la vie à une créature immortelle. Mais ce n'était pas le moment de résoudre cette énigme. Il serra affectueusement Vincent dans ses bras et disparut.

Christopher Shanks tenait son index immobile au-dessus de la touche du clavier qui enverrait à Cédric Orléans le message de condoléances qu'il venait de rédiger. Cédric lui avait confié son jeune agent en attendant que la base de Montréal soit reconstruite, et il n'avait pas su le garder en vie. « Dans l'installation souterraine la plus sécurisée du monde, en plus », soupira-t-il intérieurement.

– MONSIEUR MCLEOD DEMANDE À VOUS VOIR, l'informa l'ordinateur. DOIS-JE LE LAISSER ENTRER DANS L'ASCENSEUR ?

– Quoi ?

Le directeur éloigna aussitôt la main du clavier.

– MONSIEUR MCLEOD DEMANDE À...

– J'avais compris la première fois, merci, mais il y a certainement erreur sur la personne. Vincent McLeod est mort il y a une heure.

– Le processus d'identification de la voix indique qu'il s'agit bien de l'agent VM quatre, quatre-vingt-deux.

– Donnez-moi un visuel.

Sur l'écran mural, il reconnut aussitôt l'informaticien qui faisait les cent pas devant la porte de l'ascenseur privé.

– Laissez-le monter..., souffla Shanks, stupéfait.

Il se cala dans sa chaise, incapable de comprendre ce qui se passait.

– Demandez aussi au révérend Sinclair de me rejoindre ici tout de suite.

– Oui, monsieur.

Les portes de l'ascenseur s'ouvrirent, s'effaçant devant Vincent. Les cheveux en bataille, la chemise déchirée et le teint affreusement pâle, celui-ci ressemblait vraiment à un moribond. Shanks ouvrit la bouche pour parler, mais aucun son n'en sortit.

– Je sais ce que vous pensez, affirma Vincent.

– Cela me surprendrait beaucoup, réussit à articuler le directeur.

– Je suis venu vous remercier de ne pas m'avoir incinéré. Je n'aurais jamais pu retrouver mon chemin jusqu'ici.

Les yeux écarquillés, Shanks était à court de mots. Heureusement, Reiyel Sinclair arriva à la rescousse. Il sortit de l'ascenseur et s'arrêta net en reconnaissant le revenant.

– Il m'est arrivé quelque chose d'extraordinaire, dit joyeusement Vincent.

Le révérend prit place sur le sofa et écouta son récit avec intérêt.

– C'est le même Océlus que nous avons détenu ici ? s'enquit le directeur.

Vincent hocha vivement la tête.

– Tu as des amis haut placés, le taquina Sinclair.

– Il m'a assuré qu'il n'y avait plus aucune entité étrangère en moi.
– Je suis de son avis.
– J'ai une autre bonne nouvelle pour toi, annonça Shanks. J'ai promis à Cédric Orléans que dès que tu serais sur pied, je t'enverrais à la base de Toronto. Mais je veux que tu sois d'accord, toi aussi.
– Oui, je suis d'accord. Il est grand temps que je retourne auprès de mon équipe.

Shanks ne put s'empêcher de pousser un soupir de soulagement.

...0014

Ayant obtenu la permission de Cédric de pousser les recherches de Yannick Jeffrey encore plus loin, Cindy Bloom se dirigea vers la section de l'Antéchrist tout de suite après le déjeuner. Elle pianota le code sur la serrure et poussa la porte du petit laboratoire. Quelle ne fut pas sa surprise de trouver Aodhan devant l'ordinateur !

– Mais qu'est-ce que tu fais ici ?
– Je cherchais un endroit tranquille pour lire les dernières nouvelles. J'avais le choix entre la salle des Reptiliens ou celle de l'Antéchrist. J'ai pensé que je ne dérangerais personne en me réfugiant ici.
– Quelque chose ne va pas ? s'inquiéta Cindy en approchant une chaise de lui. Tu as perdu des membres de ta famille ?
– Mes grands-parents, ainsi que tous mes neveux et nièces. Mais ce qui m'attriste davantage, c'est le chaos qui règne sur notre planète. L'agent Jeffrey prétend que ce sera encore pire une fois que l'Antéchrist sera au pouvoir. Mais je ne vois pas comment cela pourrait être pire que ce que j'ai vu.

Cindy jeta un coup d'œil à l'écran, sur lequel on montrait un avion en flammes écrasé dans un parc. L'article prétendait que cet accident s'était produit à Toronto.

– La même chose est arrivée dans au moins huit autres pays, ajouta Aodhan. Il y a également eu des milliers d'incendies, d'accidents de la circulation, de déraillements de trains et des piétons fauchés sur des trottoirs par des voitures qui n'avaient plus de conducteur. Le lire, c'est désolant. Le voir de ses propres yeux, c'est franchement paniquant.

– L'ANGE a justement été créée pour enquêter sur les causes de telles catastrophes afin de les enrayer.

– Même si nous possédons une technologie plus avancée que celle de presque toutes les nations du monde, comment aurions-nous pu empêcher un événement biblique de se produire ?

– Dans le cas du Ravissement, si nous avions tous été de vrais croyants, nous aurions tous quitté la planète en même temps et l'Antéchrist n'aurait plus eu personne à torturer.

– Et, à ton avis, l'ANGE aurait-elle pu forcer tout le monde à aimer son prochain avant que Dieu ne réclame les croyants ?

– Bon, ce n'est peut-être pas le meilleur exemple que je pouvais te donner, mais tu comprends certainement ce que je veux dire. Maintenant que les événements de la fin du monde se sont enclenchés, nous savons à peu près ce qui s'en vient. C'est là que nous pouvons véritablement intervenir. Si tu me le permets…

Il lui céda la place devant l'ordinateur. Cindy tapa son code et sa question.

– Yannick a réalisé une chronologie du règne de l'Antéchrist en se fondant sur les prophéties bibliques.

Le document apparut devant leurs yeux.

– Comme tu le vois, son règne se divise en deux périodes de trois ans et demi. Lors de la première, les deux Témoins se mettront à prêcher à Jérusalem, puis l'Antéchrist signera un traité de sept ans avec Israël. Nous ne savons pas encore très bien en quoi celui-ci consistera, mais nous pouvons à peu près affirmer qu'une des deux parties s'engagera à reconstruire le Temple de Salomon. Viendront ensuite les jugements de Dieu, qui signaleront son mécontentement aux hommes qui auront décidé de suivre l'Antéchrist. Cette période s'achèvera par l'exécution des deux Témoins sur la place publique.

– Il ne reste à Yannick Jeffrey que trois ans et demi à vivre ?

– Théoriquement, car il ne faut pas oublier qu'il est déjà immortel.

– Ce doit être horrible de connaître à l'avance la date de sa mort.

– Tu as raison. Moi, je n'aimerais pas le savoir.

Elle appuya sur la flèche descendante du clavier pour lui montrer le reste du texte.

– Voici où les choses se compliquent. Au début de la seconde période, deux malheureux événements se produiront en même temps. L'Antéchrist sera assassiné juste au moment où Satan sera enfin chassé du paradis avec ses armées, car il aura perdu la guerre qu'il mène contre l'Archange Michel depuis des siècles. Et où crois-tu que tout ce beau monde atterrira ?

– Sur Terre…

– Exactement. Satan étant un opportuniste, il s'emparera du corps de l'Antéchrist et le fera revivre devant toutes les caméras qui filmeront ses derniers moments. Le monde entier le verra ressusciter.

– Sera-t-il plus terrible que l'Antéchrist ?

– Mille fois plus. Les notes de Yannick indiquent que c'est l'esprit d'un vil empereur romain qui occupera en premier lieu le corps de l'homme que Satan se serait réservé. Yannick croit qu'il s'agira d'Hadrien. Ce dernier voudra surtout reconquérir les territoires qu'il a perdus lors de l'effondrement de Rome. Puisque c'est un habile négociateur, il parviendra à unir au moins dix pays d'Europe et, en seulement trois ans et demi, il deviendra l'un des chefs politiques les plus puissants de son temps. Lorsque Satan prendra enfin son corps, il aura déjà tout un empire à ses pieds.

– Je vois déjà plusieurs endroits où nous pourrions intervenir.

– Durant cette dernière période de son règne, l'Antéchrist profanera le temple construit par la réincarnation de l'empereur. Il pourchassera et torturera tous ceux qui croient encore en Dieu et il imposera à ses fidèles la marque de la Bête. Yannick croit qu'il s'agira d'une puce électronique, un peu comme celle qu'on greffe aux chiens de race et au bétail. Ainsi, Satan saura où nous sommes et ce que nous faisons en tout temps. Heureusement, Dieu ne restera pas sans rien faire. Il enverra trois anges pour prévenir les hommes que l'heure du jugement est proche, puis son fils apparaîtra et mettra fin à la tyrannie de Satan. À ce moment-là, par contre, il ne restera plus qu'un tiers de la population sur la planète.

– C'est effroyable, mais très intéressant. Est-ce que je pourrais moi aussi consulter la banque de données établie par Yannick Jeffrey ?

– Bien sûr. Je vais aller travailler dans la salle des Laboratoires, car je veux rassembler toutes les autres prophéties sur la fin du monde. Nous devons obtenir le plus de détails possible si nous voulons empêcher ces événements de s'accomplir. Tu peux rester ici tant que tu le veux.

Cindy quitta la salle dédiée à l'Antéchrist et alla s'installer à un poste en retrait de celle des Laboratoires. En utilisant plusieurs mots-clés, elle parvint, en quelques heures seulement, à rassembler beaucoup de matériel. Elle apprit tout d'abord que presque toutes les religions avaient leur propre interprétation des événements qui conduiraient à la fin des temps. Les autres n'y croyaient pas.

Au milieu de la soirée, Cédric rejoignit la jeune femme aux Laboratoires, alerté par l'ordinateur de la base du fait que l'agente avait dépassé le quota d'heures d'utilisation en toute sécurité d'un écran.

– Cindy..., l'appela le directeur en se tirant une chaise.

– Je sais ce que tu vas me dire, mais tu t'inquiètes pour rien.

– Je veux seulement te recommander d'étaler ta recherche sur plusieurs jours.

– C'est bien trop passionnant. Savais-tu que le judaïsme, le christianisme, le catholicisme, le protestantisme, l'islamisme, le zoroastrisme, le bouddhisme, l'hindouisme, les croyances amérindiennes, la mythologie grecque et la mythologie nordique parlent tous de la fin des temps ?

Cédric arqua un sourcil.

– J'imagine que ces croyances ne sont pas similaires, devina-t-il.

– Les juifs sont persuadés que la fin du monde aura lieu à la fin de l'année 2240, lorsque tous leurs ennemis seront vaincus et que les tribus d'Israël seront à nouveau réunies. Les chrétiens prétendent de leur côté que seul Dieu connaît la date exacte de la fin des temps. Par contre, ils dressent la liste des événements qui nous indiqueront qu'elle approchera, comme les tremblements de terre, les désastres, les guerres et une foule d'autres catastrophes. Une faction du protestantisme croit même que cette fin du monde est déjà arrivée en l'an 70 après Jésus-Christ, lorsque le général romain Titus a mis Jérusalem à sac. Quant à l'eschatologie islamique, cette dernière traite du jugement dernier de l'humanité et d'un affrontement entre l'Antéchrist et Jésus. Elle possède, elle aussi, toute une liste de signes précurseurs de ce grand combat.

Le directeur fit un geste pour l'interrompre.

– Ce n'est pas tout ! protesta Cindy. Les adeptes du zoroastrisme ont des croyances à peu près semblables. Pour les bouddhistes, il s'agit d'un cycle de création et de destruction normal. Et pour l'hindouisme, il n'y a ni fin du monde, ni châtiment éternel, seulement des cycles de cinq mille ans, et le cycle actuel se terminera approximativement en 2036.

– Il y aurait donc plusieurs fins du monde ? la taquina Cédric.

– Apparemment. Même les Mayas ont prédit qu'elle aurait lieu en 2012.

– Il sera plutôt difficile d'interroger tous ces prophètes.

– Ceux-là, c'est certain, mais il y en a d'autres plus récents. Je vais tenter de les localiser.

– Pas ce soir.

Contrariée, Cindy soupira bruyamment.

– Que va-t-il nous arriver, Cédric ?

– C'est difficile à deviner, puisque nous n'avons pas encore reçu le bilan final de ce qui semble être le Ravissement annoncé par les prophètes. Cela pourrait nécessiter plusieurs jours. D'ici là, les secours s'occuperont des survivants et incinéreront ceux qui n'ont pas eu de chance. Ils dégageront les rues, les autoroutes, les voies ferrées et les pistes d'atterrissage pour que la vie se poursuive.

– Et nous, que pourrons-nous faire ?

– Rien, tant que la division internationale n'aura pas pris de décision.

– Je sais que nous sommes supposés être morts aux yeux de nos familles, mais n'y aurait-il pas une façon de savoir si nos parents ou nos proches ont disparu ?

– Je m'en informerai. Maintenant, va te reposer quelques heures avant de continuer tes recherches.
– Oui, patron.
Cindy embrassa Cédric sur la joue et quitta son poste. Le directeur resta sur place, se demandant comment la planète se remettrait de ce coup dur. Ces disparitions allaient sans doute déséquilibrer tous les secteurs d'activité, à commencer par l'économie. Qui aurait la force de prendre en main ce titanesque travail de reconstruction ?

...0015

L'ordinateur central de l'ANGE ne parvint à établir un bilan acceptable de la tragédie mondiale que plusieurs semaines après l'incident. Mithri Zachariah s'assura que tous ses directeurs l'aient reçu et lu avant de les convier à une vidéoconférence. Même Christopher Shanks, qui ne faisait jamais partie des opérations tactiques, y fut invité.

La grande dame commença par remercier tous les dirigeants qui n'avaient pas perdu leur sang-froid au summum de la crise. Elle exprima ensuite son regret d'avoir perdu autant de bons soldats, car plusieurs bases avaient été victimes du phénomène insolite. Avant de répondre aux questions plus spécifiques à chaque région touchée, elle fit un court résumé du rapport de l'Agence.

– Un peu plus du tiers de la population mondiale s'est évaporé, annonça-t-elle. Nos équipements de recherche n'ont pas réussi à localiser ce nombre important de disparus, et nous les avons même pointés vers l'espace. Nous en sommes donc venus à la conclusion qu'ils n'ont pas été enlevés, mais qu'une puissance dont nous ne savons rien encore les a massivement éliminés.

« Pourquoi ne parle-t-elle pas de l'hypothèse du Ravissement ? » se demanda Cédric, qui assistait à la réunion virtuelle de son bureau.

– L'analyse effectuée par nos logiciels démontre sans l'ombre d'un doute que les victimes n'ont pas été choisies au hasard, poursuivit Mithri. Tous les enfants de moins de douze ans ont disparu.

Un murmure s'éleva parmi les directeurs, qui n'étaient pas sans savoir que les enfants représentaient l'avenir du monde.

– Les médecins en train de mettre des bébés au monde ont vu ces derniers se volatiliser entre leurs mains, leur apprit la grande dame d'une voix tremblante. Curieusement, les femmes enceintes n'ont pas perdu les fœtus qu'elles portaient.

« Parce que la vie consciente ne se transmet qu'au premier souffle », se souvint Cédric.

– Alors, tout n'est pas perdu, les rassura Mithri. En ce qui concerne les adolescents, la moitié d'entre eux ont subi le même sort que les enfants. Si nous ajoutons à ce nombre celui des adultes manquants, nous arrivons à un chiffre total qui représente quarante pour cent de la population de la Terre. Nous avons demandé à l'ordinateur central d'analyser et de classer les informations recueillies dans tous les pays. C'est ainsi que nous avons appris que, peu importe leur âge, les disparus étaient tous de fervents croyants en leurs diverses religions. Il semblerait que, contrairement à ses créatures, Dieu ne fasse pas de discrimination entre les systèmes de croyance.

Mithri fit une courte pause, de manière à donner à ses directeurs le temps d'assimiler ces faits.

– Ce qui m'amène finalement au rôle de l'ANGE au cours des prochains mois.

C'était surtout cette partie de son discours que les représentants de l'Agence voulaient entendre. S'ils ne pouvaient plus rien pour ceux qui avaient perdu la vie, ils avaient encore la possibilité d'empêcher l'annihilation du reste de la population mondiale.

– Plusieurs d'entre vous m'ont transmis leur propre interprétation de ces événements tragiques, ainsi que leurs recommandations pour l'avenir. Je les ai toutes prises en compte. Le rôle de l'ANGE est avant tout d'enquêter sur les phénomènes étranges et de conseiller les gouvernements sur les mesures à prendre afin qu'ils protègent leurs ressortissants de ces anomalies. C'est ce que nous allons continuer à faire. J'attends de vous une analyse minutieuse de tous les tressaillements de ce que les chrétiens appellent le Ravissement. Je veux que nous établissions la chronologie des prochaines étapes de ces prophéties pour que nous puissions avertir les dirigeants de ce monde de ce qui les attend. Chaque signe, chaque témoignage, chaque fait sera passé au peigne fin, surtout s'il a le moindre rapport avec le sort de l'humanité.

Avant de répondre aux interrogations des uns et des autres, Mithri suggéra à toutes les divisions de surveiller de près les progrès de reconstruction dans leurs régions, l'avènement de nouveaux prophètes et le danger qu'ils pouvaient représenter pour la population. Les directeurs ne devaient également permettre à leurs agents de travailler sur le terrain que s'ils pouvaient le faire en toute confiance.

Cédric écouta les réponses que la grande dame fit à ses confrères. En fait, ces derniers avaient tous les mêmes préoccupations. Ils devaient faire fonctionner leur base avec un personnel réduit, faire en sorte de ne pas exposer inutilement leurs agents et leurs techniciens au chaos qui régnait à la surface, et traiter rapidement leurs membres traumatisés par la perte d'êtres chers.

En conclusion, Mithri leur promit l'aide de tous les psychologues qu'elle avait recrutés afin de remettre l'Agence en état de fonctionnement le plus rapidement possible. Lorsque la conférence télévisuelle prit fin quatre heures plus tard, Cédric n'avait pas ouvert la bouche une seule fois. Ce qu'il redoutait le plus était le ralentissement de la construction de la nouvelle base de Montréal. Une telle éventualité l'obligerait à opérer dans une province qu'il ne connaissait pas très bien pendant de longs mois encore. Il aurait pu demander d'être muté à Sherbrooke, qui veillait sur Montréal, mais Mithri Zachariah ne lui aurait pas permis d'emmener ses meilleurs agents avec lui. Comme toujours, Cédric Orléans donnerait le meilleur de lui-même.

Le travail de recherche de Cindy Bloom devenait à présent une priorité pour la base de Toronto. Le premier geste de Cédric serait par conséquent d'affecter Aodhan Loup Blanc au même dossier.

– L'HÉLICOPTÈRE VIENT DE SE POSER DANS LE STATIONNEMENT, MONSIEUR ORLÉANS.

Cédric avait oublié qu'il avait fait rapatrier sa fille le jour même.

– Demandez à monsieur Fletcher de sécuriser le périmètre et d'escorter l'agent Chevalier jusqu'ici.

– TOUT DE SUITE, MONSIEUR.

Le retour d'Océane au bercail allait sans doute insuffler une nouvelle énergie à son équipe. Cette jeune femme indépendante ne raisonnait pas comme tout le monde et, en ce moment, Cédric avait besoin d'autant d'hypothèses que possible.

– MONSIEUR ORLÉANS, MONSIEUR FLETCHER DÉSIRE VOUS PARLER.

– Établissez la communication.

– Cédric, savais-tu que l'agent Chevalier était accompagné d'un homme que l'ordinateur identifie comme étant Thierry Morin, un policier de la Sûreté du Québec rapporté comme manquant à l'appel ? s'enquit le chef de la sécurité.

– Oui, j'ai été prévenu de sa visite. Conduis-les à mon bureau, je te prie.

– Avec plaisir.

Cédric se cala dans son fauteuil. Qu'allait-il faire du Naga ? Les règles de l'Agence étaient claires en ce qui concernait le recrutement de ses membres. Ils devaient tous suivre une formation à Alert Bay pendant un an, puis travailler sur le terrain, d'abord sous la supervision d'un aîné et ensuite seuls. La division internationale pouvait alors les déplacer à sa guise sur tout le globe. Cédric avait lui-même été un simple agent au Canada, en Australie et en Angleterre avant d'être nommé directeur de la base de Montréal.

Il ne faisait aucun doute, dans son esprit, que le policier Morin possédait toutes les qualités requises pour servir l'ANGE. En fait, son endurance, sa force physique et son intelligence de guerrier le plaçaient très certainement un cran au-dessus des agents à son service.

– Ordinateur, existe-t-il une procédure exceptionnelle permettant à un homme ou à une femme n'ayant pas fréquenté Alert Bay de devenir un agent de l'ANGE ?

– Il n'y a aucune règle écrite à ce sujet. Cependant, les annales de l'Agence mentionnent un précédent. Lors de la Seconde Guerre mondiale, un soldat britannique fut nommé agent sans aucune préparation à la demande de la division internationale, car il devait aider la base de Londres à mener une opération ultrasecrète en Allemagne.

– On ne peut donc recourir aux services d'un civil qu'en cas de guerre ?

– Monsieur Fletcher demande à vous voir, monsieur Orléans. Dois-je le faire attendre jusqu'à ce que je trouve la réponse à votre question ?

– Non, nous reprendrons cette recherche plus tard. Faites-le entrer.

Océane et Thierry précédèrent le chef de la sécurité dans le bureau. Cédric, qui s'attendait à une remarque sarcastique de la part de sa fille, fut surpris d'apercevoir ses yeux bouffis et sa mine déconfite.

– Merci, Aaron, dit-il à Fletcher. Je m'occupe d'eux.

L'homme en noir tourna les talons et la porte métallique se referma derrière lui. Le Naga et l'agente demeurèrent immobiles.

– Je vous en prie, asseyez-vous, les convia Cédric.

Ils prirent place dans les fauteuils destinés aux invités.

– Océane, est-ce que ça va ? s'inquiéta le directeur.

– J'ai appris il n'y a pas longtemps que je n'avais aucun lien de famille avec les Chevalier, mais la disparition de ma grand-mère et de mon neveu m'afflige beaucoup.

La jeune rebelle essuya les larmes qui recommençaient à couler sur ses joues.

– Pire encore, je ne peux même pas réconforter ma sœur qui est hystérique depuis la perte de son fils.

– Beaucoup de gens ont perdu des êtres chers, répliqua maladroitement Cédric.

– En fais-tu partie ?

– J'ai perdu des techniciens et des membres de la sécurité.

– Mais aucun membre de ta famille, n'est-ce pas ?

– Je ne suis pas responsable de tes tourments, Océane.

Thierry Morin assistait en silence à cet échange entre le père et la fille. Il était bien mal placé pour les juger, n'ayant jamais eu de parents.

– Pardonne-moi, s'excusa Océane. Tu ne sais pas à quel point j'aimerais être à ta place et n'avoir personne à regretter.

– Je ne suis malheureusement pas resté en contact avec ma mère, alors j'ignore ce qu'il a pu advenir d'elle, si c'est ce que tu veux entendre.

– J'ai une autre grand-mère ?

– Sur le papier seulement. Tu seras certainement contente d'apprendre que tes collègues n'ont pas été touchés par ce phénomène.

– Même Cindy ? s'étonna Océane. Elle est si innocente.

– Nous cherchons encore à établir avec précision les critères de sélection de cette force invisible qui a décimé une partie de la population.

– Peut-être qu'elle n'aimait pas le rose...

Cédric choisit d'ignorer son commentaire.

– Cindy et Aodhan travaillent comme des forcenés pour que l'ANGE puisse anticiper les prochains événements cataclysmiques.

Le directeur espérait qu'en mentionnant le nom de ses amis, Océane reprendrait son aplomb habituel, mais elle demeura abattue.

– Nous tentons aussi d'obtenir des renseignements de la part de Yannick Jeffrey, ajouta-t-il.

Cela n'intéressa pas davantage sa fille.

– Je suis vraiment navré que tu aies perdu ta grand-mère et ton neveu, lui dit-il finalement.

« Autant que peut l'être un reptilien », songea Océane.

– Et toi, Thierry, as-tu perdu un être cher ? demanda le directeur.

Thierry secoua la tête négativement.

– C'est plutôt le contraire, dans son cas, expliqua sa compagne. C'est lui qu'on a abandonné.

– Océane..., soupira le Naga en espérant qu'elle se taise.

– Sa société secrète l'a mis à la porte parce qu'il est venu à mon secours. Il était en mission en Suisse lorsqu'il a appris que la reine des Dracos m'avait capturée, et il a tout laissé tomber pour moi.

Cédric ne put s'empêcher de penser qu'il aurait, lui aussi, expulsé n'importe lequel de ses agents qui aurait agi de la sorte. Océane, malgré son intellect supérieur et son infaillible instinct d'espionne, était selon lui bien trop émotive. Jamais elle ne serait appelée à occuper un poste de direction à l'ANGE.

– Tu ne peux pas refuser son apport à l'Agence, implora-t-elle.

– Parce que tu crois que c'est moi qui prends ce genre de décision ?

– Tu es l'un des dirigeants de l'ANGE.

Cédric soupira avec agacement.

– Laisse-moi seul avec Thierry, s'il te plaît.

Océane le fusilla du regard. Sa requête ne lui plaisait pas, mais elle quitta tout de même le bureau en se retenant de parler.

– Lorsqu'elle a une idée en tête, il est bien difficile de l'en faire démordre, commenta Thierry.

– Je suis bien placé pour le savoir.

– J'ai tenté de lui faire comprendre que je n'ai aucune envie de devenir l'un de tes agents. J'ai ma propre façon de travailler et je n'ai pas l'intention de la modifier.

– Je comprends ta position, mais Océane a tout de même raison sur un point : nous avons besoin d'aide.

– Je suis désolé, Cédric. Je ne suis tout simplement pas un joueur d'équipe.

À court d'arguments, le directeur joignit ses doigts et appuya le bout de ses index sur ses lèvres.

– Nous avons écouté les nouvelles presque continuellement depuis les disparitions, l'informa Thierry. Tout le monde a sa propre explication de ce qui s'est passé, mais je penche pour celle de la Bible. Les Dracos, aussi brillants soient-ils, ne possèdent pas ce type de technologie, et pourquoi se priveraient-ils volontairement de leur repas favori ?

– Tu crois en Dieu ?

– Je crois qu'une puissance universelle nous a créés et placés là où nous devions nous trouver, mais je ne lui donne pas de nom.

– Où sont allés les disparus, à ton avis ?

– On les a emmenés dans un autre univers.

– Ils ne seraient donc pas morts ?

– Non, affirma le Naga. Ils sont partis avec leur corps, n'est-ce pas ? Que savons-nous sur les heureux élus ? J'imagine qu'ils étaient tous humains.

– Il s'agissait d'innocents et de croyants.

– Des gens pieux, quoi. Ce qui signifie que la planète est actuellement peuplée par des gens moins que méritants.

– Je ne suis pas un homme malveillant et je n'ai pas été choisi.

– Mais tu ne crois pas en Dieu, lui fit remarquer Thierry.

– Toi, oui, et tu es toujours ici.

– Je suis un assassin, Cédric. Les meurtriers ne font certainement pas partie des méritants. Les reptiliens non plus.

Le Dieu de presque toutes les religions défendait à ses fidèles de tuer. Cette interdiction valait-elle aussi pour les races extraterrestres ?

– Qu'as-tu l'intention de faire, maintenant ? s'enquit Cédric.

– C'est justement en écoutant des récits de disparitions à la télévision que mon chemin est devenu clair. Il y a encore deux personnes, si on peut les appeler ainsi, que je dois éliminer avant de quitter cette vie : Perfidia et celui que vous appelez l'Antéchrist.

Cédric arqua un sourcil.

– Océane connaît-elle tes plans ? voulut-il savoir.

– Non. Elle veut à tout prix m'enrôler dans votre agence, ce que je refuserais même si tu me suppliais. Pour accomplir ces dernières missions, je dois agir seul.

– Les prophètes indiquent clairement que l'Antéchrist terrorisera les hommes pendant sept ans avant que le Fils de Dieu mette fin à son règne. Prétends-tu être ce sauveur ?

- Ciel, non ! Mais si cet homme manque son coup, je serai tapi dans l'ombre et, moi, je ne raterai pas ce mécréant.

« Les Nagas sont-ils tous aussi idéalistes que Thierry Morin ? » se demanda Cédric.

- Il y a très peu d'Anantas sur Terre, poursuivit le policier. Il est donc possible que ce tyran soit lié à toi par le sang.

- Je suis désolé. J'ignore tout de ma famille.

- Je veux simplement que ce soit bien clair entre nous. Ce lien de parenté ne m'empêchera pas de faire mon travail.

Thierry vit pâlir le visage du directeur. Avant qu'il ne le questionne à ce sujet, Cédric lui fournit l'explication de son malaise.

- Il y a plusieurs années de cela, des *varans* ont tenté de m'assassiner, car ils croyaient que j'étais le prince des ténèbres.

- Ce devait être des Nagas stupides. Je possède un sixième sens qui me permet de débusquer mes ennemis, peu importe leur origine. Tu n'en fais pas partie.

Thierry se leva en posant sur son congénère un regard destiné à rassurer ce dernier.

- Si tu dois briser le cœur d'Océane, fais-le sans tarder, l'avertit Cédric.

- Ta fille est une femme extraordinaire, mais elle n'entend que ce qu'elle veut entendre, même lorsqu'il est question de la pure vérité. Lorsque viendra pour moi le temps de frapper l'ennemi, je partirai malgré ses cris et ses grincements de dents. Elle sera très en colère contre moi, mais je m'assurerai qu'elle ne tente pas de me suivre.

Cédric pouvait déjà imaginer la tempête que le Naga essuierait ce soir-là.

– Tu n'es pas l'un de mes hommes, alors je ne peux pas te dicter ta conduite, se résigna-t-il.

– Voilà une attitude de Neterou dont tu devrais te départir, Cédric. Le sang qui coule dans tes veines provient d'une caste encore plus élevée que la mienne. Il te donne le droit d'exiger l'obéissance de tous les reptiliens, sauf celle des Dracos et des indépendants Nagas.

– Il ne serait pas très malin de ma part d'afficher mes véritables couleurs par les temps qui courent. On m'a déjà pris pour un autre.

Cet argument fit sourire le traqueur.

– Je ne resterai à Toronto que le temps de découvrir où se cache la reine et à quel endroit je peux trouver l'Antéchrist, annonça-t-il.

Il fit quelques pas vers la porte, puis se retourna.

– As-tu suffisamment de poudre d'or ?

– Je peux encore tenir quelques mois.

– Avant de partir, je t'en procurerai une importante provision.

– Merci, Thierry.

La porte glissa devant le policier, qui se retrouva dans l'immense salle des Renseignements stratégiques. Océane était plantée derrière un technicien et lisait les informations qui apparaissaient sur son écran. Ces dernières semaines, c'était la femme plutôt que l'agente qu'il avait fréquentée. Or, malgré son immense besoin d'amour, Océane avait été incapable de lui ouvrir son cœur. Elle avait entouré son amant de petits soins, l'avait distrait de ses obligations et procuré de fantastiques nuits d'amour. Pourtant, après tout ce temps passé avec elle, Thierry connaissait à peine cette femme et il se doutait que jamais elle ne se livrerait complètement à lui.

Il promena son regard sur tous les postes de travail avant de rejoindre Océane. L'ANGE était bien équipée.

Ses nombreux techniciens analysaient séparément des données qui arrivaient sans arrêt du monde entier.

– Te voilà enfin, se réjouit Océane. Il ne t'a pas trop maltraité ?

– Je suis difficile à impressionner.

Elle glissa ses doigts entre les siens et l'entraîna vers la sortie.

– Nous allons dire bonjour à Cindy, puis je vais te ramener chez moi. J'implore toutefois ton indulgence, puisque le ménage n'a pas été fait depuis des lustres.

Il se laissa docilement emmener dans le corridor, le long duquel elle ouvrit toutes les portes avant de découvrir que sa jeune amie travaillait dans la salle de l'Antéchrist en compagnie de leur collègue amérindien.

– Océane ! s'écria Cindy, folle de joie.

Elle lui sauta dans les bras et la serra avec force.

– Te souviens-tu de Thierry Morin ? demanda l'aînée lorsqu'elle eut réussi à se dégager de son étreinte.

– Évidemment ! Il m'a sauvé la vie ! Enfin… je pense. Mes souvenirs de cette horrible soirée sont de plus en plus confus.

– Je suis heureux de vous revoir, mademoiselle Bloom, la salua le Naga.

– Vous pouvez m'appeler Cindy.

– Ici, on l'appelle « mademoiselle rose bonbon », la taquina Océane.

– Je ne porte pas que du rose, vous savez.

Thierry tourna son regard vers l'homme qui l'observait attentivement depuis quelques secondes.

– Voici Aodhan Loup Blanc, le présenta Océane.

Les deux hommes échangèrent une solide poignée de main. Thierry ne percevait aucune vibration reptilienne dans cet agent. Cependant, ce dernier dégageait une aura curieusement semblable à celle de son mentor.

– Aodhan est un grand chef amérindien, ajouta Océane.

– Mon grand-père l'a été, la corrigea son collègue. Je n'ai malheureusement pas hérité du titre. Vous êtes allemand ?

Les cheveux blond clair et les yeux bleu ciel du Naga le faisaient souvent passer pour un ressortissant germanique ou nordique.

– Je suis un Italien né à Rome.

– On ne s'en serait jamais douté, avoua Cindy.

– Vous faites partie de la division italienne ? le questionna Aodhan.

– Je ne travaille pas pour l'ANGE. Je suis un agent indépendant.

L'Amérindien fronça les sourcils.

– Il a accepté de nous donner un coup de main, expliqua Océane avant que son coéquipier ne se lance dans un interrogatoire sans fin.

– Votre aide sera très appréciée, se contenta de répliquer Aodhan.

– Sur quoi êtes-vous en train de travailler ? voulut savoir Océane en jetant un coup d'œil aux écrans d'ordinateur.

– Nous tentons d'établir la chronologie des prochains événements mondiaux d'importance en décortiquant toutes les prophéties qui se rapportent à la fin du monde, répondit Cindy.

– Il y a plusieurs scénarios possibles, alors nous devons tout prendre en considération, ajouta l'Amérindien.

– Tu ne travailles plus sur les reptiliens, Cindy ? s'étonna Océane.

– Je n'avais plus rien à me mettre sous la dent, soupira la jeune femme.

– Thierry s'est déjà penché sur leur cas dans le cadre de son travail. Il pourrait sans doute te donner un coup de pouce.

– Chouette ! se réjouit Cindy avant que Thierry ne puisse protester.

– C'est presque l'heure du déjeuner, leur rappela Océane. Que diriez-vous de nous accompagner au petit restaurant situé au coin de ma rue ? Est-il encore ouvert ?

– La plupart des commerces ont rouvert leurs portes, assura Aodhan.

– Allons-y !

S'accrochant au bras du Naga, Océane les convia à la suivre.

...0016

L'arrivée du docteur Wolff dans le quotidien d'Asgad Ben-Adnah redonna à ce dernier sa joie de vivre. Toutefois, même si sa santé physique semblait s'être rétablie, ses divagations d'empereur romain se poursuivirent de plus belle. Le médecin rassura tout de suite l'entourage de l'homme d'affaires. Selon lui, seul le temps permettrait à son patient de retrouver sa véritable personnalité. Il avait cependant omis de leur dire que ce serait celle du prince des ténèbres.

Benhayil et Sélèd n'avaient donc pas été étonnés de voir Wolff jouer le jeu d'Asgad, lui parlant comme à un grand monarque jusqu'à ce qu'il redevienne lui-même. Puisque son patron était incapable de diriger ses entreprises, Benhayil avait chargé les conseils d'administration de ces sociétés de le faire à sa place en les avertissant qu'ils auraient des comptes à rendre au retour d'Asgad. Le jeune secrétaire passait donc la majeure partie de son temps à voyager d'une ville à l'autre pour veiller à la bonne marche des affaires de son patron, persuadé que le nouveau médecin d'Asgad savait ce qu'il faisait.

À la résidence, seul le chauffeur gardait un œil discret sur Asgad qui multipliait les excentricités. Les serviteurs et les servantes, quant à eux, préféraient l'éviter. Certains avaient même remis leur démission après avoir été menacés de recevoir cent coups de fouet.

Le Faux Prophète resserrait lentement son emprise sur l'entrepreneur israélien. Contrairement à Benhayil et Sélèd, qui croyaient que leur employeur était atteint d'une grave maladie mentale, Ahriman savait que le corps d'Asgad était désormais habité par une âme échappée des limbes.

Hadrien, malgré les errements des dernières années de son règne, avait tout de même été l'un des plus brillants empereurs de Rome. Il possédait une vaste culture et une vive intelligence, mais il était également colérique, irréductible et mélancolique. À la fin de sa vie, rongé par la maladie, son enthousiasme s'était changé en obsession et sa prudence en paranoïa. Sa décision d'écraser la résistance juive à Jérusalem avait provoqué une guerre ouverte au cours de laquelle il avait bien failli éliminer tous les Juifs.

Ahriman faisait bien attention de ne jamais mentionner ces malheureux événements du passé. Il faisait plutôt appel aux qualités que cette âme avait possédées avant de sombrer dans la folie. Hadrien avait non seulement été un empereur romain, mais aussi un empereur grec et égyptien, ainsi qu'un philosophe, un grammairien, un architecte, un poète et un magicien. Il avait toujours été attiré par le surnaturel, la magie et l'astrologie. Il avait voulu connaître son avenir, et avait surtout voulu le voir de ses propres yeux. Connaissant cette faiblesse, le Faux Prophète n'avait plus qu'à lui promettre de maîtriser éventuellement des facultés magiques pour l'avoir à sa merci.

Une fois bien installée dans le corps d'Asgad, l'âme d'Hadrien voulut modifier son environnement afin de le rendre conforme à sa propre vision du cosmos de jadis. L'homme d'affaires avait donc changé le mobilier de la villa et fait réaménager le jardin. Malheureusement, depuis le Ravissement, les ouvriers se faisaient plus rares, et la lenteur des travaux exaspérait Asgad.

Ce fut justement devant l'un des bassins dont le béton n'était pas encore sec que le serviteur de Satan trouva son protégé, à la tombée du jour.

– Vous devriez rentrer, Excellence. Je ne voudrais pas vous voir prendre froid.

– Tout doit être parfait pour son retour.

– C'est vous qu'il sera heureux de revoir, pas vos jardins.

– Je n'ai trouvé aucun artisan capable de sculpter ses traits si parfaits, poursuivit l'empereur sans l'écouter. C'est sa statue qui doit dominer cet endroit. Il aura besoin d'une oasis de paix, car il est d'une extrême sensibilité.

– Fermez les yeux et faites apparaître son visage dans votre esprit.

Hadrien ne se fit pas prier. Depuis que le Faux Prophète avait fait ressurgir en lui le souvenir d'Antinous, il ne cessait de penser à lui. Ahriman attendit quelques secondes, puis posa les mains sur les tempes d'Asgad.

– Maintenant, ouvrez les yeux, Excellence.

Devant l'empereur ébahi se dressait la statue grandeur nature de son amant, taillée dans un albâtre si brillant que les derniers rayons du soleil s'y reflétaient dans toute leur gloire.

– Mais comment ? s'étrangla-t-il.

Il avança une main tremblante et caressa la joue du jeune grec qu'il avait déifié en Égypte après la mort tragique de ce dernier dans les eaux du Nil.

– Ce n'est pas une illusion...

– Non, Excellence. Cette statue est bien réelle. Tout mage qui se respecte peut faire obéir les éléments et leur donner la forme qui lui plaît.

– Apprenez-moi à le faire.

147

– Chaque chose en son temps. Vous devez commencer par reprendre des forces.

– Je ne me suis pourtant jamais senti aussi bien !

– Vous n'êtes sorti de votre long sommeil qu'il y a quelques semaines, et je dois vous contraindre au repos avant de vous enseigner une aussi puissante magie.

– Soit, mais dans l'intervalle, vous êtes à mon service.

– Corps et âme, Excellence.

Asgad observa de nouveau la statue d'Antinous.

– Puisque nous serons bientôt réunis, je ne veux pas que ses sens délicats soient offensés par le manque d'élégance de ma villa de Judée. Je dois donc terminer ce jardin et embellir mon intérieur.

L'empereur planta son regard dans celui du médecin.

– Ce miracle, pouvez-vous le répéter à volonté ?

– Mes pouvoirs sont illimités.

Hadrien saisit les poignets d'Ahriman et plaça les paumes du serviteur de Satan de chaque côté de sa tête.

– Voyez ce que je vois ! rugit-il.

« Un jeu d'enfant », pensa le Faux Prophète, amusé. En un clin d'œil, les deux bassins aux pieds d'Antinous se remplirent d'eau. Des lotus remontèrent à leur surface, embaumant l'air du soir. Des arbres fruitiers sortirent de terre et furent aussitôt entourés de fleurs exotiques. L'allée se couvrit ensuite de petits cailloux blancs jusqu'à la porte de la villa.

Ahriman dégagea ses mains en douceur. Émerveillé, l'empereur se mit à tourner sur lui-même, contemplant son jardin.

– Dites-moi que je ne rêve pas…

Il plongea ses doigts dans l'eau, caressa un nélombo et posa la main sur l'écorce d'un arbre.

– Non, vous ne rêvez pas, Excellence.

– Votre don me rend vraiment très heureux.

Hadrien emmena Ahriman dans la maison, à l'intérieur de laquelle il lui fit créer un chef-d'œuvre d'ancienne architecture grecque avec des planchers de marbre blanc, des plafonds sculptés soutenus par des colonnes immaculées et des fresques sur tous les murs. Une fois la dernière pièce transformée selon ses désirs, l'empereur se mit à tituber sur ses jambes, à bout de forces.

– Vous ne suez même pas, mage ! s'étonna-t-il.

– Comme je vous l'ai dit tout à l'heure, il n'y a rien que je ne puisse faire pour vous.

– Si vous dites vrai, alors rendez-moi Antinous ce soir.

– Pour redonner la vie à un homme, nous devons réunir plusieurs éléments. La magie seule ne pourrait ressusciter votre favori.

– S'agit-il d'éléments que je peux vous fournir ?

– Je créerai les circonstances propices, mais c'est votre amour qui ramènera Antinous.

– Je ferai ce que vous me demanderez.

Les préparatifs de la résurrection du jeune Grec débutèrent le soir même. Ahriman parcourut toute la villa à la recherche d'un endroit convenable pour opérer ce miracle. Hadrien le suivait partout en silence. Son esprit était aussi curieux que jadis. Le Faux Prophète s'arrêta finalement à l'étage, dans la pièce la plus reculée qui avait autrefois été la bibliothèque. Il tourna sur lui-même plusieurs fois.

– Ce sera ici, annonça-t-il à l'empereur.

Pour l'impressionner davantage, Ahriman matérialisa un sarcophage digne de celui du plus grand des pharaons. Le masque funéraire en or de la momie qui y logeait prit graduellement les traits d'Antinous, arrachant des larmes de joie à Hadrien.

– Est-il là-dedans ? s'impatienta-t-il.

– Pas encore.

D'étroites tablettes se détachèrent par centaines des quatre murs et se pourvurent par magie de lampions déjà allumés.

– Quand ?

– Je vous ai dit que plusieurs éléments étaient nécessaires. Nous avons l'endroit et le vaisseau. Maintenant, il nous faut déterminer le moment idéal. Nous devrons être seuls dans la maison lorsque nous ordonnerons à votre bien-aimé de quitter l'Hadès. C'est très important.

– Je peux congédier tout le monde dès maintenant.

– Nous devrons aussi obtenir le corps d'un homme mort depuis moins de deux heures pour que je le remodèle selon vos souvenirs.

– Vous faites apparaître des arbres et des fleurs à partir de rien et vous ne pouvez pas faire de même pour un être humain ?

– Ce privilège appartient uniquement aux dieux. C'est pourquoi nous devons procéder à ce rituel en utilisant le corps d'un homme mort.

– Alors, tuons l'un de mes serviteurs.

– Puis-je vous rappeler, Excellence, que vous vous êtes réveillé à un siècle où même les rois les plus puissants ne peuvent commettre un meurtre sans en payer le prix ? De surcroît, je suis médecin. Mon devoir est de préserver la vie, pas d'y mettre fin.

– Dans ce siècle, où peut-on acheter un cadavre ?

– À la morgue.

Hadrien lui ordonna de procéder à cette acquisition dans les plus brefs délais.

– Il en sera fait selon vos désirs, Excellence.

Alors que le moment de ses retrouvailles avec son amant approchait, Hadrien calma son impatience en s'informant de sa fortune personnelle auprès de son secrétaire. Benhayil lui expliqua le plus simplement possible qu'il possédait plusieurs entreprises qui lui rapportaient beaucoup d'argent.

– Quels pays me reste-t-il ? s'enquit aussi son patron.

Surpris par la question, le jeune homme demeura bouche bée.

– Ai-je tout perdu ? s'alarma l'empereur.

– Je crains que oui..., balbutia Benhayil. Ces nations ne sont plus soumises à Rome. Elles ont obtenu leur indépendance et ont leur propre gouvernement.

– Leur indépendance ?

– L'histoire a suivi son cours naturel, j'imagine.

– Mais comment suis-je supposé les reconquérir sans mon armée ?

– Par une habile négociation, sans doute.

Une lueur d'espoir s'alluma dans les yeux de l'empereur. Il avait déjà transigé avec les provinces conquises et connu beaucoup de succès. Il pourrait certainement refaire cet exploit.

– Pallas, je veux tout savoir sur les gouverneurs des contrées qui ont été miennes.

– Tout ? s'alarma Benhayil.

– Leurs faiblesses, leurs désirs, leurs besoins, tout ! Je dois rattraper le temps perdu.

Le docteur Wolff avait averti toute la maisonnée de ne pas contredire Asgad tant qu'il serait dans cet état de folie.

– Je vous fournirai tout ce que vous voudrez, accepta Benhayil à contrecœur.

– Alors, commençons par Jérusalem.

Le secrétaire se mit au travail sur-le-champ et, en se servant d'Internet, brossa à l'empereur un tableau de la situation politique en Israël.

C'est donc au milieu d'une montagne de documents que le Faux Prophète trouva son protégé quelques jours plus tard. Asgad leva sur lui un regard accablé.

– Saviez-vous que la Judée est déchirée par des guerres sectaires ? le questionna-t-il.

– Oui, je le savais. Cela dure malheureusement depuis bien longtemps. Les meilleurs négociateurs des grandes puissances de ce siècle ont tenté en vain de régler ce conflit.

– Ils ont échoué parce qu'ils n'étaient pas aussi doués que moi. Il est clair maintenant que je me suis réveillé de mon long sommeil pour mettre fin à ces querelles inutiles et réunifier mon empire.

– Vous plairait-il de le faire aux côtés d'un homme qui donna jadis sa vie pour vous ?

Les mains d'Hadrien se mirent à trembler et les feuilles qu'il tenait s'éparpillèrent sur sa table de travail.

– Ce soir, vous pourrez l'enlacer, Excellence.

La gorge serrée, l'empereur fut incapable de remercier le Faux Prophète. En fait, il ne prononça plus un seul mot de la journée. Il avala quelques bouchées au repas du soir, puis se retira dans son petit salon après avoir donné congé à tous ses domestiques en n'utilisant que deux mots : « Partez tous. »

Dès que la villa fut enfin déserte, Hadrien monta à l'étage. Ahriman l'attendait dans la salle de rituel, debout devant le sarcophage doré que les milliers de lampions faisaient luire.

– Où est le corps que vous deviez acheter ? s'inquiéta l'empereur en ne le voyant nulle part.

– Il est là, le rassura le Faux Prophète. Je ne voulais pas que vous en gardiez l'image dans vos pensées, alors je l'ai fait livrer dans la villa à votre insu. Lorsqu'il émergera du tombeau, il aura le visage que vous avez connu.

– Que dois-je faire pour qu'il en sorte sans tarder ?

– Commencez par purifier votre corps et enfilez ce vêtement.

Ahriman lui tendit une toge immaculée. Avant de s'en emparer, Hadrien caressa le doux tissu, replongeant une fois de plus dans les souvenirs de son ancienne vie. Le démon ne le pressa d'aucune façon. Pour qu'il soit bien accroché à l'hameçon, il lui donna même tout le temps nécessaire pour se préparer mentalement. L'empereur prit une douche et se vêtit comme convenu. Lorsqu'il revint dans la pièce, l'homme d'affaires israélien était méconnaissable. Drapé de blanc, il semblait sortir tout droit d'un livre d'histoire.

D'une démarche majestueuse, Hadrien s'avança jusqu'au cercueil recouvert d'or. Son regard impatient se posa sur le masque funéraire.

– Procédez, ordonna-t-il au médecin. Et surtout ne me décevez pas.

L'ombre d'un sourire s'esquissa un instant sur les lèvres du Faux Prophète. Il leva lentement la main droite d'un geste théâtral. La seule porte de la pièce se referma sèchement. Hadrien ne remua pas un cil. Il avait assisté à bien des démonstrations de magie durant sa vie et il n'était pas facilement impressionnable.

Entre les tablettes recouvertes de lampions, des bras musclés surgirent du mur, serrant des torches métalliques entre leurs doigts. Ahriman leva l'autre main et elles s'enflammèrent toutes en même temps. Le démon se mit alors à prononcer des paroles dans une langue que l'empereur n'avait jamais entendue même s'il avait fait de nombreux voyages un peu partout dans le monde.

Une brume lumineuse entoura le sarcophage. Ahriman éleva la voix et ses incantations prirent un air de commandement. Autrefois, Hadrien avait ordonné à un mage de tuer un homme devant lui en n'utilisant que ses pouvoirs surnaturels et, aujourd'hui, son désir le plus cher était de voir revivre celui qu'il avait tant aimé.

Malgré son poids, le cercueil s'éleva dans les airs, ce qui fascina l'empereur, qui rêvait de posséder lui aussi cette puissance. Puis, sans avertissement, le sarcophage retomba durement sur le sol et se mit à vibrer violemment. Ahriman tendit les bras devant sa poitrine. Des décharges électriques s'échappèrent de ses paumes et frappèrent le tombeau doré. De petits éclairs se mirent à parcourir la surface du sarcophage à un rythme effréné. Hadrien assistait à cette opération de résurrection en retenant son souffle.

Ahriman mit fin aux décharges éclatantes. Pendant quelques minutes, il ne se produisit rien. Alors que l'empereur allait manifester son mécontentement à celui qui devait lui rendre l'amour de sa vie, des coups sourds résonnèrent dans la pièce. Ils provenaient du sarcophage !

– Il étouffe dans ce cercueil, l'informa Ahriman.

Horrifié, Hadrien se précipita pour dégager le lourd couvercle en métal, utilisant toute sa force physique. La vision qui s'offrit alors à lui accéléra les battements de son cœur. Haletant et couvert de sueur, Antinous le dévisageait comme s'il avait été un fantôme. Ses cheveux bouclés aussi sombres que la nuit étaient collés sur son crâne et sur ses joues. Il ne portait que son pagne, comme lorsqu'ils allaient chasser ensemble…

– Antinous, est-ce bien toi ? balbutia l'empereur.

Ahriman avait utilisé sa magie pour que le visage d'Asgad soit, aux yeux d'Antinous, celui de l'empereur qu'il avait connu. Quant à celui du jeune Grec, il n'avait eu qu'à remodeler le visage du cadavre selon les images qu'il avait trouvées dans la tête d'Hadrien.

– Monseigneur ? s'étonna le jeune homme.

Hadrien lui saisit les bras et le sortit du tombeau. Il l'étreignit en pleurant, émerveillé par le succès du procédé occulte.

– Avons-nous échoué, monseigneur ? s'affligea Antinous, grelottant de froid.

– Non, mon adoré. Je vais tout te raconter.

L'empereur se retourna avec l'intention de remercier le médecin, mais celui-ci n'était plus là. Il ramena donc son amant à sa chambre, où il l'enveloppa dans une chaude couverture. Avec douceur, il le fit asseoir sur son lit.

– Les mages d'Égypte étaient des charlatans, Antinous, expliqua-t-il. Ils n'en voulaient qu'à mon argent. Ils nous ont fait croire que ta mort m'épargnerait d'horribles souffrances, mais la maladie m'a néanmoins terrassé quelque temps après ton sacrifice.

– Quelque temps ? Je ne comprends pas... Vous me semblez pourtant en parfaite santé.

– Tu as foi en moi, n'est-ce pas, mon aimé ?

– Vous savez bien que oui.

– Alors, écoute mes paroles même si elles te semblent incompréhensibles.

Les yeux de velours d'Antinous regardaient l'empereur avec une si grande confiance que ce dernier faillit remettre ces éclaircissements à plus tard.

– Tu es bel et bien mort le jour du sacrifice.

Les traits du jeune Grec exprimèrent aussitôt son incrédulité.

– Laisse-moi terminer, le pria l'empereur. Je ne sais pas où tu es allé tout ce temps, sans doute dans l'Hadès, mais moi j'ai sombré dans un long sommeil causé par mes tourments et mes malaises. Je n'en suis sorti qu'il y a peu de temps, pour me rendre compte que tout avait changé dans mon empire. Les gouverneurs ont profité de mon inconscience pour se libérer de Rome.

– Comment ont-ils osé ?

– Ils ont probablement cru que je ne me remettrais jamais de la maladie.

– Mais si je suis mort des mains des prêtres, comment se fait-il que je sois ici avec vous ?

– J'ai désormais à mon service un véritable mage. Ses pouvoirs sont si grands qu'il a réussi à t'arracher au trépas.

Antinous ouvrit grand ses yeux, car contrairement à Hadrien, il avait toujours craint l'occultisme.

– Je ne me souviens de rien après qu'on m'eut plongé dans l'eau…

– Cela n'a aucune importance, mon adoré. Ce qui compte désormais, c'est que tu sois près de moi lorsque je réunifierai mon empire.

○

Au moment de ces retrouvailles, Ahriman sortait dans le jardin, attiré par une énergie qu'il ne connaissait que trop bien. Il s'immobilisa sur l'allée recouverte de petites roches blanches face à la statue d'Antinous. Une sphère noire se matérialisa à ses pieds, prenant petit à petit la forme d'un homme. Lorsqu'elle eut fini de se solidifier, le Faux Prophète se prosterna devant son sombre maître.

Satan ressemblait à tous les anges déchus. Ses ailes autrefois immaculées étaient désormais noircies par sa trahison, et sa robe argentée était ternie par la guerre qu'il menait contre les forces de l'Archange Michel depuis la nuit des temps. De longs cheveux noirs encadraient son visage blême, mais encore très beau.

– Je dispose de peu de temps, Orphis, alors écoute-moi bien. Je veux savoir où est le corps que je me réserve dans ce monde lorsque j'aurai défait l'armée de Dieu et que je serai prêt à faire de ses créatures mes esclaves.

– Il est ici même dans cette maison, et je veille sur lui.

– Très bien. Tu seras récompensé lorsque viendra mon jour de gloire, à moins qu'il ne lui soit arrivé malheur entretemps.

– Il ne lui arrivera rien, vous pouvez compter sur moi. Avant de repartir pour le front, pouvez-vous me dire ce que je dois faire des deux Témoins qui convertissent de plus en plus de non-croyants sur la place publique ?

Satan demeura songeur un instant.

– Rien n'est plus efficace que la discorde pour mettre fin à une entreprise quelle qu'elle soit, déclara-t-il enfin.

– Comment peut-on lever l'un contre l'autre deux hommes qui parlent à l'unisson ?

– L'un d'eux a été *sicarius* avant de servir le Fils de Dieu et il a encore honte de ce qu'il a fait. Il devrait donc être assez facile, même pour un Orphis, de le faire retomber dans ses anciennes habitudes. Utilise les ressources que j'ai mises à ta disposition.

– Il en sera fait selon votre volonté, maître.

Le prince des ténèbres disparut brusquement au milieu de longues flammes sorties du sol.

...0017

Le Ravissement eut l'effet d'une onde de choc sur toute la planète. Les scientifiques tentèrent, bien sûr, d'expliquer ce phénomène unique dans l'Histoire par de grandes théories sur les nuages stellaires à travers lesquels la Terre était en train de voyager, de même que tout le système solaire dans la Voie lactée. Ce raisonnement plausible ne parvint à convaincre qu'une partie de la population. Pour la première fois depuis bien longtemps, les hommes se tournèrent vers une explication plutôt d'ordre spirituel. Toutes les religions clamaient haut et fort que c'était Dieu qui avait repris ses enfants les plus purs afin de les soustraire à la méchanceté d'un univers qu'il avait pourtant créé avec amour.

Après une période de panique, les gens se rassemblèrent autour des chefs religieux, qui n'étaient curieusement pas partis en même temps que leurs fidèles. Ils arrivèrent aussi par milliers à Jérusalem pour entendre les deux apôtres qui avaient prédit ces événements.

– Si nous nous convertissons à ta religion, pourrons-nous rejoindre nos êtres chers dans ce paradis ? demanda un homme âgé aux Témoins.

– Le Père a clairement dit qu'il n'agirait qu'une seule fois pour soustraire les croyants à la tyrannie de l'Antéchrist, lui répondit Océlus.

Depuis le matin, ce dernier prêchait sur la place publique avec l'énergie d'un lion. Il marchait de long en large devant la foule en rappelant à tous ceux qui voulaient bien l'entendre que Satan s'apprêtait à réclamer leurs âmes et qu'il y parviendrait sans difficulté si la haine continuait à régner sur le monde. Sagement assis sur le sol quelques mètres derrière lui, Yannick l'écoutait sans l'interrompre.

Son ami possédait une telle fougue lorsqu'il s'adressait au peuple ! Il en avait été de même deux mille ans plus tôt, les quelques fois où il avait pris la défense de Jeshua aux prises avec un auditoire hostile.

Yahuda n'avait pas toujours été le docile Océlus que connaissait l'ANGE. Il s'était considérablement adouci avec le temps. Lorsque le Maître l'avait recruté, Yahuda ne vivait que pour le plaisir et l'argent. Les disciples avaient dû faire de gros efforts pour l'accepter dans leur groupe, puisqu'ils le soupçonnaient de faire partie d'une bande d'assassins. Jeshua refusait d'écouter ces commérages, car il avait le don de voir l'âme de ses apôtres. Il savait que cet hédoniste pouvait être réformé.

– À quoi cela me servira-t-il de croire en ton Dieu s'il ne revient pas me sauver ? poursuivit l'homme, tenace.

– Le Père nous a aussi promis qu'il enverrait son fils pour nous délivrer de l'Antéchrist, assura Océlus. Vous devez cependant savoir qu'il ne sauvera que ceux qui auront refusé la marque de la Bête.

– C'est tout ce que je dois faire ? Refuser cette marque ?

– N'allez surtout pas croire que ce choix sera facile.

Yannick promena son regard sur l'audience attentive tandis que son compatriote tentait de faire comprendre à toutes ces personnes l'importance de croire en Dieu et de rejeter Satan. Il se crispa en reconnaissant la jeune femme, assise sur un muret, qui semblait noter les paroles du Témoin. « Chantal ? »

Ce n'était certainement pas le moment de traverser la foule pour lui demander ce qu'elle faisait à Jérusalem. Yannick aurait pu se dématérialiser et réapparaître près d'elle. Malgré son soudain désir de s'entretenir avec sa jeune amie, il ne voulait pas causer davantage de tourments aux survivants du Ravissement.

Chantal ne leva pas une seule fois le nez du cahier dans lequel elle écrivait. Elle demeura assise au même endroit toute la journée, ne buvant qu'un peu d'eau de temps en temps. Yannick admira son courage et son honnêteté, qui rayonnaient autour d'elle comme l'aura d'un saint. Jamais elle ne lui avait menti, même pour le retenir auprès d'elle. Elle n'avait pas compris sa décision de s'exposer publiquement aux tirs de ses ennemis, mais elle l'avait néanmoins acceptée.

Le soir venu, lorsque la foule se dispersa, Yannick perdit la jeune femme de vue. Elle avait sans doute décidé de se faire discrète afin de ne pas distraire les Témoins de leur mission. Yannick suivit donc Océlus dans les anciennes grottes des chrétiens, où ils refaisaient quotidiennement le plein d'énergie.

– Yahuda, te souviens-tu de Chantal ?

– Oui, bien sûr. Je t'ai conduit chez elle lorsque tu as eu le cœur brisé.

– Je crois l'avoir vue dans la foule, aujourd'hui.

– Es-tu en train de me demander si tu peux aller la rejoindre ?

– J'aimerais bien savoir ce qu'elle fait ici, en effet.

– Ne t'inquiète pas. Je suis capable de rester seul pendant un moment. Te souviens-tu comment retrouver quelqu'un à partir de l'Éther ?

– Je n'ai rien oublié, même si je n'ai pas souvent utilisé mes pouvoirs ces derniers dix ans. En fait, je ne les avais pas perdus. Je me sentais coupable d'avoir éperdument aimé une femme et, pour me punir, je me suis persuadé que notre Père me les avait enlevés.

– Moi, je ne me suis jamais senti coupable d'aimer. N'est-ce pas ce que voulait Jeshua, au fond ?

– J'envie ta candeur, mon frère. Surtout, ne change pas.

Yannick lui tapota amicalement le dos et s'évapora. Renouant avec sa véritable nature, il plana dans le monde invisible comme un oiseau enfin libéré de la gravité terrestre. Puis, en survolant Jérusalem, il se concentra sur l'énergie de la Montréalaise. Celle-ci brillait comme une étoile dans la nuit. Yannick plongea vers le sol à la vitesse d'une comète.

Chantal logeait au même hôtel que lors de leur première rencontre. Elle avait même loué la même chambre. Elle était assise en tailleur sur son lit et écrivait dans son calepin lorsque le Témoin apparut devant elle.

– Je savais que tu viendrais, avoua-t-elle avec un sourire.

Yannick s'agenouilla devant elle et prit doucement ses mains.

– Tu ne devrais pas être ici, lui reprocha-t-il. C'est à Jérusalem que l'Antéchrist établira sa place forte. Retourne au Québec où tu seras en sécurité.

– Tu ne te débarrasseras pas aussi facilement de moi.

– Je n'essaie pas de me débarrasser de toi. J'essaie de te sauver la vie.

– Yannick, j'apprécie que tu te soucies de moi, mais essaie aussi de comprendre mon point de vue. J'en avais assez de redresser la situation financière d'idiots qui ne savent pas compter. Je voulais faire quelque chose pour l'humanité.

– Pourtant, chaque petit geste que l'on fait pour son prochain compte aux yeux du Père.

– Sans doute, mais je veux aider le plus de gens possible.

– Tu n'y arriveras pas en devenant une martyre, car le prince des ténèbres n'hésitera pas à tuer tous ceux qui s'opposeront à son règne de terreur.

– Tu t'énerves pour rien. Je ne serai ici que le temps de rassembler ce dont j'ai besoin pour mon livre.

– Quel livre ?

– J'ai réussi à trouver un éditeur qui a été emballé d'apprendre le lien privilégié que je partage avec l'un des deux hommes qui prêchent à Jérusalem. Il défraie toutes mes dépenses et il a fait des pieds et des mains pour que l'on me réémette un passeport.

Toutes ses affaires avaient en effet été détruites lors de son premier séjour en Israël, lorsque des démons avaient attaqué Yannick.

– Et il est hors de question que tu me ramènes à Montréal en utilisant ta magie. Mon retour sans documents officiels a été suffisamment difficile à expliquer au gouvernement.

– Je n'en ferai rien, tu as ma parole. Cependant, j'insiste pour que tu quittes ce pays dans les plus brefs délais.

– Pas avant que j'obtienne plus de détails sur ce qu'Océlus et toi tentez de faire comprendre à la population.

– Apparemment, tu ne l'as pas encore saisi toi-même, sinon tu aurais déjà pris tes jambes à ton cou.

Elle voyait bien, aux traits tendus de son ami, qu'il était véritablement inquiet pour elle. Elle caressa doucement son visage en lui souriant. La tendresse et la générosité de cet homme lui avaient manqué.

– Ne crains rien, Yannick. Je ne suis pas venue te reconquérir. Je n'oserais jamais être en compétition avec ton patron.

Il posa un baiser sur ses lèvres, puis un deuxième. Chantal sentit son insistance et arrêta son geste.

– Je ne veux pas non plus que tu sois plus puni que tu l'as été...

– Ne crains rien, fit-il à son tour en répétant ses paroles. Cela ne se reproduira plus jamais.

Il l'embrassa avec passion jusqu'à ce qu'elle se laisse enfin aller. Chantal avait vécu aux côtés du professeur d'histoire pendant de longs mois sans pouvoir lui exprimer physiquement son amour. Elle n'allait donc pas laisser passer cette occasion.

– Tu es bien sûr de vouloir faire cela ? voulut-elle s'assurer.

– C'est notre dernière chance.

Elle agrippa les manches de la tunique de l'apôtre et les tira par-dessus sa tête avant qu'il ne change d'avis. Ils firent l'amour sans se presser, comme si la fin du monde n'allait jamais se produire. Chantal se délecta du plaisir et du bonheur qu'elle trouva dans les bras de cet homme d'un autre temps. Elle se demanda même si elle n'allait pas en parler dans son essai.

Une fois qu'ils se furent donnés l'un à l'autre, la jeune femme étreignit Yannick avec force, comme si elle avait peur qu'il disparaisse à tout jamais.

– Je t'aiderai à écrire ton livre, chuchota-t-il à son oreille. Toutefois, tu devras me faire une promesse en retour.

– Ne me demande pas de t'oublier, je t'en conjure.

– Considérant que mon visage apparaît quotidiennement à la télévision et sur Internet, ce serait peine perdue, plaisanta-t-il.

– Qu'attends-tu de moi, Yannick ?

– Océlus a réussi à sauver mes livres anciens de l'explosion de Montréal. Ils sont cachés ici, à Jérusalem. Certains d'entre eux sont très rares et ont coûté une fortune à mes employeurs. Je ne voudrais pas qu'ils pourrissent dans la grotte où mon ami les a entreposés.

– Je te promets de les récupérer et de les conserver pour toi.

Elle glissa ses doigts dans les cheveux noirs du Témoin, imprimant dans sa mémoire leur unique nuit ensemble.

– Je t'indiquerai comment te rendre dans cette caverne.

– Quand l'Antéchrist te mettra-t-il à mort ? s'attrista-t-elle.

– Dans environ trois ans, si mes calculs sont bons.

– Cela t'effraie-t-il ?

– Un peu. J'ignore si mon Père me permettra de reprendre mon corps après mon exécution, ou s'il me gardera auprès de lui. Je sais bien que mes amis me rejoindront dans son royaume, mais j'aurais aimé profiter de quelques années de répit lorsque les mille ans de bonheur commenceront sur Terre.

– Je prierai pour qu'il t'accorde cette récompense.

Chantal ne lui posa plus de question. Elle resserra plutôt son emprise sur lui pour tenter de se réconforter jusqu'à ce qu'il soit obligé de partir.

En l'absence de son compatriote, Océlus décida de sortir de la grotte afin de marcher dans les rues désormais silencieuses de Jérusalem. Il faisait très sombre, mais il savait où il mettait les pieds, car il avait foulé ce sol de nombreuses fois. Le visage de Cindy apparut alors dans son esprit. Il aurait aimé la revoir, mais il se savait moins fort que Képhas. Jamais il ne pourrait la quitter s'il retournait vers elle. Il ferma les yeux et scruta l'Ontario à distance pour savoir si elle avait accompagné les croyants lors du Ravissement. À son grand étonnement, il ressentit sa présence à la base de l'ANGE. « Comment est-ce possible ? s'étonna-t-il. Elle est si bonne et si gentille... »

Il revit son sourire et ses grands yeux bleus en proie à un perpétuel étonnement, et faillit céder à ses pulsions. Toutefois, contrairement à Képhas qui serait sans doute de retour à son poste au matin, Océlus n'était pas certain de pouvoir quitter les bras de sa belle. « Pourquoi ne l'ai-je pas rencontrée des années avant l'enclenchement de ces événements prophétiques ? » déplora-t-il.

Il erra dans les rues comme un fantôme en peine, sans se douter que l'ennemi l'avait repéré et qu'il le suivait du regard, juché sur le toit d'un immeuble.

Ahriman avait été surpris de localiser aussi facilement le *sicarius* dont lui avait parlé son maître. Pourquoi cet homme marchait-il seul dans la ville ? Où était son compère ? Agissait-il avec autant d'imprudence afin de piéger des démons ? Il sonda la nuit, persuadé qu'il trouverait Képhas quelques pas derrière Yahuda, attendant de fondre sur ceux que ce dernier attirerait. Il ne le trouva nulle part. Les deux apôtres s'étaient-ils querellés ?

Le Faux Prophète fila facilement Océlus jusqu'à ce qu'il fût persuadé que celui-ci n'était pas un leurre. « Il est bien téméraire », songea-t-il. Pour l'empêcher de ruiner les plans du prince des ténèbres, il suffisait à Ahriman de le replonger dans son ancienne vie, sans espoir de retour. Pour y parvenir, il devait s'infiltrer dans le cerveau de l'apôtre et en retirer l'information qui lui permettrait de causer sa perte. Surtout, il devait procéder à cette courte incursion sans indisposer sa victime. C'était une opération délicate, même pour un Orphis de sa trempe.

Ahriman ferma les yeux, rassemblant son sombre pouvoir dans son esprit. Une toute petite étincelle jaillit alors de son front et fila comme une luciole sur les traces d'Océlus. Perdu dans ses pensées, ce dernier ne ressentit pas son approche. À la vitesse de l'éclair, l'étoile miniature pénétra dans son crâne.

Pris d'un vertige, le Témoin s'immobilisa et posa sa main gauche sur un mur pour éviter de s'écrouler sur le pavé. Cet étrange malaise sema aussitôt la panique dans son âme. Jamais, en deux mille ans, il n'avait connu la moindre sensation physique et, en l'espace de quelques mois seulement, il avait éprouvé de la douleur à deux reprises. Il était pourtant une créature immortelle qui n'avait jamais faim ni soif, même s'il éprouvait un grand besoin d'amour. Pour se solidifier et conserver son apparence physique toute la journée, il devait dépenser une importante quantité d'énergie. Il arrivait toutefois à s'en réapprovisionner la nuit en se branchant à la même source divine que Képhas.

– Que m'arrive-t-il ? s'alarma-t-il.

Sans doute aurait-il mieux valu pour lui qu'il reste sagement dans la caverne à attendre le retour de Képhas. L'immobilité temporaire du *sicarius* permit à Ahriman d'extraire de sa tête ses plus anciens souvenirs, ce qui aurait constitué une tâche beaucoup plus ardue s'il avait poursuivi sa route. Les scènes du passé d'Océlus défilèrent devant les yeux du démon comme un film en accéléré. Lorsqu'il eut obtenu ce qu'il cherchait, l'étincelle quitta le crâne de sa victime et revint dans celui du Faux Prophète.

– Je te tiens, pauvre imbécile, siffla Ahriman entre ses dents.

...0018

Après une longue journée ponctuée d'interminables directives de la part du récent directeur nord-américain sur la nouvelle façon de mener les enquêtes reliées aux prophéties, Cédric avait les yeux trop fatigués pour continuer à travailler devant un écran. De toute façon, à cette heure-là, il avait l'habitude de s'informer personnellement de l'état d'esprit des membres de son personnel.

Il quitta donc son bureau, heureux de pouvoir se délier les jambes. Il s'arrêta un instant dans la vaste salle des Renseignements stratégiques. Au lieu de regarder ce sur quoi travaillaient les techniciens, il observa plutôt leurs visages. Certains étaient crispés, d'autres ne manifestaient aucune émotion. Ils étaient tous épuisés, car la division internationale exigeait de toutes les bases une surveillance accrue des activités sur la planète depuis les disparitions. Dès qu'il en obtiendrait la permission, Cédric leur accorderait des vacances bien méritées.

Le directeur poursuivit sa route jusqu'à la salle de l'Antéchrist, où il trouva Cindy en compagnie d'Océane et d'Aodhan. « L'eau et le feu », songea Cédric en franchissant la porte. Le trio discutait des derniers événements mondiaux.

— Aodhan m'a aidée à établir la chronologie des prochaines prophéties bibliques, expliquait Cindy. Nous y ajoutons maintenant les autres prédictions pour voir si elles se recoupent.

– Le but, c'est de savoir où et quand agir, ajouta l'Amérindien.

– Ce n'est pas la mission de l'ANGE, leur rappela Cédric.

Les agents firent pivoter leurs chaises pour lui faire face.

– Ces renseignements seront plutôt transmis aux autorités concernées qui se chargeront de stopper la poussée des forces sataniques, précisa le directeur.

– En supposant que leurs forces policières soient équipées pour y faire face, répliqua Océane. Je ne suis pas certaine qu'on leur donne des cours de défense contre les démons.

– Nous n'en avons pas reçu non plus, lui fit remarquer Cindy.

– Oublions les procédures de l'Agence un instant, poursuivit sa consœur. Si les prochains événements sont aussi catastrophiques que ceux que nous venons de vivre, il faudra que tout le monde mette la main à la pâte, et pas seulement les policiers. À mon avis, que nous le voulions ou pas, l'ANGE sera forcée de s'en mêler.

– Elle n'est pas intervenue lors des disparitions, précisa Cédric.

– Elles n'ont duré que vingt-quatre heures.

– Ce sont les corps policiers de chaque pays qui ont procédé au déblayage des débris et rétabli l'ordre.

Cédric lui tenait tête, mais il s'exprimait sans colère. Il affichait même un calme désarmant, une qualité que lui avaient léguée ses parents reptiliens.

– Il a raison, l'appuya Cindy. On nous enseigne à Alert Bay que nous sommes surtout des espions possédant de vastes connaissances scientifiques. On nous apprend à nous défendre juste au cas où nous tomberions dans un piège.

– Je ne voudrais surtout pas miner votre enthousiasme, l'arrêta Cédric, mais il est primordial que vous gardiez à l'esprit que nous ne sommes pas un groupe d'intervention.

Le regard du directeur se porta alors plus loin. Il cherchait quelqu'un.

– Où est l'inspecteur Morin ?
– Je le croyais avec toi, affirma Océane.
– Ordinateur, localisez Thierry Morin, je vous prie.
– Il est aux Laboratoires principaux, monsieur Orléans. Dois-je prévenir la sécurité ?
– Non, ce ne sera pas nécessaire.

Cédric n'avait pas quitté ses agents des yeux.

– Poursuivez votre bon travail, les encouragea-t-il.

Il rebroussa chemin et sortit de la salle, Océane sur les talons. Le père et la fille se retrouvèrent enfin seuls dans le couloir.

– N'insiste pas, l'avertit Cédric. Il ne veut pas devenir l'un des nôtres.
– Comment as-tu fait pour passer toute ta vie sans famille ? lui demanda plutôt l'agente.
– Correction : j'ai eu un père et une mère pendant un peu plus de vingt-cinq ans.
– Pourquoi es-tu sans nouvelles de ta mère ? Aucun règlement ne t'empêche de la voir de temps en temps, que je sache.
– Mon père a été assassiné peu de temps après ma courte liaison avec ta mère. En fait, j'ai surtout accepté l'offre de l'ANGE pour fuir Montréal et la reine des Dracos. Lorsque j'y suis finalement revenu, des années plus tard, ma mère avait quitté notre maison sans laisser d'adresse.
– Tu l'as cherchée, au moins ?
– Non.

– Tu disposes d'une armée de spécialistes en la matière !

Le directeur s'arrêta net, faisant sursauter sa fille.

– J'en ai assez de toutes ces questions, Océane.

– Tu ne peux tout de même pas me reprocher de vouloir en savoir davantage sur ma véritable famille.

– Cette fois, ouvre les oreilles, parce que ensuite le sujet sera clos.

Océane l'avait rarement vu d'aussi mauvaise humeur. Seul Yannick réussissait à le faire sortir de ses gonds, autrefois…

– Mes parents étaient des monstres qui désiraient que j'en devienne un, moi aussi. J'ai grandi dans un foyer où le père détenait l'autorité et où il en abusait. C'était un homme brutal et ambitieux qui ne connaissait qu'une seule façon d'obtenir ce qu'il voulait. Jamais ma mère ne l'a empêché de me terroriser ou de me corriger. Elle restait là à le regarder me battre jusqu'au sang, impassible et insensible. Comme tu le sais peut-être déjà, les Dracos obligent les familles reptiliennes à présenter leurs enfants à la reine s'ils sont encore vivants à l'adolescence. Mon père ne l'a pas fait, car nous vivions en Europe. Il a décidé de reporter cette rencontre après mes études. Je pratiquais déjà le droit lorsqu'il m'a fait descendre dans les souterrains de Montréal pour la première fois. Je détestais mon père, mais je n'ai ressenti aucune satisfaction à le voir se faire tuer par les princes. Cette horrible scène est restée gravée à jamais dans ma mémoire.

– Je suis vraiment navrée, Cédric.

– C'est du passé et je veux que les choses restent ainsi.

– Comment s'appelaient mes grands-parents Orléans ?

– Laisse tomber, Océane. Tu n'aimerais pas la femme froide et glaciale qu'est ta grand-mère.

– Je voudrais juste voir une photo d'elle…

– Ordinateur, effacez la conversation que je viens d'avoir avec l'agent Chevalier, je vous prie, ordonna-t-il en poursuivant sa route dans le corridor.

– Très bien, monsieur.

Océane le suivit jusqu'aux Laboratoires. Cédric pianota le code de sécurité sur la serrure à numéros.

– Où Morin a-t-il obtenu ce code ? demanda le directeur en poussant la porte.

– Il n'en a pas besoin. Il passe à travers les murs.

Ils virent le Naga sagement assis devant un ordinateur. Cédric s'approcha de lui en tentant de reprendre une contenance.

– Comment es-tu entré ici ? voulut-il savoir.

– Ceux de ma race possèdent un pouvoir très intéressant, répondit Thierry sans bouger. La matière ne les arrête pas.

– Je te l'avais dit ! bougonna Océane.

– Les invités de cette base ne peuvent pas se servir des équipements sans en demander au préalable la permission au directeur.

– Rassure-toi, je n'ai rien fait d'illégal. Je voulais seulement effectuer une petite recherche informatique pour m'épargner du temps.

Cédric jeta un coup d'œil à l'écran.

– Sur le sous-sol de Montréal ? s'étonna-t-il.

– Ne me dis pas que tu es à la recherche de Perfidia ! s'étonna Océane.

Thierry garda le silence, ce qui confirma ce que la jeune femme redoutait. Cédric n'eut pas le temps de l'interroger sur ses intentions.

– Après ce qu'elle t'a fait ? poursuivit Océane, très fâchée.

– Tu sais en quoi consiste mon travail.

– Ton ancien travail.

– Rien n'a changé, Océane. J'ai été créé pour une seule fonction.

– Ces gens sont dangereux !

Cédric posa la main sur l'épaule de l'agente pour lui recommander de se calmer. Océane la repoussa.

– Elle a failli te tuer, Thierry !

– Je ne lui ai opposé aucune résistance parce que je croyais pouvoir échanger ma vie contre la tienne. Ce sera très différent la prochaine fois.

– Il n'y aura pas de prochaine fois.

Le Naga soupira avec découragement.

– Et ce poison qui coule encore dans tes veines, qu'est-ce que tu en fais ? renchérit Océane.

– Tout le monde doit mourir tôt ou tard.

– On dirait bien qu'il t'empêche de raisonner clairement.

Cédric allait intervenir lorsque quelqu'un entra dans la vaste salle.

– Est-ce que j'arrive à un mauvais moment ?

Océane reconnut aussitôt cette voix. Elle pivota vers la porte et explosa de joie en apercevant Vincent McLeod, les mains dans les poches de son veston de cuir. Il avait les cheveux plus longs et de nouvelles lunettes, mais c'était bel et bien lui. Océane le serra dans ses bras avec affection.

– Ce que je suis contente de te revoir.

Elle l'éloigna et observa plus attentivement son visage.

– Tu as une mine affreuse, Vincent.

– Ce n'est pas étonnant après tout ce qui m'est arrivé en Colombie-Britannique, une fois que Cindy et toi avez quitté la base.

– Je veux que tu nous racontes tout en détail au dîner, d'accord ? En attendant, j'ai un policier à dépecer.

– Quoi ?

Vincent remarqua l'inquiétude qui se lisait sur le visage du directeur et le sourire narquois qui parait celui de Thierry Morin.

– Sois le bienvenu à Toronto, le salua finalement Cédric. Et encore merci de m'avoir innocenté.

– C'était le moins que je puisse faire, voyons.

Le traqueur se leva et s'avança vers Vincent en lui tendant la main.

– Je connais votre visage, déclara le jeune savant en la lui serrant.

– Je suis Thierry Morin.

– Le policier du Vatican ! Mais que faites-vous ici ?

– C'est une longue histoire, indiqua Océane.

– Mais puisque tu viens juste d'arriver, la coupa Cédric, tu vas commencer par t'installer. Ensuite tes amis t'emmèneront au restaurant pour te conter cette folle aventure.

Le directeur prit Vincent par le bras et le ramena vers la sortie sans lui donner le choix. Dès qu'ils furent partis, les yeux d'Océane se chargèrent à nouveau de colère.

– Avant de te remettre à crier, écoute-moi, implora Thierry.

La jeune femme vit que le petit nombre de techniciens qui travaillaient à l'autre extrémité des Laboratoires semblaient attendre eux aussi cette explication.

– Sortons d'ici, décida-t-elle.

À présent que la vie avait repris son cours normal à Toronto, ils pouvaient remonter à la surface. Le printemps était clément dans cette ville ontarienne, alors ils marchèrent côte à côte sur les trottoirs en se dirigeant vers le centre-ville. Thierry n'avait pas encore ouvert la bouche.

– Qu'est-ce que tu attends pour t'expliquer ? le pressa Océane.

– Je cherche la meilleure façon de le faire.

– Tu sais pourtant que je préfère la franchise.
– Je voulais tout de même t'épargner.
– C'était une très mauvaise idée.
– Alors, voilà. J'ai décidé de poursuivre ma mission même si je n'ai plus de mentor pour m'assigner mes prochaines cibles. Je ne désire pour rien au monde m'enliser dans la hiérarchie de ton agence. Je suis habitué à travailler seul et je n'ai jamais raté mon coup.
– Mais sauras-tu bien choisir tes victimes ?
– Je ne vise que la reine et l'Antéchrist. Je sais que ce sont des ennemis de taille, mais si on analyse froidement ce qui se passe sur la planète, il est évident qu'ils représentent la tête du serpent. Dès qu'ils auront été éliminés, l'humanité connaîtra enfin la paix.

Océane le fit entrer dans le petit café où ils avaient l'habitude de se rencontrer. Elle le fit même s'asseoir exactement à l'endroit où ils avaient eu leur première conversation sur les reptiliens.

– Tu n'es pas obligé de faire cavalier seul, Thierry. Il y a beaucoup de sociétés secrètes qui se feraient un plaisir de t'appuyer, dont l'ANGE.
– Je ne travaille pas ainsi.
– Que pourrais-je te dire pour te faire changer d'idée ? se désespéra-t-elle.
– Rien.
– Même pas que je t'aime et que je ne veux pas te perdre ?
– Nos désirs personnels ne doivent en aucun temps prendre le pas sur les besoins de la multitude, Océane. Quand tu es devenue une espionne, c'était pour quelle raison ?

Elle se mordit la lèvre inférieure de remords.

– Tu voulais, comme moi, sauver le monde.
– Oui, mais je suis aussi une femme qui a besoin d'amour et de tendresse.

– C'est une déclaration bien étrange dans la bouche d'une Anantas.

– Ma mère est une Pléiadienne et je n'ai pas une seule écaille sur le corps.

Thierry lui prit les mains au-dessus de la table et lui massa gentiment les doigts.

– Je ne sais pas ce qu'est le véritable amour parce que ce sujet n'a malheureusement pas fait partie de mon éducation, avoua-t-il. Mon mentor me répétait sans cesse que les émotions n'avaient pas leur place dans la vie d'un *varan*. Elles ne pouvaient que le condamner à une mort certaine.

– Tu lui as presque donné raison en me tirant des griffes de Perfidia.

– Et il s'est fait un devoir de me le rappeler quand il est venu me sortir de son antre.

– Il n'approuverait pas lui non plus que tu y retournes.

– Son opinion ne m'intéresse plus. Je suis désormais un chasseur indépendant. C'est moi qui choisis mes proies.

– On dirait que tu as seulement envie de tuer.

– La fraternité m'a créé ainsi.

– Tu n'aurais pas envie de devenir plombier ou électricien ? Ils sont très demandés depuis le Ravissement.

Un large sourire apparut sur le visage du reptilien.

– Je pourrais sans doute électrocuter Perfidia et tuer l'Antéchrist à coups de tuyau en métal, mais ce ne serait ni élégant ni efficace. J'ai étudié les Dracos toute ma vie. Je connais leurs habitudes et leurs points faibles. C'est cette reine qui dirige tous les reptiliens qui vivent en ce moment sur la planète. En l'éliminant, je désorganiserai non seulement les rois auxquels elle a donné la permission de se matérialiser ici, mais je leur ferai aussi perdre les postes de direction qu'ils occupent dans notre société. La reine est la pièce maîtresse du jeu.

Les yeux d'Océane se remplirent de larmes.

– Ce doit être un mauvais sort de la fée qu'on a oublié d'inviter à mon baptême, gémit-elle. Chaque fois que je donne mon cœur à un homme, il part en croisade et ne revient plus jamais.

– Je suis différent de Jeffrey, se renfrogna-t-il.

– Vous n'avez pas le même âge, c'est sûr, mais vous éprouvez tous les deux un besoin viscéral de vous faire tuer.

– Ton manque de confiance en moi me blesse profondément, Océane.

– Je sais que tu es un superbe traqueur et que tu abats toujours tes cibles. L'admiration que j'ai vu briller dans les yeux des Spartiates me le confirme amplement. C'est Perfidia qui m'effraie. Elle n'est pas n'importe quel Dracos et elle ne reculera devant rien pour t'éliminer une bonne fois pour toutes.

– Moi de même.

La serveuse leur apporta finalement du café. Ils attendirent qu'elle se soit éloignée avant de poursuivre leur conversation.

– En parlant des Spartiates, t'auraient-ils influencé, par hasard ?

– Ils ont remis les choses en perspective dans ma tête. S'ils ne possèdent plus l'œil du dragon au milieu de leur front, ils ont par contre conservé leur instinct de Naga. Ils ont tout de suite su identifier la principale source de nos problèmes.

– N'y a-t-il donc aucun argument qui te ferait changer d'idée ?

Il secoua doucement la tête.

– Lorsque je reviendrai dans tes bras, ce sera pour vivre dans un véritable paradis, promit-il.

– Je ne veux pas que tu partes...

Elle quitta son siège et s'assit sur les genoux du traqueur, cachant son visage dans son cou pour pleurer.

Vincent déposa sa valise sur le lit d'une des cabines attenantes à la salle de Formation. Puisque Cindy, Aodhan et quelques-uns des techniciens avaient décidé de retourner à leurs appartements, plusieurs de ces petites pièces étaient désormais libres.

– Te sens-tu d'attaque ? lui demanda Cédric, debout dans l'entrée.

– Tout dépend de ce que tu as l'intention de me faire faire. Je suis prêt à effectuer de la recherche, mais pas à m'aventurer sur le terrain.

– Tu sais pourtant que j'utilise toujours mes effectifs en fonction de leurs compétences. Ta force, c'est l'informatique, et pour tout te dire j'ai besoin d'un expert comme toi pour donner un sens à toutes les données que nous avons accumulées à Toronto sur les disparitions. L'ordinateur central a surtout fait une analyse de surface. Je sais que, toi, tu es capable d'aller beaucoup plus loin.

– Rien ne vaut le bon vieux cerveau humain, en fin de compte.

– J'allais justement le dire.

Épuisé par son voyage en avion, Vincent prit place au pied du lit.

– Après la destruction de la base de Montréal, je me suis enterré à Alert Bay pour éviter de me retrouver aux prises avec un démon comme Ahriman, raconta-t-il. Cela ne m'a protégé d'aucune façon. J'ai eu la preuve que le Mal peut même nous attaquer dans une forteresse aussi bien protégée que celle de Shanks. C'est pour cette raison que je suis content d'être revenu parmi vous. Au moins, si une autre entité démoniaque cherche à s'emparer de moi, je serai entouré des meilleurs agents de l'ANGE.

– Nous ne laisserons personne s'en prendre à toi.

– Je sais.

Cédric vint s'asseoir près de lui en s'efforçant de lui témoigner un peu de compassion, comme un chef de division se devait de le faire.

– Le rapport de Christopher Shanks faisait mention d'un prêtre qui t'a donné un sérieux coup de main, se rappela-t-il.

– C'est exact. Il s'appelle Reiyel Sinclair et c'est un homme exceptionnel. Je voulais le ramener avec moi à Toronto, mais il a dû se rendre auprès d'autres âmes en peine.

– Il finira bien par t'appeler pour savoir comment tu te débrouilles. Dis-lui que j'aimerais faire sa connaissance.

– Je n'y manquerai pas.

Ils entendirent alors cliqueter des talons hauts sur le plancher de tuiles de la salle de Formation.

– Où est-il ? lança Cindy.

Elle apparut à la porte, poussa un cri aigu et se précipita sur Vincent, le faisant basculer sur le dos.

– Tu m'as tellement manqué !

Cindy parsema le visage de l'informaticien de baisers jusqu'à ce qu'il parvienne à se redresser et à la repousser au bout de ses bras. Cédric observait la scène en se demandant pourquoi les humains avaient recours à de telles manifestations hystériques pour exprimer leur joie.

– Toi aussi, tu m'as manqué, assura Vincent en replaçant ses lunettes.

– Viens, il faut que je te présente quelqu'un !

Avant que Cédric lui demande de ne pas bousculer l'informaticien éprouvé, Cindy tirait déjà ce dernier par la main dans la pièce voisine où son collègue amérindien décapsulait une bouteille de boisson gazeuse.

– Aodhan Loup Blanc, je te présente le plus grand savant du XXIe siècle : Vincent McLeod.

– Je suis enchanté de vous rencontrer, monsieur McLeod, fit poliment Aodhan.

– C'est Vincent, répondit le savant.

Les deux hommes se serrèrent amicalement la main. Encore une fois, Cédric n'eut pas le temps d'intervenir. Il avait suivi sa pétillante agente rose avec l'intention d'exiger qu'elle laisse Vincent se reposer. Mais Cindy l'avait fait s'asseoir à l'une des petites tables.

– Raconte-nous tout ce qui t'est arrivé à Alert Bay, l'implora-t-elle.

– Seulement s'il en a la force, l'avertit son directeur.

– Ça va, Cédric. Je me lèverai plus tard demain.

Le directeur les laissa donc à leurs retrouvailles, se disant que Vincent avait sans doute également besoin de réconfort.

Vincent raconta l'histoire de sa possession en y greffant tous les détails qu'il se rappelait, puis écouta le récit animé de Cindy de l'enlèvement d'Océane et de son sauvetage par Thierry Morin. L'Amérindien les écoutait en silence en sirotant sa boisson gazeuse.

– Sur quoi travaillez-vous ? s'enquit ensuite Vincent.

– Sur l'ordre chronologique que suivront les prochaines prophéties, répondit Aodhan.

– En épluchant non seulement la Bible, mais aussi tous les textes qui parlent de la fin du monde, ajouta Cindy. Aodhan travaillait sur le dossier des enlèvements d'enfants par les reptiliens, mais puisque ces derniers ont tous disparu pendant le Ravissement, il est venu m'aider.

– Êtes-vous capables d'établir des dates exactes ?

– C'est difficile, lui confia l'Amérindien.

– Dès que nous aurons trouvé un prophète encore vivant, je suis certaine que nous obtiendrons ces précisions, ajouta Cindy.

– Après tout ce qui t'est arrivé, tu n'as pas peur de retourner sur le terrain ? se figea Vincent.

– Ce sont des visionnaires, pas des reptiliens.

– Comment peux-tu en être certaine ?

– Chaque chose en son temps, le rassura Aodhan. Commençons par trouver au moins un de ces devins qui ne soit pas mort.

– Tu pourrais nous aider, Vincent.

– Si c'est de l'informatique, je veux bien.

Il s'efforça de sourire pour égayer Cindy, mais quelque chose avait changé dans la dynamique du groupe qu'ils avaient formé à Montréal. Yannick n'était plus là pour les taquiner et leur faire voir le bon côté de la vie. Le professeur d'histoire allait cruellement lui manquer.

...0019

Le soleil commençait à poindre à l'est au-dessus des maisons lorsque Yannick, le cœur en paix, revint auprès d'Océlus dans les grottes chrétiennes. Il remarqua tout de suite l'expression maussade de son ami.

– Tu désapprouves mon geste, c'est cela ?

– Je ne le comprends pas, mais il y a longtemps que j'ai cessé de m'opposer à tes décisions en ce qui concerne cet univers.

– Ce n'est donc pas ce qui te tracasse.

– Je ne saurais t'expliquer ce que je ressens, Képhas, puisque je ne le sais pas moi-même.

Yannick passa sa paume devant le visage et la poitrine de son compatriote sans rien sentir de maléfique.

– Hier, j'ai ressenti un malaise, ce qui est impossible dans mon cas.

– Il est vrai que nous sommes immortels, Yahuda. Toutefois, lorsque nous choisissons d'emprunter une forme humaine, nous nous exposons à la douleur. Lorsque j'ai été criblé de balles de mitraillette l'an dernier, je te jure que j'ai souffert le martyre.

Océlus se rappela qu'il avait aussi éprouvé de la douleur à Alert Bay, lorsque les hommes de la sécurité l'avaient emmené de force à la salle d'interrogatoire.

– Tu as sans doute raison.

– J'ai toujours raison, le taquina Yannick, ce qui le fit

enfin sourire. Allons rejoindre ceux qui ont besoin d'entendre notre message, mon frère.

Ils disparurent en même temps et reprirent forme sur la place publique, où les attendait une foule encore plus importante que la veille. Une femme s'adressa tout de suite à Yannick. Elle semblait être originaire d'un pays slave.

– Je t'ai entendu dire à la télévision que tu avais connu Jésus. Comment est-ce possible ?

– J'ai dit la vérité. J'ai en effet personnellement connu celui qui est venu nous aider à réclamer notre vraie nature, et après sa mort j'ai prêché sa parole jusqu'à mon dernier souffle.

– Mais tu es là, devant moi !

– C'est lui qui m'a demandé de réintégrer mon corps et qui a stoppé la détérioration de mes cellules, car rien ne lui est impossible. Il connaît aussi l'avenir, alors il savait que son ennemi finirait par s'en prendre aux enfants de son Père et il voulait que Yahuda et moi soyons ses Témoins.

– Tu ne peux donc plus mourir ?

– Non.

Un jeune homme aux cheveux blonds comme les blés bouscula tout le monde pour se frayer un chemin jusqu'aux apôtres. Il garda cependant une certaine distance, car il savait ce qui risquait de lui arriver si ces hommes se sentaient menacés.

– As-tu vu le visage de Dieu ? demanda-t-il.

– Il n'en a pas. Dieu est une énergie d'amour et de pardon qui enveloppe tout ce qui existe dans l'univers, comme une douce chaleur, expliqua Yannick.

– Et Jésus, lui ?

– Tout comme il l'a fait pour moi, Dieu a accordé à son fils la permission de s'incarner pour transmettre son message d'amour aux hommes. Il avait donc un visage.

– Te ressemblait-il ?

– Pas du tout. Ses traits étaient uniques à Jérusalem. Il était plus grand que nous. Ses cheveux étaient blonds et ils refusaient de boucler comme les nôtres. Ses yeux étaient bleus comme le ciel, parfois rieurs, parfois implacables. Il était impossible de ne pas le reconnaître lorsqu'on le croisait dans cette ville ou ailleurs.

– C'est à vous qu'il a demandé de fonder sa religion ? s'enquit un homme à la peau noire qui avait quitté son village d'Afrique et marché jusqu'à la Ville sainte pour voir les Témoins de ses propres yeux.

– Pas du tout. Il nous a demandé de répéter ses paroles d'encouragement, et non de créer une secte. Il voulait que les hommes soient libres de faire le bien, pas qu'ils y soient contraints par un autre homme. Jésus nous parlait de la foi qui devait guider nos pas à tout instant. Il nous demandait de nous améliorer sans cesse et de prendre grand soin du monde qu'il avait créé pour nous. Il vénérait la vie dans toutes ses expressions. Il était primordial pour lui que chaque être prenne conscience de sa propre divinité et qu'il évolue sans cesse sur son propre sentier. Ce sont les hommes qui ont inventé les dogmes, pas Dieu.

– Jésus n'avait donc aucun défaut ?

– Je ne dirais pas cela. Il lui arrivait parfois d'être impatient avec ceux qui ne voulaient rien comprendre, et il était tranchant face au mensonge. Pour lui, mentir, c'était tromper intentionnellement son prochain. Il dénonçait ainsi vivement tout geste destiné à manipuler ou à dominer une autre personne. Le menteur était, à ses yeux, un être qui faisait de l'hypocrisie et de la duplicité son pain quotidien. Jésus aurait tellement voulu que chaque homme et chaque femme aient l'âme pure d'un enfant, qu'ils soient capables de donner sans compter…

– Vous a-t-il laissé des commandements comme à Moïse ? demanda un rabbin.

– Il nous a demandé de nous aimer les uns les autres comme il nous aimait et de ne jamais faire à notre prochain ce que nous ne voulions pas qu'il nous fasse. Il nous recommandait aussi de ne parler que de ce que nous connaissions afin d'éviter les pièges du mensonge. Il disait que nous avions tous quelque chose à apprendre des autres. Il voulait que nous soyons à la fois maîtres et disciples.

– Est-ce parce que nous avons enfreint sa loi que nous ne sommes pas partis en même temps que nos parents et nos enfants ? demanda une femme au bord des larmes.

– Chacun doit assumer les conséquences de ses actes, leur rappela Yannick d'une voix forte. Si vous êtes encore ici, c'est que votre conscience n'était pas en paix.

– Il nous a donc punis.

– On ne punit pas celui qui ne comprend rien, on l'éduque.

Soudain, Océlus crut à son tour reconnaître un visage dans la foule, un visage qu'il n'avait pas vu depuis deux mille ans. Le jeune Juif dans la vingtaine portait un pantalon et une chemise de toile, comme certains rebelles de jadis qui refusaient le joug de Rome. Le bandeau rouge qu'il portait autour de la tête avait tout de suite attiré l'attention du Témoin.

– Yaacov ? murmura-t-il, incrédule.

Sans avertissement, Océlus fonça dans la foule, créant instantanément une vague de panique. Il n'entendit pas Yannick qui le rappelait. Décidé à en avoir le cœur net, Océlus courut jusqu'à l'endroit où se tenait le zélote un instant plus tôt, mais il n'y était plus !

Le Témoin tourna sur lui-même, tous ses sens en alerte. Il ne parvint toutefois pas à repérer celui qu'il cherchait parmi tous ces visages mystifiés. Il revint donc bredouille auprès de Yannick.

– Que s'est-il passé ? le questionna ce dernier. Qui as-tu vu ?

– Je n'en suis pas certain.

Assise sur un balcon, non loin de là, Chantal avait remarqué le curieux comportement d'Océlus. Elle avait cherché à identifier, de son perchoir, celui ou celle qui l'avait ainsi captivé sans le trouver. Elle ne possédait certes pas la même vision qu'un immortel, mais elle constata que l'apôtre était profondément troublé par cette apparition.

– Est-ce quelqu'un que je connais aussi ? voulut savoir Yannick.

– Non.

Les fidèles réclamèrent alors leur attention à grand renfort de questions. Pour lui changer les idées, Yannick laissa son ami prendre la relève et répondre aux curieux. Océlus accepta volontiers cette tâche, mais il n'oublia pas pour autant ce qu'il venait de voir.

Ce soir-là, dès que Yannick fut enveloppé dans son bienfaisant cocon d'énergie et eut fermé les yeux, Océlus lui faussa compagnie. Il se matérialisa sur la place publique, là où il avait vu son ancien compatriote. À présent que l'endroit était désert, il lui serait plus facile de repérer sa trace. Il promena donc sa main gauche au-dessus de la chaussée, puis le long du mur.

– Yahuda ?

Le Témoin fit volte-face et se retrouva nez à nez avec le zélote.

– Yaacov ? C'est bien toi !

– Je suis flatté que tu me reconnaisses après tout ce temps.

– Mais tu ne peux pas être ici.
– Tu es toujours aussi prétentieux que tu l'étais lorsque nous purgions cette ville des légionnaires romains.
– Tu es mort il y a deux mille ans.
– Toi aussi.
– Tu as eu la gorge tranchée…
– Yahuda, crois-tu vraiment que Képhas et toi êtes les seuls soldats que Dieu ait recrutés parmi son peuple bien-aimé ?
– Tu étais le pire des assassins !
– Tout comme toi.
– J'ai quitté le groupe parce que Jeshua m'a demandé de ne plus jamais prendre une vie. Cela allait à l'encontre de mon salut. Alors comment pourrait-il avoir choisi un meurtrier qui a tué jusqu'à son dernier souffle ?
– Arrête de gémir, veux-tu, et écoute-moi un peu. Netaniel a dressé la liste des dirigeants qui empêchent notre pays de se libérer enfin de ses chaînes. Nous devons agir rapidement.
– C'est toi qui ne m'écoutes pas. Je ne suis plus un assassin.

Yaacov sortit un morceau d'étoffe de sa manche et le déposa dans la main d'Océlus. Ce dernier reconnut sans peine le bandeau rouge qu'il avait porté dans sa jeunesse, car il avait été légèrement entaillé par la pointe d'un glaive romain.

– Je ne suis plus un…

Les mots s'étouffèrent dans sa gorge, car il fut assailli par le même malaise que la veille. Cette fois, il fut accompagné d'un étourdissement qui faillit le faire tomber à genoux.

– Après-demain, nous nous réunirons dans la maison de Matith, chuchota Yaacov avant de se fondre dans l'obscurité.

Océlus était incapable de bouger. La rue dansait devant ses yeux, ce qui lui donnait la nausée. Il parvint finalement à poser une main sur le mur pour conserver son équilibre. S'il ne voulait pas être retrouvé évanoui sur le pavé par les fidèles le lendemain matin, il devait réintégrer les grottes le plus rapidement possible. Rassemblant son courage, il enfouit le bandeau dans sa manche et ferma les yeux. À son grand soulagement, il fut aussitôt transporté aux côtés de Yannick. Il plongea les doigts dans le cocon lumineux de son ami et, à son grand soulagement, parvint à se brancher à la même source divine. Il était sauf…

Au même moment, dans les rues de Jérusalem, Yaacov le zélote marchait sans se presser. Au premier carrefour, il reprit sa véritable apparence d'Orphis, puis le visage qu'il avait choisi de présenter au monde, soit celui d'Ahriman.

...0020

Le directeur de la base de Toronto n'était pas le genre d'homme à retenir par la force un collaborateur potentiel, alors, lorsque Thierry Morin manifesta le désir de quitter la ville, Cédric le laissa partir. Par courtoisie, il demanda à l'un de ses agents d'accompagner le Naga à l'aéroport. Il crut plus prudent de ne pas confier cette tâche à Océane. D'une humeur massacrante, elle était arrivée très tôt à la base, abandonnant son amant chez elle. Cédric n'avait pas osé lui adresser la parole en la croisant dans la salle de Formation. Depuis qu'il travaillait avec la jeune femme, il avait appris à interpréter ses expressions faciales et il n'avait nulle envie de se disputer avec elle.

Cédric eut donc recours à son agent le plus fiable. Aodhan Loup Blanc accepta docilement d'escorter le policier et de s'assurer qu'il ne manque pas son vol. De toute façon, l'Amérindien ressentait depuis quelques jours le besoin de quitter momentanément le centre-ville. Au retour de cette course, il en profiterait pour patrouiller dans la banlieue.

Thierry Morin remercia Cédric pour son hospitalité et lui remit une grande quantité de poudre d'or. De son côté, le directeur lui recommanda de ne pas jouer au héros et de ne surtout pas faire de mal à sa fille.

– Je ne la blesserais pour rien au monde, assura le Naga. Elle comprend que nous avons tous notre rôle à jouer au cours des événements qui marqueront la fin des temps. Si je ne reviens pas à Toronto d'ici l'automne, c'est que j'aurai perdu la vie.

L'éducation Neterou de Cédric l'empêcha de lui faire connaître le fond de sa pensée. Il se contenta de lui serrer la main et de le regarder s'enfoncer dans le garage souterrain.

Le traqueur trouva facilement la berline qui l'attendait, car Aodhan se tenait debout près de la portière du conducteur.

– Vous n'avez pas de valises ? s'étonna-t-il en constatant que son passager ne transportait qu'une petite mallette en cuir.

– Je ne possède presque rien.

Les deux hommes prirent place dans la voiture. Quelques instants plus tard, l'ordinateur abaissa la rampe de sortie et la berline quitta discrètement le stationnement de la Casa Loma.

– Qui êtes-vous exactement, monsieur Morin ? demanda Aodhan sans détour.

Thierry lui décocha un regard en coin.

– Vos vibrations sont différentes de celles des gens que je côtoie, poursuivit l'Amérindien.

– Mes vibrations ?

– Êtes-vous l'un des fantômes employés par l'ANGE ?

– Je ne suis l'employé de personne.

Aodhan garda le silence, mais Thierry comprit qu'il ne le croyait pas.

– Possédez-vous des pouvoirs psychiques, monsieur Loup Blanc ?

– J'ai hérité de la sensibilité de mes ancêtres chamans. Je peux sentir l'énergie d'une personne ou découvrir ce qui se cache derrière des murs grâce à cette faculté.

– Vraiment ? s'étonna le Naga.

– Dans votre mallette, il y a des petits pots de verre, des sous-vêtements, une brosse à dents, du dentifrice et des documents.

– Impressionnant. Cette faculté doit bien vous servir dans votre métier.

– En effet. Êtes-vous un mercenaire ?

– Peut-être bien.

– Les informations que j'ai trouvées à votre sujet indiquent que vous êtes devenu inspecteur de police sans avoir passé de tests ou grimpé les échelons habituels. Plus intéressant encore, vous n'êtes pas supposé être vivant.

– J'appartenais à une société secrète qui m'a formé pour éliminer des hommes dangereux.

– Un assassin, donc.

– Je préfère dire que je suis un traqueur.

– C'est beaucoup plus élégant.

Aodhan s'engagea sur la rampe d'accès de l'autoroute. Malgré la disparition de milliers de personnes à Toronto, les voies rapides étaient toujours ralenties par un trop grand nombre d'automobiles.

– Venez-vous d'une autre planète, monsieur Morin ? demanda l'agent de l'ANGE sans afficher la moindre appréhension.

– Ce sont mes vibrations qui vous font poser cette question ?

– Elles n'appartiennent pas à ce monde.

– Qu'allez-vous faire si je vous avoue ne pas être tout à fait humain ?

– Je ne suis pas un chasseur de primes de l'Alliance, heureusement pour vous. Mes ordres en ce qui vous concerne sont clairs : je dois vous reconduire à l'aéroport en toute sécurité.

Persuadé qu'il ne remettrait plus jamais les pieds au Canada, Thierry ne vit pas de mal à lui dire la vérité.

– Ma mère est originaire des Pléiades et mon père est reptilien, lâcha-t-il en surveillant la réaction de l'Amérindien.

– Cela vous place-t-il parmi les bons ou parmi les méchants ?

– Tout dépend si vous faites partie des humains que je protège ou des reptiliens que je traque.

– Ah…, se contenta de commenter Aodhan.

– Croyez-vous à leur existence, au moins ?

– Oh oui. J'en ai vu de mes propres yeux, ici même. Quelque chose me dit que vous en savez bien plus long que moi à leur sujet.

– Pour débusquer et éliminer mes ennemis, il m'a fallu apprendre à bien les connaître.

– Que nous veulent-ils, au juste ?

– Ils désirent dominer la planète comme ils en dominent bien d'autres dans l'univers, et maintenir ses habitants dans l'ignorance de leur véritable passé afin d'en faire des esclaves ou de la nourriture.

Aodhan ne le savait que trop bien, puisqu'il avait visité le sous-sol de l'un d'entre eux.

– Quand sont-ils arrivés ici ? demanda-t-il plutôt.

– Ils ont découvert la Terre un peu avant l'apogée de la civilisation mésopotamienne et, petit à petit, ils ont imposé aux hommes leurs dieux et leurs lois. Malheureusement pour eux, les Pléiadiens vivaient déjà sur cette planète depuis dix mille ans. Ils ont repoussé les reptiliens sous terre et donné un répit aux humains.

– Vous traquez ceux qui osent revenir à la surface ?

– Ils ont été plus brillants que cela, indiqua Thierry. Ils ont mêlé leur ADN à celui de toutes les races extraterrestres qui ont colonisé la Terre.

– Extraterrestres ?

– J'ai le regret de vous apprendre que l'homme ne descend pas du singe. Vous faites par contre partie du seul peuple qui n'a pas été contaminé par les Dracos.

L'Amérindien demeura silencieux jusqu'à l'aéroport, où il arrêta finalement la voiture. Il se tourna vers son passager en fronçant les sourcils.

– Il y a donc de bons et de mauvais reptiliens. Mais comment faire la différence ?

– Il n'y a qu'un reptilien qui puisse en reconnaître un autre.

Thierry descendit de la berline.

– Gardez un œil sur Océane, voulez-vous ?

Aodhan hocha doucement la tête. Il ne savait pas ce que projetait le Naga. Il espéra toutefois que l'ancien policier s'en sortirait indemne et victorieux.

À la base, Cindy Bloom allait entreprendre ce qui s'annonçait être une journée normale de travail lorsqu'elle s'aperçut qu'elle avait laissé son bloc-notes dans la section des Reptiliens. Elle trottina allègrement jusqu'à la salle en question, heureuse de retrouver Vincent et de partager les conclusions de ses recherches avec lui. En mettant la main sur ses papiers, elle constata que l'écran était allumé et que quelqu'un avait accédé à l'ordinateur deux heures plus tôt. Cédric était-il venu lire les informations qu'elle avait rassemblées sur ces horribles créatures ?

Elle s'assit et consulta le log. Des informations avaient été intégrées à la banque de données sous la rubrique « races ». Curieuse, Cindy voulut tout de suite les lire. À son grand étonnement, elle y trouva les noms et descriptions de dix races de reptiliens !

Elle parcourut rapidement le passage sur les Dracos qu'elle connaissait déjà, puis ceux sur les Nagas, les Anantas, les Draghanis, les Sheshas, les Orphis, les Naas, les Cécrops, les Saèphes et les Neterou, tous issus de croisements entre les Dracos et des extraterrestres provenant de divers coins de la galaxie. Et tous ces lézards vivaient encore sur Terre ! Cindy revint à l'index pour voir si d'autres rubriques y avaient été ajoutées.

– Les intentions des reptiliens ! s'étrangla-t-elle en lisant à haute voix ces mots lumineux.

Au même moment, Océane entra dans le laboratoire.

– Je savais que je te trouverais ici, fit cette dernière en s'efforçant de sourire.

– Est-ce toi qui es venue travailler sur cet ordinateur il y a deux heures ?

– Non. Pourquoi ?

– Quelqu'un a utilisé ce clavier pour ajouter des trucs dans ma base de données.

– Des trucs pertinents, au moins ?

– Je ne peux pas l'affirmer parce que je n'ai aucune façon de les valider. Écoute ceci : « Les Dracos s'emploient à occulter l'histoire ancienne, car elle permettrait aux humains de découvrir la véritable origine de la vie. Pour ce faire, ils compromettent toute enquête sérieuse en la matière et s'assurent que personne ne découvre la vérité. »

– C'est très intéressant. Continue.

– « Les Dracos récompensent ceux qui contribuent au mensonge scientifique et détruisent la réputation de ceux qui osent exprimer un avis contraire. Ils contrôlent aussi les médias afin d'imprimer dans l'esprit des humains leur propre version de la réalité. Ils les bombardent d'annonces publicitaires qui ont pour but de leur inculquer de fausses valeurs. Ils veulent que les humains mesurent l'étendue de leur succès en fonction du nombre de biens matériels qu'ils possèdent. »

Cindy s'arrêta, offusquée.

– Il faut tous les éliminer ! décida-t-elle.

– Avant de partir à la chasse aux Dracos, y a-t-il autre chose de nouveau à leur sujet dans l'ordinateur ?

– Il y a une nouvelle rubrique qui s'intitule « Empoisonnement ».

– Lis-la-moi.

– « Ce sont les Dracos qui ont creusé le fossé entre les hommes et les femmes car, en les divisant, ils pouvaient générer des conflits dont ils se nourrissent dans les dimensions invisibles. En maintenant également les humains dans un état constant de peur, de doute, de culpabilité, de colère, de ressentiment et de frustration, ils peuvent les manipuler à leur guise. Dans cette optique, ils faussent l'économie et l'information pour semer la terreur. Ils génèrent des guerres et des luttes, et ils procèdent à des rituels sanglants pour abaisser le niveau vibratoire de la planète et l'empêcher d'évoluer spirituellement. Ils poussent aussi les hommes à ravager leur environnement pour pouvoir ensuite mieux les effrayer en leur pointant les conséquences de leur désinvolture. Les Dracos vont jusqu'à imprégner la nourriture, les boissons, les médicaments, l'eau et l'air de produits chimiques destinés à bloquer les facultés de discernement des humains. Ils peuvent ainsi continuer de régner sur la Terre sans être démasqués. »

Cindy se tourna brusquement vers Océane.

– C'est vraiment dégoûtant ! s'exclama la jeune femme en rose.

– Au contraire, je pense que quelqu'un vient de nous laisser un message d'espoir.

– Quoi ?

– Maintenant que nous savons ce que font physiquement et énergétiquement les Dracos pour mieux nous manger, il nous suffit d'y mettre fin.

– C'est la base même de la société qu'il faudrait changer ! Tu n'y penses pas ?

– Il faut commencer quelque part, Cindy. Mieux encore, ce genre d'action s'inscrit parfaitement dans la mission de l'ANGE. Nous avons été créés pour enquêter sur l'étrange et tout ce qui menace l'humanité.

– Nous n'aurons pas assez de toute une vie pour prouver une telle conspiration.

– Si tu veux mon avis, les prophéties pourraient justement nous offrir l'occasion rêvée de changer le monde.

– Comment ?

– Laisse-moi mettre mes idées en ordre et on se lance à l'attaque.

Océane tapota affectueusement l'épaule de sa jeune amie et quitta la pièce, la tête bouillonnante d'initiatives. Au fond, Thierry et elle avaient la même mission : débarrasser la Terre des tyrans à écailles.

...0021

Même s'il savait désormais que les serviteurs du Mal ne reculeraient devant rien pour s'approprier l'âme d'innocents, Vincent se sentait en sécurité parmi ses amis. Cindy et Océane lui avaient raconté tout ce qu'il avait manqué à Toronto. Lorsque ce fut à son tour de narrer son aventure à Alert Bay, il avait rapidement constaté qu'il lui manquait des morceaux du casse-tête. Alors, dès qu'il fut laissé sans surveillance, l'informaticien se mit à la recherche des événements que son esprit avait occultés.

Il parvint à accéder aux enregistrements du service de la sécurité d'Alert Bay en utilisant les codes de Christopher Shanks et copia les fichiers le concernant en un temps record. Il effaça ensuite les traces de son passage grâce à un logiciel qu'il avait mis au point à Montréal après des années de furetage dans toutes les bases sécurisées de l'ANGE.

S'étant assuré qu'il était seul dans son petit coin des Laboratoires, Vincent s'affaira à rapiécer les morceaux du puzzle des derniers mois de sa vie. Tout avait commencé par des saignements de nez et des maux de tête. Il lut tous les rapports médicaux et tous les commentaires de Shanks. Il parcourut aussi le compte rendu de l'interrogatoire d'Océlus et les conclusions du directeur de la base. Les notes soumises par le révérend Sinclair ne faisaient somme toute que répéter ce que ce dernier lui avait dit de vive voix.

Ce fut lorsqu'il visionna les vidéos attachées à son dossier que Vincent constata enfin à quel point le démon Nergal l'avait possédé. Il se vit agir et s'entendit parler sans reconnaître sa voix. Les caméras de l'ANGE avaient suivi sa fuite dans les couloirs d'Alert Bay jusqu'à ce qu'il démolisse des parois de métal avec des boules de feu et qu'il prenne la fuite dans un silo d'urgence.

– Pas étonnant que mes mains m'aient autant fait souffrir à mon réveil, marmonna-t-il.

Il regarda ensuite les rares images de son retour à l'infirmerie, plutôt amoché, puis la querelle entre le docteur Robson et le prêtre qui ne voulait pas le laisser s'approcher du blessé. Il y avait ensuite eu une panne des systèmes visuels. Le dernier rapport attaché au dossier était celui du psychiatre, qui avait vu une lumière éclatante envahir la petite salle d'observation où le savant avait reposé.

Vincent se perdit dans ses pensées et se remémora d'autres curieux souvenirs. Océlus était venu lui rendre visite, mais ce n'était pas à l'infirmerie...

– Vincent, fit Cindy en posant la main sur son épaule.

Il sursauta violemment comme s'il avait reçu une décharge électrique.

– Je suis désolée, je ne voulais pas t'effrayer, s'excusa Cindy.

– Ce n'est pas ta faute, haleta l'informaticien. Je suis un peu plus nerveux depuis que deux démons m'ont tué en l'espace de quelques mois.

– Je voulais juste te poser une question, pas que tu risques une crise cardiaque.

Elle prit place près de lui et attendit qu'il se calme.

– Que puis-je faire pour toi ? lui demanda-t-il enfin.

– Quelqu'un a ajouté des informations dans ma banque de données ce matin. L'ordinateur de la base affirme pourtant que personne n'est entré dans ce laboratoire depuis ma dernière visite. J'ai donc pensé que c'était toi, avec un de tes gadgets qui déjouent tous les systèmes de détection.

– Ce n'est pas moi. De toute façon, je n'aurais rien à ajouter à ce dossier. Il y a par contre une façon détournée de trouver le coupable.

– Je savais que tu éclaircirais ce mystère.

Vincent se mit à taper sur le clavier si rapidement que Cindy ne put retenir tous les codes qu'il employait.

– Il y a des caméras dans toutes les salles de chaque base, mais l'ordinateur central n'a pas accès à ces enregistrements à moins qu'un signal d'entrée ne lui soit fourni par les portes. Les données sont archivées quotidiennement dans un serveur distinct et nous pouvons les consulter... au besoin.

– Génial.

– À quand remonte la dernière entrée dans ta base de données ?

– Dix heures trente environ.

Les images défilèrent une à une sous leurs yeux, comme dans un vieux film muet. Ils virent alors Thierry Morin s'asseoir devant l'ordinateur et se servir du clavier.

– Lui as-tu fabriqué un machin pour passer inaperçu ?

– Je ne le connais même pas ! A-t-il compromis tes recherches ?

– Non, au contraire ! Il leur a donné une nouvelle orientation. Il ne faudra pas que j'oublie de le remercier.

Cindy fit pivoter la chaise de Vincent et serra ses mains entre les siennes.

– Y a-t-il quelque chose que je puisse faire pour que tu te sentes chez toi à Toronto ? proposa-t-elle.

– M'aider à décorer mon appartement, j'imagine. Mais pas en rose.

– J'aime d'autres couleurs, tu verras. Je serai ravie de te donner un coup de main.

Des larmes se mirent à couler sur les joues du savant.
– Mais qu'est-ce que j'ai dit ? s'affligea Cindy.
– Vous m'avez tellement manqué, sanglota-t-il. J'aurais dû vous suivre jusqu'ici.
– Je ne crois pas que tu aurais aimé Andrew Ashby. Et puis, tu avais besoin de temps pour te remettre du traumatisme que tu avais subi à Montréal.

Elle massa doucement le dos de son ami. C'était la première fois que Vincent parlait ouvertement de ses sentiments, lui qui était d'ordinaire si timide.

– Rien n'arrive pour rien, lui rappela-t-elle, ayant entendu Yannick le lui répéter si souvent. Parfois, il est difficile de saisir sur le coup pourquoi nous sommes impliqués dans certains événements, mais avec un peu de recul, nous finissons par le comprendre. Sois patient.

Il essuya maladroitement ses yeux.
– Probablement...
– Allez, du courage, mon savant préféré.

Ce surnom ramena à l'esprit de Vincent le visage moqueur de Yannick Jeffrey. Il se remit à pianoter sur son clavier et accéda à un site dédié aux Témoins de Jérusalem. Océlus et Yannick apparurent sur l'écran, debout devant le Mur des Lamentations et s'adressant à la foule.

– J'ai écouté tous les échanges qu'ils ont avec les gens qui viennent les voir, confia-t-il à l'espionne. Jamais je n'aurais cru que Yannick se retrouverait là un jour, mais je suis fier de lui. Pendant que je me cachais à Alert Bay, lui, il s'exposait volontairement aux tirs de ses ennemis pour sauver des âmes.

– Tu ne peux pas te comparer à lui, tout de même. Il fait cela depuis deux mille ans !
– Oui, tu as raison...

Le sourire de la jeune femme lui remonta le moral.
– Ton attitude est toujours si... vivifiante.

Il se pencha et l'embrassa sur les lèvres.

– Vincent, non…, se déroba Cindy. Tu sais aussi bien que moi que c'est défendu.

– C'était seulement pour te dire merci.

Il baissa les yeux, mais au fond il aurait voulu avoir le courage de lui dire qu'il l'aimait et qu'elle ensoleillait ses journées.

– Dans ce cas, je suis heureuse de t'avoir… vivifié.

Il n'osa pas la regarder en face.

– Si tu as un peu de temps aujourd'hui, j'aimerais avoir ton opinion sur ce que monsieur Morin a écrit au sujet des Dracos, l'invita-t-elle.

– J'y pensais, justement.

– À plus tard, Vincent.

Il ne bougea pas avant que la porte métallique ne se soit refermée derrière elle. « Pourquoi est-elle attirée par un apôtre qui n'est même pas là pour la chérir et qui sera exécuté dans trois ans ? » se demanda-t-il. Jamais il ne comprendrait les femmes.

...0022

En atterrissant à Montréal, Thierry Morin apprécia sa nouvelle liberté. S'il avait su que son élève allait s'en prendre à la reine des Dracos, Silvère aurait été furieux. « Se soucie-t-il seulement de moi ? » se demanda le Naga. Les reptiliens étaient des êtres qui n'avaient tout simplement pas de cœur.

« Au moins, il n'a pas invalidé mon passeport et vidé mon compte en banque », constata le Naga lorsque l'officier des douanes lui remit ses papiers. Thierry poursuivit sa route vers la sortie sans se presser. Y aurait-il une voiture pour lui dans le stationnement ? Il grimpa dans la navette qui en parcourait toutes les allées et activa ses sens de traqueur. À sa grande surprise, il capta l'odeur familière des Pléiadiens en passant devant la borne deux cent quarante-trois. Il demanda au chauffeur de le laisser descendre et se fia à ses sens reptiliens. Il marcha jusqu'à ce qu'il découvre un véhicule utilitaire marqué subtilement par l'énergie de la fraternité.

Il retira la clé au-dessus de la roue, la glissa dans la serrure et prit place dans le camion sans se presser. Les enregistrements et le billet de stationnement se trouvaient dans le coffre à gants, ainsi qu'une enveloppe contenant un millier de dollars.

– Qui attendiez-vous ainsi ? s'étonna-t-il.

Il fouilla dans tous les compartiments du véhicule et découvrit, dans celui qui séparait le siège du conducteur de celui du passager, une carte géographique, une carte géologique, un dépliant sur une auberge et une lettre cachetée. Un katana reposait également dans le coffre arrière.

– L'Estrie ? s'étonna-t-il en regardant la carte routière de plus près. Pourquoi la fraternité enverrait-elle un Naga tuer un roi Dracos dans une région aussi éloignée ?

Décidément, il allait de surprise en surprise.

– À moins que...

Il décacheta l'enveloppe qui contenait une lettre écrite à la main.

Mon enfant, je ne t'ai jamais dit que les mères originaires de Tiamat conservent un lien télépathique avec leurs enfants toute leur vie. Lorsqu'elles en ont plusieurs, les pensées qu'elles récoltent sont malheureusement fragmentées. J'ai toutefois ressenti ton désir de vengeance, et même si les miens n'encouragent pas la rancune, je suis suffisamment intelligente pour comprendre que cette horrible reine doit disparaître si nous voulons survivre.

J'ai donc questionné le peu d'informateurs qui nous reste à Montréal, les autres ayant disparu en même temps que des millions de Terriens il y a quelques semaines de cela. Ils m'ont affirmé que la famille royale avait quitté la ville, n'ayant plus suffisamment d'esclaves pour creuser des tunnels pour les princes qui grandissent trop vite. Elle a déménagé tous ses petits dans des cavernes en Estrie. Je t'ai indiqué l'endroit exact sur la carte. Sois prudent.

Élanorée

– Des fragments de mes pensées ? s'inquiéta-t-il. Lesquelles ?

Sa mère avait-elle aussi perçu son attirance pour Océane et les plans qu'il avait échafaudés pour sauver le monde ? Que savait-elle des plans de l'Antéchrist ?

– Dès que j'aurai éliminé Perfidia, je lui rendrai visite dans la montagne de Saint-Hilaire.

Il mit le moteur en marche et chercha le poste de péage. Il régla le montant réclamé et constata sur le billet imprimé que la voiture l'attendait à l'aéroport depuis déjà quelques jours. Il quitta le stationnement et mit le cap sur les Cantons-de-l'Est. Il réduisit sa vitesse et suivit docilement les autres voitures en laissant errer ses pensées. Il se rappela ce qu'il avait vu dans l'antre de la reine lorsqu'elle l'avait fait prisonnier. Beaucoup de Dracos avaient dû perdre la vie lors de l'explosion de la base de l'ANGE, puisqu'il n'avait compté qu'une dizaine de princes et une vingtaine d'esclaves. Il revit alors le visage du Neterou qui semblait être le serviteur personnel de Perfidia. L'éclat sauvage de ses yeux l'avait mis sur ses gardes. Si les Neterou se situaient tout au bas de la hiérarchie reptilienne, ils étaient cependant très dévoués. Ils pouvaient même devenir très dangereux.

Thierry s'arrêta dans une petite auberge à quelques kilomètres de sa destination. Il y loua une chambre et déplia les cartes sur son lit pour les étudier. Il y avait des cavernes de cristal dans la région, dont une bien connue du public. Celles qu'il cherchait n'avaient pas encore été découvertes par les humains. Puisque les reptiliens venaient à peine de s'y installer, personne ne les verrait sans perdre la vie du même coup.

Le Naga analysa le terrain pendant de longues minutes, mémorisant la route qu'il lui faudrait emprunter et l'endroit où il pourrait garer son camion sans qu'on le repère. Il avait apporté de petites bouteilles en verre avec la ferme intention d'y enfermer la glande de Perfidia et celles de quelques rois. Il les expédierait à son mentor pour lui prouver qu'un traqueur blessé n'était pas nécessairement un incapable.

Il prit ensuite place dans la bergère de la chambre et regarda fixement le téléphone en se demandant s'il devait appeler Océane pour la rassurer. Leurs adieux avaient été éprouvants. Avait-il vraiment le droit de la torturer une seconde fois ? Il ne connaissait qu'une dizaine de personnes sur toute la planète, son travail ne lui ayant jamais permis de forger des liens avec qui que ce soit.

Pour la première fois de sa vie, il se sentit affreusement seul. Pour échapper à ce malaise, il s'assit en tailleur sur le sol et médita, révisant mentalement toutes les techniques d'arts martiaux qu'il avait apprises, puis il laissa flotter son esprit dans le vide. Ses bras reptiliens avaient perdu leur puissance, mais ses bras humains pouvaient encore porter des coups mortels. Il ouvrit subitement les yeux, encore plus déterminé que jamais à régler ses comptes avec la reine.

Il mangea dans un coin de la coquette salle à manger de l'auberge, puis grimpa dans le camion pour effectuer un repérage visuel des lieux. En approchant du village de Racine, Thierry capta une première présence Dracos. Ce n'était qu'une légère impression, mais il savait qu'il était sur la bonne voie. Il retourna à sa chambre afin de profiter d'une bonne nuit de sommeil et rêva aux soirées qu'il avait passées avec Océane dans la cour d'Andromède à regarder les étoiles.

Au matin, il n'avala rien et se mit en route. Il n'avait jamais procédé à une exécution sans sa tenue de Naga. Ce serait une expérience nouvelle pour lui. Il gara le camion au bord de la route, près d'une dense forêt. Il se faufila ensuite sans bruit à travers les arbustes, le katana en bandoulière. Bientôt, il sentit la présence de ses ennemis sous ses pieds. La nouvelle tanière des Dracos grouillait de vie.

Thierry scruta le sol pendant plus d'une heure avant de choisir le meilleur endroit pour y entrer. Il se félicita d'avoir gardé la forme en croisant régulièrement le fer avec les Spartiates. Dans quelques minutes à peine, il lui faudrait cependant chasser de son esprit toute pensée obsédante et se concentrer uniquement sur sa mission. Sa survie dépendait désormais de sa vitesse et de son instinct.

Il ferma les yeux et s'enfonça dans le sol comme dans du sable mouvant. Marchant à travers le roc et le cristal, Thierry s'arrêta à quelques centimètres de la paroi de la plus grande grotte. Tant qu'il se trouvait immergé dans de la terre, les Dracos ne pouvaient pas sentir sa présence. Le Naga se rappela alors les conseils de son mentor. *Ne fonce pas sans savoir où tu vas.* Il ouvrit les yeux et observa l'intérieur de la nouvelle demeure de la reine. Elle n'était pas aussi grande que son ancien palais de Montréal, mais elle était vraiment plus propre. Il vit les princes regroupés dans un coin. Ils avaient adopté leur forme reptilienne et semblaient se nourrir. Leurs écailles argentées indiquaient qu'ils n'avaient pas tous été conçus par un roi. Un seul d'entre eux avait la peau immaculée. Il était cependant encore trop jeune pour être relâché dans le monde et placé à un poste de direction. Perfidia était-elle venue s'installer dans cette région afin de faire appel à un autre mari des dimensions invisibles ?

Le Naga s'inquiéta de ne pas voir d'esclaves à proximité. Ces derniers ne lui opposeraient sans doute aucune résistance, enfin, tous sauf un. « Chaque chose en son temps », se dit Thierry pour calmer sa hâte. Il devait frapper rapidement et ne surtout pas prendre son apparence reptilienne. Il se concentra pour se rappeler la douleur que lui avait infligée la reine, ses griffes s'enfonçant dans la gorge d'Océane, ses lames empoisonnées pénétrant sa propre chair... La colère monta en lui et il émergea du mur comme un taureau enragé.

À la manière d'une machine de guerre, il fonça sur les princes en dégainant son katana. En quelques mouvements prestes et gracieux, Thierry décapita la plupart des reptiliens argentés, puis faucha les autres au milieu du corps. Le Dracos immaculé, plus pur que ses frères, ne voulut pas attendre son exécution. Toutes griffes dehors, il chargea le Naga.

Thierry évita de justesse de se faire labourer le visage. Il contre-attaqua et sa mince lame heurta violemment les griffes de l'albinos. Poussant un cri de fureur, le traqueur frappa l'estomac du prince avec le plat de son soulier, lui coupant le souffle. Pivotant vivement sur lui-même, il releva le katana et trancha net la tête du prince.

– Un de moins qui fera souffrir les hommes, grommela Thierry.

Il entendit le bruit de pas précipités provenant de l'un des tunnels qui menaient à cette grotte et se tapit contre le mur, empoignant son arme à deux mains. Les esclaves déboulèrent dans la caverne sans se douter de ce qui les attendait. Thierry tua facilement les premiers. Les autres s'armèrent de couteaux. Silvère lui avait heureusement enseigné à se défendre contre plusieurs adversaires à la fois. Cela nécessitait certes toute son attention, mais contrairement aux Dracos, les Nagas ne connaissaient pas la peur. Formés pour vaincre n'importe quel type d'assaillants, ils avaient une confiance absolue en leurs talents.

Thierry n'attendit pas que les Neterou se soient dispersés autour de lui. Il les abattit au fur et à mesure qu'ils émergeaient du tunnel. Certains parvinrent toutefois, en s'accroupissant, à éviter la lame brillante qui sifflait comme un serpent. Malgré tous les efforts du Naga pour les éliminer rapidement, sept de ces reptiliens inférieurs réussirent à l'encercler, dagues au poing. Thierry ramena la poignée de son arme près de sa poitrine en reprenant son souffle et attendit que les Neterou fassent le premier geste. Il sentait leur peur, ce qui jouerait en sa faveur. Ce jeu du chat et de la souris dura encore quelques secondes, puis l'un des esclaves décida d'y mettre fin. Il n'eut cependant pas le temps de s'approcher du Naga que sa tête roulait déjà sur le sol.

Le traqueur se déchaîna, frappant à droite, à gauche, devant et derrière. Il touchait généralement sa cible, parfois la manquait de peu, mais il ne s'arrêtait pas un seul instant. Lorsque le dernier Neterou s'écroula sans vie sur le sol, Thierry abaissa son katana dégoulinant de sang bleu. Couvert de sueur, le Naga haletait bruyamment.

Un coup de feu retentit alors dans la grotte. Thierry sentit un choc dans l'épaule gauche qui le fit heureusement tituber, sinon la seconde balle de revolver lui aurait traversé le cœur. Un jeune homme se tenait à l'entrée du tunnel, un pistolet à la main.

– Comment oses-tu revenir ici ? tonna Ludo.

– Je suis venu terminer ce que les miens ont commencé à Montréal, répliqua Thierry en faisant taire sa douleur.

Ludo recommença à tirer, mais le Naga était déjà en mouvement. Ce dernier plongea dans le roc, contre lequel les balles ricochèrent. Ludo poussa un cri de rage, car il ne possédait pas le talent de marcher à travers la matière. Il ne pouvait même pas capter la présence de l'ennemi juré des Dracos. Il ne lui fut cependant pas difficile de deviner où celui-ci tentait de se rendre. Il tourna les talons et courut en direction de la caverne de la reine. Lorsqu'il y fit irruption, Perfidia était debout au milieu de ses coussins.

– Que se passe-t-il ? s'impatienta-t-elle.

– C'est le Naga qui nous avait échappé ! Il a tué tous les princes !

– Pas avec le poison qui circule dans ses veines, c'est impossible.

– Il a conservé son apparence humaine !

Ludo tenait maintenant son revolver à deux mains, tournant sur lui-même en visant les murs où se reflétait la lumière des lampes à l'huile.

– Je suis parfaitement capable de me défendre seule, Ludo, lui rappela Perfidia.

– Je le sais bien, Majesté, mais il serait préférable pour l'avenir des maîtres du monde que vous quittiez rapidement cet endroit. Le roi de Sherbrooke pourra vous indiquer une nouvelle retraite.

Perfidia détestait que des subalternes aient raison. Toute la civilisation des Dracos reposait sur les reines. Il y en avait une sur chaque planète conquise. Seule la souveraine pouvait permettre aux entités habitant les dimensions invisibles de s'emparer du corps d'un de ses enfants. Si elle périssait, des centaines d'années passeraient avant que les Dracos ne dominent à nouveau la Terre.

– Partez, je vous en conjure, la pressa Ludo. Je ralentirai le Naga.

La souveraine se souviendrait longtemps de ce brave Neterou. Sans plus tarder, elle fila dans le tunnel sans rien emporter avec elle. Ludo dégagea le centre de la caverne en donnant de furieux coups de pied dans les coussins multicolores. Ils s'empilèrent silencieusement autour de lui. Juste derrière la paroi de pierre, Thierry Morin avait senti que la reine s'enfuyait, mais il ne la prendrait pas en chasse avant d'avoir réglé ses comptes avec le Neterou qui l'avait blessé.

Le Naga émergea du roc, le katana relevé au-dessus de sa tête. Ludo déchargea aussitôt tout le contenu du chargeur dans la poitrine de son attaquant. Les balles ralentirent le *varan*, mais ne l'arrêtèrent pas. Ramenant l'épée devant lui, Thierry l'empoigna à deux mains et l'enfonça dans le cœur de Ludo pour ensuite la retirer sèchement. Avant que l'esclave reptilien n'ait touché le sol, le traqueur remontait déjà le tunnel en serrant les dents. Son veston virait graduellement au rouge et la douleur dans tout son corps devenait de plus en plus intense.

Il aboutit dans une clairière. Perfidia ne le précédait que de quelques mètres. Captant sa présence, elle fit volte-face.

– Tu veux mourir cette fois, Naga ? rugit-elle.

– Si je perds la vie, je ne serai pas le seul.

Les mains du traqueur tremblaient sur le manche du katana, mais il adopta néanmoins une position d'attaque.

– Voilà pourquoi les Nagas ne sont pas au sommet de la hiérarchie reptilienne !

La reine se transforma en un formidable dragon immaculé et déploya ses ailes de chauve-souris. Thierry comprit aussitôt le danger que représentaient les griffes acérées de ses pouces, bien plus grosses que celles de ses mains. Perfidia s'éleva dans les airs dans un étourdissant battement d'ailes, sans tenter toutefois de s'enfuir. Au contraire, ses yeux rouges étaient braqués sur sa proie et elle avait bien l'intention de s'en régaler. Dès qu'elle eut pris suffisamment d'altitude, elle piqua sur le Naga. La lame de Thierry fendit l'air. En recourbant son corps, puis en lançant ses pattes arrière devant elle, Perfidia réussit à arracher l'épée des mains de son agresseur. Elle la lança plus loin et fit un arc de cercle dans le ciel pour revenir achever l'insolent.

Thierry se laissa tomber sur le sol et roula jusqu'à ce qu'il heurte un tronc d'arbre. Les branches basses empêcheraient le dragon volant de l'atteindre avec ses serres. Il regarda rapidement autour de lui sans trouver quoi que ce soit pour se défendre. Il ne pouvait pas non plus adopter sa forme reptilienne dotée de griffes, car ses bras n'avaient plus de force. Perfidia poussa un cri de victoire. Elle fondit vers la forêt avec l'intention de s'y poser et d'achever ce reptilien arrogant en lui tranchant la gorge. Elle n'était plus qu'à quelques mètres de la clairière lorsqu'une lance siffla près de son oreille. Une seconde transperça la membrane de son aile droite.

Perfidia reprit de l'altitude. Deux autres javelots la manquèrent de peu. Sans demander son reste, elle s'éloigna à grands coups d'ailes. « Ce n'est que partie remise, Naga, gronda-t-elle intérieurement. La prochaine fois, je t'arracherai la tête ! »

Damalis se pencha aussitôt sur Thierry. Il déchira son veston et sa chemise pour examiner ses blessures.

– Empêchez-la de s'enfuir, le supplia le traqueur sur le point de perdre conscience.

– Elle est déjà partie, mon frère.

– Si elle survit, nous n'éliminerons jamais les Dracos.

– Pour l'instant, c'est de toi que je dois m'occuper.

Les balles s'étaient toutes logées autour du cœur du Naga. Elles lui faisaient perdre beaucoup de sang et rendaient sa respiration de plus en plus difficile.

– Je ne peux pas le soigner ici, annonça Damalis aux Spartiates.

Les six hommes soulevèrent Thierry et le transportèrent jusqu'au rectangle lumineux qui flottait au-dessus du sol, et duquel ils étaient sortis quelques minutes auparavant. Comme s'ils avaient tout simplement franchi une porte, ils débarquèrent de l'autre côté, dans le jardin d'Andromède. Assise sur son trône de déesse, cette dernière émergea d'une profonde transe. Le rectangle irisé disparut instantanément.

Andromède s'élança à la suite des hommes qui venaient d'entrer dans le temple au fond de la cour. Les Spartiates déposèrent Thierry Morin sur une couchette basse près du brasero.

– Êtes-vous arrivés à temps ? s'alarma la Pléiadienne.

– Un peu plus et le dragon le mettait en pièces, répondit Eraste.

– Quelqu'un lui a tiré dessus avec un revolver, lui apprit Damalis. Je dois extraire ces projectiles de son corps et arrêter le sang. Avez-vous ce qu'il faut pour l'anesthésier, déesse ?

– Je n'ai pas besoin d'anesthésie, gronda Thierry, à demi conscient.

– Tout compte fait, monsieur Morin, ce n'est pas une trousse de premiers soins que je vous offrirai en cadeau de noces, mais une police d'assurance vie, indiqua Andromède.

Kyros plaça un bout de bois dans la bouche de Thierry pour qu'il y plante les dents lorsque la douleur deviendrait insupportable, et Aeneas tendit une bouteille d'alcool à Damalis. D'un seul regard, ce dernier signala à ses frères de clouer le Naga au sol. Dès qu'ils lui eurent obéi, il versa tout le contenu de la bouteille sur la poitrine du traqueur. Un grondement rauque sortit de la gorge de Thierry tandis qu'il broyait le bout de bois de ses mâchoires.

Damalis ne perdit pas de temps. Il se transforma en

reptilien et plongea habilement les griffes de son pouce et de son index dans chacune des plaies rondes pour en retirer les balles. Un à un, les projectiles tombèrent sur le sol en produisant un son métallique. Lorsque le Spartiate enleva la dernière bille de métal, Thierry était recouvert de sueur et luttait pour demeurer conscient. Damalis reprit sa forme humaine et Thaddeus approcha un bassin d'eau froide et des éponges. Avant qu'ils ne commencent à nettoyer le Naga, Andromède s'approcha du blessé. Elle ne fit que poser le bout de ses doigts sur les plaies pour les refermer, sous les regards émerveillés de ses Spartiates.

– Vous ne pourriez pas choisir des passe-temps moins dangereux, monsieur Morin ? lui reprocha-t-elle.

– Ce n'est pas un passe-temps, souffla le traqueur. C'est mon travail.

Thaddeus et Eryx lui ôtèrent son veston et sa chemise, puis le lavèrent à l'eau froide.

– Dans ce cas, c'est une veste pare-balles que je vous offrirai, répliqua Andromède. Avez-vous l'intention de téléphoner à Océane pour lui dire que vous êtes encore en vie ?

– Pas maintenant, si vous n'y voyez pas d'inconvénient…

Il roula des yeux, sur le point de s'évanouir.

– Soyez sans crainte, déesse, la rassura aussitôt Damalis. Cet homme est le plus robuste guerrier que j'aie jamais rencontré de ma vie. Il se remettra rapidement de ses blessures.

– Jusqu'à ce qu'il s'expose de nouveau au danger. C'est pour ma fille que je m'inquiète, Damalis. Si elle doit choisir un compagnon de vie, je préférerais que ce soit quelqu'un qui ne la fera pas mourir de peur chaque fois qu'il s'absentera.

– Théo a des ennemis depuis qu'il est venu au monde, déesse. Nous n'y pouvons rien.
– Je vous le confie, braves Spartiates.
Découragée par toute cette violence, la Pléiadienne quitta le temple pour aller se recueillir dans sa maison.

...0023

Il faisait très sombre dans la ruelle que longeait Océlus dans le plus vieux quartier de la ville. Ces lieux avaient si peu changé qu'il se demanda si sa mission avec Képhas n'avait été qu'un rêve, car il se sentait revenu chez lui. Il se rappelait le chemin à suivre dans ce dédale de rues qui se croisaient à intervalles irréguliers. Matith avait été le chef des zélotes jusqu'à ce qu'il disparaisse mystérieusement un soir d'été. Ses hommes avaient aussitôt cru que les légionnaires l'avaient enlevé pour l'exécuter à Rome. Apparemment, ils avaient eu tort.

Océlus s'arrêta devant une étroite maison et s'assura de ne pas avoir été suivi. Il traversa la première pièce en silence et se glissa derrière le rideau qui masquait la porte tout au fond. Une dizaine d'hommes étaient assis autour d'une table. Océlus reconnut leurs visages. Aussi jeunes que lui lorsqu'il avait juré de débarrasser son pays de l'envahisseur romain, ils étaient devenus une véritable plaie pour l'empereur.

Le Témoin prit place au milieu des zélotes et observa les traits de Matith. Il n'avait décidément pas la mine d'un guérillero qu'on venait de torturer. Au contraire, il affichait sa mine sadique habituelle.

– Les temps ont changé, commença Matith. Nos ennemis ne sont plus les mêmes, mais ils nous empêchent comme les Romains de jouir de notre pays. Nous avons désormais une armée, c'est vrai. Toutefois, notre façon de travailler est beaucoup plus efficace.

Il distribua des photographies qui firent le tour de la table jusqu'à ce que tous les participants en aient une entre leurs mains. Océlus baissa les yeux sur la sienne. Il ne connaissait pas le nom de sa victime. Cet homme ne ressemblait en rien à un soldat ou à un magistrat d'Israël. Il avait même l'air d'un étranger. L'apôtre en avait vu bien d'autres comme lui avant de se convertir, à une époque où il ne menait pas une vie exemplaire...

– Je ne pourrai pas vous laisser ces portraits, les avertit Matith, alors mémorisez bien ces visages. Ce sont les usurpateurs que nous devons éliminer.

Océlus secoua vivement la tête.

– Je ne devrais pas être ici, murmura-t-il.

Il ignorait évidemment que le Faux Prophète lui avait jeté un terrible sort. Ce dernier agissait plus lentement sur cet homme divin, mais les démons connaissaient les faiblesses de tous et de chacun.

– Je lui ai promis de ne plus prendre une vie, se rappela Océlus, de plus en plus confus.

Yaacov lui agrippa amicalement l'épaule.

– J'avais espéré que Matith nous ferait travailler par paires, ce soir.

– Je dois partir, annonça le Témoin.

Les zélotes commençaient à disparaître l'un après l'autre dans la nuit.

– Tu as raison, acquiesça Yaacov. Tu devrais déjà être sur la piste de l'envahisseur.

– Non, ce n'est pas ma mission.

Océlus tenta de se lever, mais son compatriote le rassit brutalement en appuyant sur son épaule.

– Si tu veux un jour vivre en paix chez toi, il faut d'abord nous rendre maîtres de la ville.

– Personne n'a le droit de tuer un autre être humain, Yaacov. C'est la loi de Dieu.

– Dieu nous a donné, il y a longtemps, le droit de chasser de nos terres ceux qui harcèlent ses enfants. Il ne revient jamais sur sa parole.

– Il n'a jamais dit une chose pareille.

Utilisant sa force physique, le Témoin se dégagea de l'emprise de l'assassin.

– Rien de ce qui se passe ici n'est réel, tenta-t-il de se convaincre. Tu n'es pas vraiment ici, et ces photographies ne représentent rien. Cette scène se joue uniquement dans mon imagination.

Océlus s'élança vers la porte, mais à sa grande surprise, Yaacov lui en bloqua l'accès.

– Comment as-tu fait pour te déplacer aussi rapidement ? s'étrangla l'apôtre.

– Je suis tout comme toi revenu de la mort, Yahuda. Je possède moi aussi des pouvoirs surnaturels. Laisse-moi te montrer ce que je sais faire.

Océlus ne put s'esquiver à temps. L'assassin plaça ses mains de chaque côté de sa tête et lui fit perdre conscience. Le Témoin ne sut pas combien de temps il dormit, mais lorsqu'il ouvrit les yeux, il était assis par terre, dans une ruelle sombre, le dos appuyé contre le mur arrière d'une taverne. Le soleil n'était pas encore levé.

– Que m'a-t-il fait ? grommela-t-il.

Il tenta de se lever, mais retomba sur son séant. Tout son corps le faisait souffrir, mais encore plus ses bras. Il ne pouvait pas les utiliser pour se mettre debout.

– Képhas..., implora-t-il tout haut.

Assis en tailleur sur le sofa de son ancien appartement, Yannick ouvrit brusquement les yeux. La membrane énergétique qui l'enveloppait se dissipa sur-le-champ. Il avait bel et bien entendu la voix de son ami, mais celui-ci ne se trouvait pas dans la caverne. Sans perdre une seconde, Yannick s'élança dans les dimensions invisibles et se mit à la recherche d'Océlus. Quel ne fut pas son étonnement de le trouver dans une ruelle en état d'ébriété ! Pour ne pas attirer l'attention des résidents qui commençaient à quitter leurs maisons, Yannick attendit d'avoir ramené son compatriote dans les grottes chrétiennes pour le questionner.

Océlus s'écroula sur un fauteuil comme un pantin désarticulé. Il y avait du sang sur ses manches et sur ses mains.

– Qu'est-ce que tu as fait ? demanda Yannick, inquiet.
– Je n'en sais rien...

Yannick lui saisit les bras, le forçant à le regarder dans les yeux.

– Tu es complètement à plat, ce qui veut dire que tu n'as pas repris des forces la nuit dernière. Où es-tu allé ?
– Je n'en suis pas certain. Il y a des images étranges dans ma tête, mais elles ne semblent pas avoir de rapports entre elles.
– Laisse-moi les voir.

Le visage hagard d'Océlus ne laissait rien présager de bon, mais Yannick devait savoir ce qu'il lui était arrivé afin de lui venir en aide. Il posa une main sur le front du disciple et ferma les yeux. Son ami avait raison : une vingtaine de scènes se succédèrent rapidement dans ses pensées, et il était bien difficile de faire un lien entre elles. Certaines se passaient dans une rue, d'autres dans une taverne, d'autres encore dans une chambre à coucher. Elles se déroulaient dans une telle pénombre qu'il était impossible de distinguer un objet ou un visage qui aurait permis de les identifier. Yannick mit donc fin à son exploration.

– En deux mille ans, est-ce la première fois que cela se produit ? demanda-t-il à son compatriote.

Océlus hocha doucement la tête pour acquiescer.

– On dirait un envoûtement, et pourtant je ne sens aucun maléfice en toi.

Yannick tira un pouf pour s'asseoir directement devant Océlus.

– Tu vas me raconter absolument tout ce qui s'est passé à partir du moment où tu as cru reconnaître quelqu'un dans la foule, l'autre jour.

Malgré sa faiblesse, Océlus se plia volontiers à sa requête. Yannick écouta attentivement son récit, intrigué par le retour dans ce siècle de personnages qui avaient eux aussi vécu au temps de Jeshua. Le fait qu'ils soient de surcroît des assassins n'avait rien pour le rassurer.

– À partir de maintenant, tu ne dois plus te laisser distraire de notre mission par qui que ce soit qui provienne du présent ou du passé, recommanda-t-il.

– Je ne le fais pas consciemment, se défendit Océlus.

– Alors, je te garderai à l'œil. N'est-ce pas ce que nous avons toujours fait l'un pour l'autre depuis notre résurrection ?

– Moi plus souvent que toi.

Ce commentaire fit sourire l'ancien agent de l'ANGE. Il était vrai qu'il s'était plus souvent mis dans l'embarras que son compatriote.

– Ce sang, est-ce le tien ?

Océlus examina son corps sans trouver de blessure.

– Je me suis peut-être porté au secours de quelqu'un qui saignait, répondit-il en haussant les épaules.

Ce n'était pas impossible.

– Tu vas te reposer ce matin, décida Yannick. J'irai prêcher seul.

– Ce serait mal vu, Képhas.
– Le Père nous a demandé de mettre les hommes en garde contre la perfidie de Satan. Il n'a pas spécifié que nous devions toujours être ensemble.
– J'ai peur de rester seul ici.

Si une force mystérieuse le manipulait à son insu, il n'était évidemment pas prudent de le laisser sans surveillance dans les grottes. Yannick accepta donc de l'emmener avec lui, malgré sa mine épouvantable. Pour lui donner une plus fière allure, il nettoya sa tunique et ses mains grâce à ses pouvoirs surnaturels, mais il ne sut pas comment lui faire reprendre des couleurs.

– Nos sermons seront courts, aujourd'hui, assura-t-il pour encourager Océlus.

Comme il s'y attendait, Yannick ne put compter sur son compatriote pour répondre aux milliers de questions des croyants. Il jetait un coup d'œil derrière lui de temps en temps pour voir si Océlus tenait le coup. Ce dernier était assis, appuyé contre un muret, et ne faisait aucun mouvement. Il lui sembla même par moments qu'il dormait.

En réalité, tandis que Yannick s'entretenait avec la foule, Océlus tentait de mettre ses visions en ordre. Il ne reconnaissait ni les personnages ni les lieux des scènes qui jouaient en boucle dans sa tête, et il en vint même à croire qu'il pouvait s'agir des souvenirs de la personne qui avait laissé son sang sur ses vêtements. Dès qu'il serait seul avec Képhas, il lui exposerait cette théorie. « Mais pourquoi suis-je incapable de me rappeler ce que j'ai fait hier soir ? » se désespéra-t-il.

À la tombée du jour, les fidèles commencèrent à quitter la place publique par petits groupes. Lorsqu'ils furent tous partis, Chantal s'approcha des deux Témoins avant qu'ils ne disparaissent jusqu'au lendemain. L'ancien agent aidait son frère à se relever.

– Yannick, attends !

La jeune femme arriva au pas de course, un journal à la main.

– Je me doute que tu n'as pas la télé sur le petit nuage sur lequel tu dors, alors je t'ai apporté le journal.

– Merci, Chantal.

– Quand Yahuda se sentira mieux, j'aimerais que vous m'accordiez une toute petite entrevue pour mon livre.

– Ce sera avec plaisir.

Elle aurait bien aimé l'embrasser, mais ce n'était ni le moment ni l'endroit pour s'attendrir. Trop de journalistes et de photographes surveillaient les deux hommes depuis le début de leurs prêches. Il y avait même des caméras installées en permanence sur plusieurs toits des maisons de la Ville sainte. Le sourire chaleureux de Yannick remplaça le baiser qu'ils auraient pu échanger. Il disparut, emportant le pauvre Témoin épuisé avec lui.

Dès qu'ils furent arrivés dans la grotte, Yannick obligea Océlus à se brancher le premier à l'énergie divine. Ce dernier lui obéit sur-le-champ. Il avait terriblement besoin de reprendre des forces.

L'ancien professeur d'histoire s'installa non loin de lui et approcha des chandelles pour lire le journal que lui avait donné Chantal. Ce fut la photographie de la première page qui attira tout d'abord son attention. Des policiers transportaient un corps à l'extérieur d'une maison de la banlieue de Jérusalem. Ses yeux glissèrent vers le gros titre de la une : SOMBRE NUIT POUR DES TERRORISTES. Sa curiosité était piquée. Il parcourut l'article de plus en plus rapidement... inquiet d'y trouver de plus en plus de détails similaires à ceux qui se trouvaient dans la tête d'Océlus !

La nuit précédente, deux hommes avaient été assassinés à coups de couteau dans leur lit, au milieu des cris de leurs épouses horrifiées. La police avait d'abord cru que les victimes étaient de braves gens sans histoires, mais à leur arrivée à la morgue, la prise de leurs empreintes les avait reliés à un dossier criminel très particulier. En fin de compte, ces hommes étaient des criminels en fuite que les corps policiers de plusieurs pays recherchaient depuis des lustres ! Le journaliste donnait ensuite le signalement de l'assassin avant d'avancer la possibilité qu'une milice privée était peut-être à l'œuvre dans Jérusalem.

Yannick relut la description physique du meurtrier, puis leva les yeux sur Océlus. Il y avait bien sûr beaucoup de jeunes hommes aux cheveux noirs bouclés dans ce pays, mais l'article précisait que l'assassin portait un bandeau rouge autour de la tête et une longue tunique ancienne... Satan avait-il réussi à noircir l'âme de Yahuda Ish Keriyot ? Ce dernier affirmait n'avoir aucun souvenir de ses agissements de la veille, en dehors de ces images disparates qui surgissaient sans avertissement dans son esprit. S'il était le meurtrier que recherchaient les policiers, comment le Père réagirait-il face à sa trahison ?

Yannick replia le journal et le déposa sur la table basse. Avant de se voir contraint de remettre ce fidèle serviteur entre les mains de la justice céleste, il allait d'abord tout tenter pour élucider ce mystère, car Océlus n'était pas seulement un des apôtres de Jeshua, il était également son ami.

...0024

La fraîcheur de la nuit avait pénétré dans la chambre à coucher d'Asgad Ben-Adnah grâce aux fenêtres laissées ouvertes. Depuis quelques heures, Antinous observait le balancement des rideaux diaphanes devant la large fenêtre. Il éprouvait beaucoup de difficulté à trouver le sommeil depuis qu'on l'avait ramené du monde des morts. Parfaitement conscient que les dieux lui donnaient une seconde chance de vivre une vie pleine de satisfactions, il continuait cependant à se demander s'il le méritait vraiment. Qu'avait-il fait au juste durant sa courte vie avant que les prêtres ne le sacrifient pour le bien de l'Empire ? Il avait certes fait le bonheur d'Hadrien, mais les livres d'histoire avançaient que si l'empereur n'avait pas édifié des temples à sa mémoire partout sur son passage, personne ne se serait souvenu d'Antinous...

Hadrien dormait en paix à ses côtés. Même si la plupart des monuments qu'il avait fait bâtir étaient à présent en ruines, on connaissait encore son nom. Certains passages de sa vie n'étaient pas très glorieux, mais d'autres lui valaient des louanges.

Le jeune homme quitta le lit sans réveiller son bienfaiteur. Il marcha en silence jusqu'à la fenêtre et regarda au-dehors. Le monde avait tellement changé depuis les belles années de l'Empire ! Heureusement, le jardin spécialement aménagé pour son retour lui apportait un peu de réconfort. Il vit alors une silhouette quitter la maison et se diriger vers la statue qui se dressait tout au bout de l'allée. Sa démarche lui permit de deviner qu'il s'agissait du médecin d'Hadrien. Que faisait-il dehors en pleine nuit ? Avait-il lui aussi du mal à dormir ?

Antinous se dissimula derrière le voilage afin d'observer le docteur Wolff sans l'importuner. Ce dernier s'arrêta juste avant d'arriver devant l'idole en alabastrite. Il venait à peine de s'immobiliser qu'un phénomène insolite se produisit. Une créature aussi sombre que la nuit jaillit de l'un des bassins. Antinous sursauta, mais réussit à étouffer son cri de surprise. Il plissa aussitôt les yeux pour mieux distinguer les traits de ce qui semblait être… un homme ailé ! Il ne pouvait pas entendre ce que le médecin disait à cette chose visiblement diabolique. D'ailleurs, même si l'empereur faisait confiance à Wolff, le jeune Grec ne pouvait s'empêcher de frémir d'effroi chaque fois que ce dernier s'approchait de lui.

Craignant d'être aperçu, Antinous recula davantage dans l'obscurité et se blottit contre le chambranle de la fenêtre, n'apercevant ainsi les comploteurs que par un mince interstice situé entre le mur et le rideau. Malgré toute sa puissance, Hadrien arriverait-il à le protéger de la magie noire de son médecin ?

L'eau ruisselait sur la peau sombre du démon aux ailes déchirées qui s'était incliné devant le Faux Prophète en émergeant des nénuphars. Tout comme les Saèphes, les Naas ne pouvaient pas se mêler facilement aux humains. Sous leur forme reptilienne, ils étaient élancés et leur tête était triangulaire. Leurs écailles vert sombre, beaucoup plus petites que celles des autres reptiliens, ressemblaient à celles des serpents. La seule autre apparence que les Naas pouvaient emprunter était celle de leurs ancêtres de Véga, à la peau d'ébène. Pour pouvoir vivre à l'air libre, certains d'entre eux se faisaient arracher les ailes et arrivaient à passer pour des humains. Les autres préféraient vivre dans les cavernes souterraines et s'enfuyaient dès que les spéléologues s'approchaient de leurs repaires.

– Je te conseille d'avoir une bonne raison de me déranger ici, l'avertit Ahriman, les yeux chargés de colère.

– Nergal est de retour dans les profondeurs, mais son état ne lui permet pas de vous faire son rapport lui-même, siffla le démon. Sa possession n'a pas duré bien longtemps.

– Je lui avais pourtant donné l'ordre de n'envahir McLeod qu'au moment où notre maître à tous s'emparerait du gouvernement mondial.

– Il a été attiré et vaincu par un guerrier divin avant d'avoir pu endommager la base dans laquelle il s'est réveillé.

– Je croyais qu'il était le plus puissant d'entre vous.

– Il l'est toujours. En fait, il est furieux contre vous, car vous lui aviez promis un hôte chétif qu'il pourrait manipuler à sa guise.

– C'était à lui de se défendre convenablement contre le soldat céleste ! se fâcha Ahriman.

– Il prétend aussi que vous aviez le pouvoir de savoir ce qui allait lui arriver.

– Alors, j'aurais dû savoir qu'il n'était qu'un imbécile.

Le Naas se mordit la langue, car tout commentaire, même s'il ne venait pas de lui, pouvait lui coûter cher. Ahriman se mit à faire les cent pas devant la statue sous les yeux orangés du démon. C'était la deuxième fois que le Faux Prophète faisait confiance à cette souche de reptiliens. Le premier Naas avait réussi à détruire sans problème la base des insolents agents de l'ANGE. Nergal lui était pourtant supérieur...

– Disparais, ordonna-t-il au démon.
– Que dois-je dire à votre serviteur ?
– Dis-lui de ne plus jamais se présenter devant moi.

Le Naas plongea dans le bassin en laissant échapper un rire sardonique. Ahriman avait cessé de se préoccuper de lui, car il tentait de comprendre comment un démon de l'envergure de Nergal avait pu être contrecarré par les puissances angéliques. Il avait justement choisi de l'implanter dans le corps de Vincent McLeod en raison de la faiblesse de caractère de l'informaticien et de ses immenses connaissances techniques.

Les Témoins n'étaient donc plus les seuls immortels que Dieu avait placés sur Terre pour surveiller les progrès du prince des ténèbres. Il commençait à faire appel aux anges. Ahriman n'allait certainement pas laisser ce geste impuni. « Mais qui pourrais-je lui opposer ? » se demanda-t-il en tapant du pied sur les petites roches blanches.

Les Orphis étaient des êtres magiques doués pour ce genre de tâches, mais très peu d'entre eux étaient capables de suivre des ordres. Lorsqu'on les lançait à la chasse, ils se transformaient en créatures primitives qui cessaient de réfléchir. Ahriman était le plus intelligent et le plus fiable des Orphis. C'était pour cette raison que l'Antéchrist avait fait de lui son bras droit.

Les Naas, quant à eux, étaient trop fiers. S'il avait utilisé une petite parcelle de sa matière grise, Nergal aurait fui devant l'exécuteur divin au lieu de l'affronter. Ahriman avait besoin d'un démon subtil et mièvre qui ne chercherait pas à assouvir une quelconque vengeance contre l'ange qui l'avait vaincu.

Les Draghanis et les Sheshas se considéraient supérieurs aux Orphis. Ils se plieraient certes aux demandes de Satan lui-même, mais le Faux Prophète aurait beaucoup de mal à les tenir en laisse. Il ne restait plus que les Cécrops, les Saèphes et les Neterou, qui étaient de caste inférieure à la sienne. Ces trois races étaient d'une grande docilité, mais elles avaient juré fidélité aux Dracos, pas aux Anantas.

Du bout d'un doigt, Ahriman traça dans les airs un cercle qui prit aussitôt feu. Il prononça des incantations mystérieuses dans une langue gutturale qui n'était connue que de la haute hiérarchie des enfers. Un visage déformé apparut soudain dans cette fenêtre sur l'au-delà.

– Qui ose déranger les maîtres de l'Orient ? maugréa une voix métallique.

– Le bras droit du prince des ténèbres.

– Et que désire-t-il ?

– J'ai besoin du plus habile des vôtres pour une mission très particulière.

– Personne ici n'éprouve l'envie de mettre les pieds dans le monde des vivants.

– Même pour traquer un messager ailé qui s'y balade ?

L'entité diabolique garda le silence pendant un instant, sans doute tentée par cette offre inhabituelle.

– Cet ange cherche-t-il à combattre ? demanda-t-elle enfin.

– Ce n'est pas son but, mais apparemment, il n'hésite pas à s'en prendre aux serviteurs de notre maître. Satan offrira certainement une belle récompense à celui qui l'en débarrassera avant le début de son règne.

Le démon pouvait déjà imaginer l'étendue de cette gratification, car le prince des ténèbres savait témoigner sa reconnaissance.

– Je transmettrai votre message à Baël, répliqua-t-il.

Le feu s'éteignit d'un seul coup, et la créature disparut avec lui. Les grillons se remirent alors à chanter dans le jardin, indiquant que le Mal n'y régnait plus.

Toujours caché derrière les rideaux de la chambre impériale, Antinous n'avait rien manqué de ces sinistres manifestations. Une main se posa sur son épaule, le faisant sursauter.

– Mais que fais-tu là au milieu de la nuit ? s'inquiéta Hadrien.

Effaré par ce qu'il venait de voir, le jeune homme fut incapable de prononcer un seul mot.

– As-tu fait un mauvais rêve ?

Antinous secoua vivement la tête négativement.

– Viens t'asseoir avec moi, mon aimé. Je vais te montrer que les cauchemars ne sont pas nécessairement de mauvais augure.

L'empereur le tira gentiment par la main à l'intérieur de la chambre.

– Attendez, réussit à articuler son amant effrayé.

Il pointa la fenêtre en invitant Hadrien à y jeter un coup d'œil, ce que fit sur-le-champ ce dernier.

– Je ne vois personne.

– Il était là, je l'ai vu ! explosa finalement Antinous.

– Qui était-ce ?

– Votre médecin.

– Je ne lui ai pas défendu l'accès au jardin, mais si tu tiens à en faire ton sanctuaire personnel, j'y veillerai dès demain.

– Il n'était pas seul.

– Tu épies les gens de ma maison, maintenant ? le taquina Hadrien avec un sourire.

– Pas de façon intentionnelle.

Cette fois, l'empereur le força à le suivre jusqu'au grand lit, où il le fit asseoir.

– Était-il avec une dame de mon entourage ?

– Je ne saurais comment qualifier les êtres avec lesquels il s'entretenait.

– Tu n'ignores pas que le docteur Wolff est un grand mage, n'est-ce pas ?

– Un nécromant, vous voulez dire.

– Dois-je te rappeler que tu lui dois ton retour auprès de moi ?

Antinous baissa aussitôt la tête. Ses boucles noires tombèrent en cascade sur son beau visage.

– Je vous demande pardon, murmura-t-il.

Hadrien caressa sa joue pour lui faire comprendre qu'il n'était pas fâché contre lui.

– Pourquoi ne l'aimes-tu pas ? demanda-t-il sans détour.

– Chaque fois qu'il me regarde, je vois une sorte de masque sur son visage.

– Un masque ? Tu crois donc qu'il ne joue pas franc-jeu ?

– Beaucoup d'imposteurs ont tenté de mériter vos faveurs par le passé, monseigneur.

– Il ne m'a rien demandé d'irraisonnable, je te l'assure. En fait, il est venu ici en remplacement de mon médecin personnel. C'est moi qui l'ai mis au défi de te ramener de la mort.

– Pourquoi votre médecin personnel n'est-il pas de retour ?

« C'est une excellente question... », songea l'empereur. Mais aurait-il voulu qu'un autre praticien s'occupe de lui ? Jamais il n'avait rencontré, de toute son existence, un sorcier aussi habile.

– Voudrais-tu que je le chasse ?

– Jamais je ne vous dirai quoi faire, monseigneur.

– Tes conseils m'ont pourtant toujours été précieux, Antinous.

– Dans ce cas, je ne désire que vous mettre en garde contre cet homme qui s'entretient la nuit avec des ombres.

– Alors soit, je serai prudent. Maintenant, reviens te coucher. Demain, je ferai un coup d'éclat dont le monde se souviendra longtemps après ma mort.

Le jeune Grec se glissa volontiers sous les douces couvertures.

– Rassurez votre serviteur, je vous en conjure, demanda l'éphèbe.

– Ce n'est pas une action que j'entreprends à la suggestion du docteur Wolff. En fait, il sera tout aussi surpris que mon pauvre Pallas.

Rasséréné, Antinous se pelotonna dans les bras de son bienfaiteur.

– Te voilà beaucoup plus raisonnable, mon adoré, apprécia l'empereur.

– Je sais que vous me protégerez de lui.

Hadrien lui caressa la nuque jusqu'à ce qu'il s'endorme, mais lui ne trouva plus le sommeil. Antinous était bien jeune et n'avait pas encore appris à faire la distinction entre l'essentiel et le superflu. Cependant, sa profonde sensibilité le dotait d'une intuition presque féminine. Cette fois-ci, l'empereur écouterait ses conseils.

...0025

Grâce à sa constitution de Naga, Thierry se remit rapidement de ses blessures, mais cela n'apaisa en rien sa rancune. Le lendemain de son raid dans l'antre de Perfidia en Estrie, il était déjà prêt à retourner à l'attaque. Ce fut le patient Damalis qui lui fit comprendre qu'un bon soldat ne partait pas à la guerre sans préparation. Ils étaient tous les deux assis dans le temple, de chaque côté du brasero, tandis que les autres Spartiates aidaient la déesse Andromède à préparer le repas du midi dans la cour. Thierry ne voulait pas démordre de son plan.

– Nous ne savons même pas si elle est à Sherbrooke, le mit en garde Damalis.

– Il n'y a aucune autre grande ville dans cette région. Mon instinct me dit qu'elle demandera asile à un roi Dracos en attendant de trouver de nouveaux souterrains. Il ne faut pas attendre qu'elle s'installe dans un endroit inaccessible par la route.

– Tu as sans doute raison, mais je penche encore pour une plus longue réflexion.

– Les traqueurs ne reçoivent comme seule information que le lieu où se trouve leur cible. Le reste dépend d'eux. Je n'ai qu'à patrouiller dans une ville pour retrouver un Dracos.

– Cette fois-ci, tu ne t'y rendras pas seul, Théo.

– Je ne veux pas mettre vos vies en danger.

– Nous sommes entraînés à nous battre. C'est notre travail. La seule différence entre nous, c'est que tu possèdes encore l'œil du dragon.

Thierry hésita.

– Pense un peu au temps que tu gagneras si nous agissons en équipe, le tenta Damalis. Sept Nagas pourront certainement venir à bout de Perfidia et du roi Dracos.

– Mes chéris, le déjeuner est prêt ! les appela Andromède.

Damalis émergea le premier du petit bâtiment immaculé, aussitôt suivi de Thierry. Les Spartiates avaient fait rôtir une pièce de viande sur la broche. Thaddeus la découpait en tranches qu'il déposait ensuite dans les assiettes en terre cuite que lui tendait la Pléiadienne. Puis Aeneas les portait jusqu'à la table ronde autour de laquelle les autres guerriers s'étaient installés. Il y avait aussi du pain frais, du fromage, des pommes de terre et des légumes variés, à disposition au centre du meuble.

Thierry prit place parmi les hommes affamés et remercia la déesse qui les nourrissait si bien.

– Vous avez meilleure mine qu'hier, remarqua-t-elle.

– Cela peut vous sembler dur à croire, mais j'ai très belle allure dans un complet lorsqu'il n'est pas troué de balles, répliqua-t-il en souriant légèrement.

– Personnellement, je trouve que le chiton vous va bien.

– C'est confortable, à tout le moins.

– Avez-vous téléphoné à ma fille ?

– Pas encore, mais je le ferai avant de repartir à la chasse.

Andromède s'adossa dans sa chaise de paille en affichant un air réprobateur.

– J'ai une mission à accomplir et personne ne pourra m'en dissuader, l'avertit Thierry. Pas même Océane.

– Soyez sans crainte, déesse, nous l'accompagnerons cette fois, la rassura Damalis.

– Vous allez tous partir ?

– Deux d'entre nous resteront ici.

Les Spartiates se mirent à maugréer tout bas, car l'inactivité leur pesait.

– Qui emmèneras-tu avec toi ? le questionna Eryx.

– Le sort en décidera, car nous tirerons les chanceux à la courte paille.

Ils avalèrent leur repas comme de jeunes loups. Contrariée de voir repartir son gendre pour une autre croisade sanglante, Andromède mangeait du bout des lèvres.

– Devez-vous vous rendre dans un autre pays ? demanda-t-elle finalement.

– Pas cette fois, assura Thierry. Je pense que la reine se trouve à Sherbrooke.

– Comment comptez-vous vous y rendre ?

– Mon camion est resté près des cavernes de cristal. Il est suffisamment spacieux pour transporter cinq adultes.

– La déesse pourrait sans doute nous venir en aide, suggéra Damalis.

– Vous ne possédez pas de voiture, que je sache, Andromède, se rappela Thierry.

– Elle n'en a nul besoin ! s'exclama Kyros en riant.

Puisqu'ils avaient passé beaucoup de temps en compagnie de la riche veuve, les Spartiates en savaient bien plus long que Thierry sur ses moyens de locomotion.

– Éclairez-moi, la pressa le *varan*.

– Elle ne veut pas qu'on le dise à tout le monde, mais j'imagine qu'à toi on peut en parler, déclara Eraste.

– Et puis, tu fais partie de la famille, maintenant, ajouta Thaddeus.

Thierry lança un regard interrogateur à la Pléiadienne.

– Je possède quelques pouvoirs intéressants dont je ne me sers pas très souvent, monsieur Morin, expliqua-t-elle. L'un d'eux a permis à Damalis et à ses frères de se porter à votre secours.

– Mais comment avez-vous su que j'étais en difficulté ?

– Je vous ai jeté un tout petit sort pendant votre séjour avec ma fille.

– Un sort ? se troubla le Naga.

– C'est une toute petite puce pléiadienne injectée dans votre sang au moment de votre naissance, qui me permet de savoir en tout temps où vous êtes et si vous éprouvez des difficultés.

« Comme ma mère », songea-t-il.

– Vous ne m'en voulez pas, j'espère.

– Non, madame, à moins que les Dracos ne soient en mesure de s'en servir pour me repérer, eux aussi.

– Rassurez-vous, ces reptiliens ne sont pas assez évolués pour sentir les énergies subtiles. En fait, ils nous envient nos capacités télépathiques.

– Ce sont en effet des créatures à l'esprit davantage scientifique, raisonna le traqueur. Pourriez-vous vraiment nous transporter à mon camion ?

– Oui, mais il faudra me donner le temps de concentrer mes forces, car ce n'est pas une mince affaire.

– Quand serez-vous prête ?

– Demain, je crois.

Andromède remarqua la déception sur le visage de l'ancien policier.

– C'est le mieux que je puisse faire.

– Je vous en remercie.

– En attendant de procéder à ce déplacement, parlez-moi de cette reine que vous cherchez.

Chacun à leur tour, les Spartiates lui racontèrent ce qu'ils savaient. Perfidia était arrivée sur Terre dans un vaisseau spatial, comme toutes les souveraines avant elle. Contrairement aux rois qui pouvaient quitter les dimensions invisibles par la pulvérisation de leurs cellules, la reine devait être déplacée physiquement, sinon elle risquait de perdre ses facultés de reproduction. Personne ne savait quel âge elle avait, mais on se doutait que les Dracos l'avaient déposée sur la planète il y avait de cela des centaines d'années. Perfidia avait depuis engendré des milliers de princes qui occupaient à présent des postes de direction partout à travers le monde. Mais pour procréer, il lui fallait au moins un roi.

– À mon avis, elle n'en a pas toujours eu, indiqua Thierry. J'ai vu des princes grisâtres dans son antre. Ils n'étaient pas purs.

– Ces bâtards peuvent-ils nous faire autant de tort que les albinos ? demanda Aeneas.

– Non, répondit le *varan*, puisqu'on les rabaisse éventuellement au même niveau que les esclaves qui les servent.

– Si vous réussissez à tuer cette Perfidia, les Dracos ne réagiront-ils pas violemment ? s'inquiéta Andromède.

– C'est possible, et ils nous enverront sûrement une autre reine, mais cela prendra des centaines d'années avant que cette dernière n'arrive sur Terre. Les habitants de cette planète auront d'ici là eu le temps de se débarrasser de tous les dictateurs reptiliens.

– Si l'Antéchrist dont tu nous as parlé est un Anantas, intervint Kyros, je pense que c'est lui qui éliminera tous ces Dracos, car ce sont de mortels ennemis.

– Mais les Anantas représentent un bien plus grand danger pour cette planète, mon frère, lui fit savoir Damalis.

– Il est dommage que tous ces talents soient utilisés pour la guerre plutôt que pour l'avancement de la société, soupira Andromède.

– Nous en sommes arrivés là parce que nous avons toléré les Dracos, maugréa Thierry.

– Il ne sert à rien de revenir en arrière, Théo, conseilla Damalis. Nous pouvons encore corriger cette situation même si nos procédés chagrinent la déesse.

– Je ne vous demanderai pas de détails à ce sujet, assura Andromède.

Eryx alla porter les plats vides dans la cuisine, où la Pléiadienne avait allumé le téléviseur. Fort heureusement, d'ailleurs, car tandis qu'il déposait la vaisselle sale dans l'évier, quelques mots prononcés par l'animateur attirèrent aussitôt son attention. Le Spartiate se tourna vers l'écran, sur lequel jouaient en permanence les nouvelles de CNN depuis le Ravissement.

– Jamais nous n'aurions cru ce miracle possible, disait le journaliste, ravi. Les hostilités entre ces deux peuples semblaient vouloir encore durer des siècles, mais un seul homme a réussi là où tant d'autres ont échoué.

Eryx glissa tout de suite sa tête à travers la porte-fenêtre qui séparait la cuisine du jardin.

– Vous devriez venir écouter les nouvelles ! lança-t-il.

Les guerriers se précipitèrent dans la maison comme s'ils allaient défendre un château fort assailli par des milliers d'ennemis. Andromède les suivit avec plus de décorum. Empilés les uns par-dessus les autres, les hommes regardèrent silencieusement le reste du reportage. La Pléiadienne se glissa doucement derrière eux et se contenta d'écouter la voix du journaliste, car ses protégés étaient tous trop grands pour qu'elle puisse voir quoi que ce soit.

– Asgad Ben-Adnah est un entrepreneur israélien qui a connu beaucoup de succès dans le domaine de l'informatique. Au lieu d'utiliser sa fortune pour s'offrir du bon temps, il a passé toute sa vie à aider les plus démunis. Il a fourni des fonds à plusieurs écoles, ouvert des centres culturels pour occuper la jeunesse de Jérusalem et, très récemment, il a fait construire un nouvel hôpital. Monsieur Ben-Adnah ne s'est jamais intéressé à la politique avant aujourd'hui. Écoutons ce qu'il avait à dire lors de la conférence de presse qu'il a donnée au Sheraton Jérusalem Plazza ce matin.

Asgad apparut à l'écran. Dans un complet impeccable, il se tenait debout derrière un lutrin en bois. Des flashs éclairaient continuellement son visage, mais ne l'empêchaient pas de faire son discours.

– Je suis né à Jérusalem, commença Ben-Adnah sans même lire son texte. Cependant, je me considère aussi comme un citoyen du monde. Ce n'est pas la paix dans mon pays que je recherche autant que la paix sur toute cette planète. Il a fallu que je me réveille d'une longue maladie pour qu'enfin mes yeux s'ouvrent à la vérité. Le bonheur commence dans notre propre maison avant de s'étendre à l'univers. J'ai donc étudié ce qui se passait chez moi et j'ai compris que nous n'étions pas un bon modèle de comportement pour les autres nations. Donc, en trouvant une façon de régler les problèmes dont souffre mon pays, j'ai pensé que je pourrais enfin réaliser mon rêve le plus cher, soit celui de voir les hommes vivre en harmonie.

– Il parle comme un Pléiadien, commenta Andromède.

– Les textes sacrés affirment qu'il y aura beaucoup de faux prophètes avant le retour du Fils de Dieu, leur rappela Damalis. Cet homme n'est peut-être pas ce qu'il semble être.

– Je vous en prie, écoutez-le, implora Thierry.

– Avant le lever du soleil, ce matin, j'ai rencontré les chefs des deux factions opposées qui déchirent mon pays et je leur ai proposé de faire un geste spontané et inattendu, continua l'homme d'affaires. Au lieu de leur imposer un plan d'action taillé sur mesure par et pour les grandes puissances de ce monde, je les ai simplement écoutés. Tout ce qu'il me restait à faire, c'était de trouver un terrain d'entente, et je l'ai trouvé. Je vous annonce donc, en leur nom, que le Temple de Salomon sera rebâti à l'emplacement qu'il occupait jadis dans l'Antiquité.

Il y eut un tonnerre d'applaudissements dans la salle où Ben-Adnah donnait cette conférence de presse, ce qui força ce dernier à attendre que l'audience se soit calmée avant de prononcer le reste de son discours.

– Comment a-t-il réussi un exploit pareil ? s'étonna Eryx.

– Les Anantas sont comme les serpents, leur expliqua Thierry. Ils sont capables d'hypnotiser les gens avec leurs yeux ou par leurs paroles.

– Ce ne sera pas un temple uniquement réservé aux Juifs, poursuivit l'homme d'affaires. Ce sera le premier monument consacré à la paix mondiale. Hommes, femmes et enfants pourront venir y adorer leur dieu, et ce, en bénéficiant du plus grand respect de la part des adeptes des autres religions. Ce sera un lieu de tolérance, d'acceptation et de croissance.

Les applaudissements fusèrent de plus belle dans la salle. Thierry remarqua alors le jeune homme qui se tenait dans l'ombre de Ben-Adnah. Ses traits parfaits n'appartenaient pas à ce siècle... Coincé dans un complet sombre, Antinous demeurait immobile comme une statue et ne semblait pas partager l'allégresse des journalistes. « Il n'a pas non plus l'attitude d'un garde du corps », remarqua le Naga qui en avait déjà affronté plusieurs en voulant éliminer leurs maîtres Dracos.

– Le traité signé il y a à peine quelques heures sera rendu public ce soir, continua l'entrepreneur. Il s'agit d'une trêve de sept ans au cours de laquelle les constructions qui s'élèvent actuellement sur le site du temple seront démantelées et transportées ailleurs, et le temple lui-même sera reconstruit. Une maquette de l'édifice ne sera par contre disponible que dans quelques semaines.

Thierry entendit évidemment les mots-clés prononcés par Ben-Adnah : « traité », « sept ans » et « temple ». Cet homme au passé pourtant remarquable venait en effet d'accomplir le premier geste de l'Antéchrist.

– Tu connais désormais le visage de ta deuxième cible, constata Damalis.

– Vous n'allez tout de même pas vous en prendre à ce bienfaiteur qui veut réconcilier les habitants de la Terre ? s'étonna Andromède.

– Ce ne sont que de vaines promesses dans la bouche d'un homme possédé par Satan, répliqua le traqueur, plus décidé que jamais à repartir à la chasse.

Thierry quitta le groupe et se dirigea vers le couloir.

– Où vas-tu ? le questionna Damalis.

– J'ai besoin de réfléchir.

Il fouilla dans la commode de la chambre qu'il avait partagée avec Océane et revêtit des vêtements qui attireraient moins l'attention, puis quitta la maison. Il se rendit jusqu'à la montagne, qu'il escalada sans vraiment s'en rendre compte, car ses pensées étaient ailleurs.

Il savait que Silvère ne s'en prendrait pas de sitôt à la reine des Dracos, car les autres *varans* qu'il formait étaient plus jeunes que lui et inexpérimentés. Quelle position adopterait son ancien maître vis-à-vis de l'Antéchrist ? Cet homme diabolique représentait un grave danger. Son mentor ne resterait certainement pas sans rien faire. Thierry alla jusqu'à imaginer que le vieux Naga pourrait considérer l'éventualité de l'éliminer lui-même. Il y avait bien d'autres traqueurs dans le monde, éduqués par d'autres guides, mais Thierry n'en avait jamais rencontré lors de ses nombreux voyages en Europe. Silvère lui avait déjà glissé un mot à leur sujet, mais Thierry ignorait s'il s'agissait de novices ou de professionnels...

Il suivit un sentier sur le bord d'un ruisseau habituellement à sec. Mais il avait tant neigé durant l'hiver qu'il irriguait la montagne alors que le printemps touchait à sa fin. Les fleurs sauvages commençaient à poindre dans les fourrés et leur parfum embaumait la forêt. Le Naga prit place sur un petit rocher et sortit son téléphone de la poche de son veston. Océane. Il observa le petit appareil pendant un long moment, puis se décida à appuyer sur le bouton de la composition abrégée. La sonnerie ne retentit pas longtemps.

– Où es-tu ? fit la voix tendue d'Océane.

– Je suis à Saint-Hilaire, dans la montagne.

– Ce qui veut dire que tu n'es pas au courant de ce qui se passe en ce moment au Moyen-Orient ?

– J'ai entendu le discours d'Asgad Ben-Adnah.

– Penses-tu la même chose que moi ?

– Si les prophètes ont dit vrai, c'est notre homme.

– Je t'en conjure, ne t'attaque pas à lui sans aide.

– Je ne t'ai pas appelée pour me disputer avec toi, Océane, alors n'essaie pas de me faire changer d'avis. Dès que j'aurai abattu Perfidia, je m'envolerai pour Jérusalem et je serai seul. C'est ainsi que j'ai appris à faire mon travail.

– Tu me connais mieux que ça, Morin.

– Si je m'aperçois que tu m'as suivi là-bas, je t'emprisonnerai sous terre pour ton propre bien.

– Tu n'oserais jamais.

– Je l'ai déjà fait à Montréal.

Avant que le policier ne se mette à éprouver de tendres sentiments pour Océane, il l'avait en effet enfermée dans un placard tandis qu'il chassait le Faux Prophète de l'hôpital Notre-Dame.

– Maintenant que je te connais, tu ne m'auras plus aussi facilement.

– Ne me mets pas au défi, Océane.

Elle garda le silence pendant quelques secondes, mais il devina qu'elle bouillait de colère.

– Tu me manques, chuchota-t-elle plutôt, à sa grande surprise. J'aimerais tellement que tu reviennes passer quelques jours à Toronto avant de te jeter dans la gueule du loup, ou devrais-je dire de la louve.

– C'est un bel essai, mais j'ai été entraîné à reconnaître la manipulation psychologique.

– Alors, que j'utilise la tentation, la culpabilité, le mensonge ou la terreur, rien ne fonctionnera ?

– Non, enfin, pas cette fois. Ma vie ne vaut pas celle des milliards d'individus que menacent la reine des Dracos et le Prince des Anantas. J'aimerais vraiment que tu le comprennes.

– Je n'y peux rien, je suis égoïste en amour.

– Ce sera donc une belle occasion de changer.

– Arrête de me traiter comme une petite fille.

– Arrête de me traiter comme un sot.

– J'ai si peur de ne plus jamais te revoir, te parler, te toucher…

– Tu es bien plus courageuse que tu ne le penses, Océane Chevalier. Si les traqueurs pouvaient être des femmes, tu aurais un succès fou.

– Pourquoi n'acceptent-ils que des hommes ?

En l'entendant soudainement passer de l'état d'affliction à celui d'insurrection, il ne put s'empêcher de rire.

– C'était une question sérieuse ! s'offensa-t-elle.

– Tu essaies toujours de tout changer, même des traditions qui existent depuis des milliers d'années !

– Ce n'est pas parce qu'une coutume remonte à l'âge de pierre qu'elle est immuable.

– Tu es impossible.

– Dis-moi que tu m'aimes ainsi.

– Oui, je t'aime ainsi même si je ne comprends pas pourquoi.

– Mon père dit que les reptiliens ont une bonne tête sur les épaules, mais le cœur à la mauvaise place. Alors, j'imagine que lorsqu'on utilise l'un des deux, on n'a pas accès à l'autre.

– Peut-être bien.

– Si tu ne m'as pas appelée pour te disputer avec moi, pour quelle raison l'as-tu fait, au juste ? le questionna l'agente de l'ANGE.

– Je voulais surtout me vanter d'avoir tué tous les princes Dracos, ainsi que leurs serviteurs reptiliens.

– Et la reine ?

– Elle m'a échappé, mais ce n'est que partie remise.

– Tu es le plus têtu des hommes que je connaisse.

– Tu m'as pourtant dit que Yannick Jeffrey l'était plus que moi.

– Je ne savais pas de quoi je parlais. Embrasse-moi.

Thierry arqua les sourcils, pris au dépourvu.

– Mon esprit de reptilien ne sait pas trop comment traiter cette requête, répondit-il enfin.

Océane s'esclaffa, ce qui apaisa instantanément les craintes du Naga. Ce qu'il aimait le plus chez l'espionne, c'étaient son esprit indépendant et ses folles réponses, et non sa tendance à la moralisation.

– Tu peux embrasser le téléphone, suggéra-t-elle en riant.

Thierry jeta un coup d'œil autour de lui pour s'assurer qu'il était bien seul, puis fit ce qu'elle lui demandait.

– Maintenant, promets-moi de ne pas te faire tuer.

– Et si cela devait quand même se produire ?

– Tu irais en enfer, évidemment.

– Je t'enverrais des cartes postales.

– Toutes brûlées ?

Le Naga sentit soudain une présence dans la forêt.
– Océane, je dois y aller.
– Fais attention à toi.
– Ça, je peux te le promettre. Je te rappellerai.
– Oui, je te le conseille.

Il ferma le téléphone et le remit lentement dans sa poche tout en sondant les alentours. Ce qu'il percevait n'était pas d'origine reptilienne... Il se leva et parcourut la forêt de son regard perçant. Une femme sortit alors d'entre les sapins. Elle portait une longue robe blanche et un châle rouge recouvrait ses épaules. Ses cheveux blonds étaient tressés dans son dos.

– Mère ?
– Est-ce moi que tu cherches, Thierry ?
– Au fond de moi j'avais envie de vous revoir, mais je suis surtout venu ici pour méditer.
– Tu as donc instinctivement choisi l'endroit parfait.

Elle s'immobilisa devant lui et le contempla avec bonheur.

– Je vous remercie pour la carte routière et le reste des explications que vous m'avez données. Elles m'ont été fort utiles.
– Mais la reine vit toujours.
– Pour l'instant. Ses jours sont comptés.
– Je t'aiderai aussi dans ta deuxième entreprise.
– Vous savez vraiment tout ce que je pense, s'alarma Thierry.
– Je peux facilement lire dans tes pensées lorsqu'elles sont accompagnées de fortes émotions. Alors, ne va surtout pas croire que je t'espionne.
– Je ne crois pas que vous soyez le genre de personne qui ferait une chose pareille.
– Quand j'ai senti que tu étais ici, j'ai décidé de t'apporter quelque chose qui te ferait plaisir.

Thierry fut pris de court, car il ne savait même pas lui-même ce qu'il aimait, en dehors des armes et des combats. Élanorée lui tendit une enveloppe jaunie. Il l'accepta avec un peu de recul, ne sachant pas à quoi s'attendre.

– Ouvre-la, le pressa la Pléiadienne.

L'enveloppe n'était pas cachetée et semblait avoir été refermée des centaines de fois. En l'ouvrant, il y trouva la photographie d'un inconnu en noir et blanc. Celui-ci se tenait debout devant un vieux mur de pierre comme on en trouvait en Europe.

– C'est mon père ? osa-t-il demander.

– Oui, c'est Padraig. Je voulais juste que tu voies son visage avant de partir en mission.

– Êtes-vous en train de m'accorder une dernière faveur avant ma mort ?

– Les gens de mon peuple entrevoient tous les dénouements possibles d'une situation.

– Je tiens donc cette curieuse habitude de vous.

Il voulut lui remettre la photographie.

– Tu peux la conserver, si tu le veux. Je la destinais au premier de mes fils qui manifesterait un intérêt envers son géniteur.

– Vous n'avez pas eu de filles ?

– Aucune.

Élanorée caressa doucement la joue de son fils et retourna dans la forêt. Dès qu'elle eut disparu entre les arbres, Thierry baissa à nouveau les yeux sur la photographie de son père. Ce dernier avait la même mâchoire carrée que lui, mais leur ressemblance s'arrêtait là. Padraig Atkinson avait les cheveux noirs, grisonnant sur les tempes, et des yeux foncés, comme ceux de Cédric. En arrière-plan, le mur semblait être une enceinte quelconque. Thierry remarqua alors dans le coin gauche de la photographie un écriteau, mais ce dernier était trop petit pour qu'il puisse lire à l'œil nu ce qui y était inscrit. Cependant, avec une loupe... Il tourna les talons et dévala la montagne avec la ferme intention de déchiffrer cette énigme avant de partir pour Sherbrooke.

...0026

Depuis que Vincent l'avait embrassée, Cindy se questionnait sur les sentiments qu'elle faisait naître dans le cœur des membres masculins de son groupe de collaborateurs. Yannick ne lui avait témoigné que de l'amitié et une courtoisie à faire rougir la moitié des hommes de la planète. Cédric, quant à lui, affichait la même réserve avec tout le monde. Cindy avait même eu du mal à croire qu'il ait pu tomber follement amoureux de la mère d'Océane.

Aodhan la traitait surtout comme une camarade, même si elle avait laissé Océlus se servir de son corps à deux reprises. Heureusement, l'Amérindien ne se souvenait de rien. Mais de tous les mâles de l'Agence, jamais Cindy n'aurait pensé qu'elle séduirait Vincent. Il semblait si peu attiré par les femmes. Le regard rivé sur ses écrans d'ordinateur, il ne donnait pas l'impression de s'intéresser à autre chose qu'à des données informatiques.

Cindy n'arrivait pas à définir tout à fait ce qu'elle ressentait pour le jeune savant. Elle l'admirait, bien sûr, mais c'était son cerveau qui l'épatait le plus. Physiquement, Vincent était plutôt ordinaire. Sa coupe de cheveux laissait à désirer, tout comme ses vêtements. Il portait presque toujours la même chose : une chemise à carreaux ou en denim, un jean et des espadrilles. « Il a tout de même de beaux yeux bleus et de longs cils », se rappela la jeune femme. Rien à faire, son cœur ne battait que pour Océlus, même si celui-ci était un être divin qui prêchait de l'autre côté de l'océan et allait être exécuté sur la place publique dans trois ans.

– Je ne dois pas être normale, soupira-t-elle.

– Il y a un appel téléphonique pour vous en provenance de l'extérieur, mademoiselle Bloom.

Cindy avait communiqué avec les familles de plusieurs prophètes. Certains avaient disparu lors du Ravissement, d'autres étaient décédés depuis belle lurette et la plupart ne voulaient plus répondre aux questions de qui que ce soit, probablement parce que leurs prédictions s'étaient révélées fausses.

– Puis-je prendre cette communication ici ?

– Utilisez la ligne 3 qui ne peut pas être retracée.

– Oui, bien sûr.

Elle décrocha le téléphone sans fil et appuya sur la touche 3 du clavier de l'ordinateur.

– Bonjour, ici Cindy Bloom.

– Madame Bloom, c'est un honneur de pouvoir vous parler.

Ce n'était pas la voix d'un jeune homme, mais plutôt celle d'un vieillard. Cindy ne se rappelait pas avoir contacté un prophète de cet âge...

– Je m'appelle Aurélien Brillare.

La jeune femme fouilla rapidement dans ses notes sans rien trouver.

– Je suis désolée, monsieur Brillare, je ne vois votre nom nulle part sur ma liste.

– C'est tout naturel, puisque j'ai obtenu votre numéro par l'intermédiaire d'un vieil ami que vous avez tenté de joindre, monsieur Ken Holt.

– Celui qui m'a raccroché au nez ? C'est votre ami ?

– Il ne faut pas lui en vouloir. Ken est un prophète qui voit des choses qui ne se produiront que dans deux ou trois cents ans, alors ses visions trop lointaines lui occasionnent beaucoup de frustrations. Mon don à moi pourrait vous intéresser davantage.

– Je cherche quelqu'un qui pourrait me donner plus de détails concernant les événements qui suivront le Ravissement.

– Alors, je suis votre homme.

– Serait-il possible de vous rencontrer, monsieur Brillare ? Habitez-vous au Canada ?

– Je vis dans un tout petit logement, non loin du centre-ville de Toronto.

Cindy n'avait évidemment pas le droit de lui révéler que sa base se situait dans la même ville. Elle nota donc son adresse et lui donna rendez-vous un peu plus tard dans la semaine, ce qui lui donnerait le temps de peaufiner ses questions, puis raccrocha. Elle poussa un cri de victoire juste au moment où Aodhan entrait dans le laboratoire.

– Je préférerais des applaudissements, plaisanta-t-il.

– J'ai trouvé un prophète vivant ! s'exclama la jeune femme, folle de joie.

– Si j'avais su que c'était tout ce qu'il te fallait pour te rendre heureuse, j'en aurais trouvé un bien avant aujourd'hui.

– Et il demeure à cinq rues d'ici !

– Tu as l'intention d'aller à sa rencontre ?

– Évidemment. S'il voit vraiment l'avenir, je vais pouvoir dresser une chronologie complète de ce qui s'en vient et permettre à l'ANGE de nous débarrasser de l'Antéchrist !

– Tu ne comptes pas l'interroger seule, tout de même...

– C'est un vieux monsieur, Aodhan. Il veut même me servir le thé. Je t'assure que je ne risque absolument rien.

– En attendant cette rencontre fatidique, il y a quelque chose que tu dois voir.

Intriguée, Cindy le suivit jusqu'à la salle des Renseignements stratégiques, où tout le personnel s'était massé devant un écran géant. On y voyait trois hommes : assis à une table, deux d'entre eux signaient des documents, tandis que le troisième se tenait debout derrière eux.

– Qui est-ce ? chuchota Cindy à son collègue.

– Les représentants d'Israël et de la Palestine, ainsi qu'un homme d'affaires de Jérusalem.

Vincent avait pris la place du technicien en chef, et n'attendait qu'un mot de la part de Cédric pour lancer ses recherches.

– Confirme leur identité, ordonna finalement le directeur qui se tenait directement derrière lui.

Les noms des trois personnages apparurent en lettres blanches sur l'écran.

– Effectue un recoupement avec les informations que nous a fournies Adielle Tobias.

Vincent pianota les codes à la vitesse de la lumière. Un carré rouge se superposa d'abord aux visages des hommes politiques, puis à celui de l'entrepreneur. Il vira alors au vert en clignotant fiévreusement.

– Il n'y a aucun doute, annonça Vincent. C'est l'homme qu'a identifié Yannick.

Cédric n'eut aucune réaction.

– Qui est-ce ? chuchota une seconde fois Cindy.

– Il s'appelle Asgad Ben-Adnah, répondit Vincent qui l'avait entendue.

– Quel rapport y a-t-il entre Yannick et cet Asgad ?

– Yannick est persuadé que c'est l'Antéchrist.

– Envoie ces renseignements à la division internationale, ordonna Cédric.

– Tout de suite.

Sans dire un mot de plus, le directeur se dirigea vers son bureau.

– C'est vraiment malheureux que l'Antéchrist soit un si bel homme, déplora Cindy.

– C'est encore plus malheureux qu'il soit soudainement devenu l'homme le plus important de la planète, rétorqua Aodhan. Personne avant lui n'avait réussi à rétablir la paix dans ce coin du monde.

– On ne pourra certainement pas demander à la police israélienne de l'arrêter en invoquant la possibilité qu'il soit le prince des ténèbres, ajouta Vincent.

– Mais Yannick est un Témoin de Dieu ! s'indigna Cindy. S'il dit que c'est l'Antéchrist, alors ils seront forcés de le croire !

– La politique, c'est comme un champ de mines, indiqua l'Amérindien. Il faut s'y aventurer avec la plus grande prudence.

– Ou utiliser des agents fantômes pour mettre ce bandit hors d'état de nuire, suggéra Vincent.

– Ce que l'ANGE hésitera à faire, puisque de tels agents ne répondent de personne. S'ils devaient échouer, plus personne ne serait par la suite capable de s'approcher du démon, même les corps policiers.

Cindy s'aperçut que Vincent l'observait tandis qu'il écoutait le commentaire d'Aodhan. Lorsque leurs regards se croisèrent, le savant baissa prestement les yeux.

– Si on arrivait à l'enlever ? proposa Cindy.

– Encore mieux, on pourrait lui envoyer un démon pour lui empoisonner la vie, grommela Vincent.

– À moins que ce ne soit déjà fait, soupira Aodhan.

– Je suis certaine que la division internationale va examiner chacune de vos suggestions avec grand intérêt, fit la voix d'Océane derrière le groupe.

Ils se retournèrent d'un même mouvement, comme un banc de petits poissons. L'agente avait le dos appuyé contre le mur, les bras croisés, et contemplait la scène qui jouait sur le grand écran.

– Qu'est-ce que tu ferais, toi ? la défia Cindy.

– Moi ? Je mettrais toute la gomme. L'homme charmant que vous voyez là deviendra dans quelques mois le plus sanguinaire tyran de tous les temps. Pourquoi attendre qu'il en soit rendu à ce stade ? Je suis certaine que tous les groupes religieux qui connaissent un tant soit peu la Bible sont en train de choisir un tueur qui se sacrifiera pour l'éliminer.

– C'est grave, ce que tu dis là, Océane.

– Je suis seulement réaliste. L'ANGE ne fera rien parce que l'ANGE ne peut rien faire.

Aodhan décida de s'en mêler avant qu'elle ne démoralise toute l'équipe. Il s'approcha d'elle et lui fit discrètement signe de le suivre. Océane se décolla du mur et lui emboîta le pas. Ils s'isolèrent dans un coin de la salle de Formation. Avec un demi-sourire, l'Amérindien déposa sur la table un minuscule dispositif en forme d'animal doré, muni d'un système de brouillage.

– Non, toi aussi ? le taquina Océane.

– J'apprécie énormément le talent de Vincent McLeod.

– De quoi veux-tu me parler si secrètement ?

– J'ai toujours rêvé de visiter la Ville sainte.

– Cédric ne te laissera jamais y aller.

– Pas si je fais partie de l'ANGE. Mais si je lui remets ma démission, je serai libre d'aller où bon me semble.

– Toi, l'agent parfait, tu laisserais tomber une carrière prometteuse qui est en train de te mener tout droit à un poste de direction ?

– À quoi me servira un beau titre dans un monde gouverné par un monstre ?

Océane plissa le front en tentant de déterminer si son collègue se moquait d'elle. Aodhan Loup Blanc était en effet capable de dire les pires bêtises en gardant son sérieux.

– Attends donc que quelqu'un le fasse pour toi, lui conseilla-t-elle finalement. Et puis, il ne faudrait pas non plus oublier que l'Antéchrist est fort probablement un reptilien.

– Nous en avons abattu nous-mêmes plusieurs sur le chantier du docteur Grimm, rappelle-toi.

– Si je me le rappelle ? Tu prenais des photos au lieu de m'aider !

– Je t'ai déjà expliqué que c'était pour la base de données de Cindy. Et puis, je t'ai vue te battre. Tu n'avais certainement pas besoin de moi pour te défendre.

Cindy entra alors dans la salle en faisant cliqueter ses talons hauts. Aodhan posa doucement une de ses mains sur le petit animal doré pour le dissimuler.

– Je vous ai cherchés partout ! leur reprocha-t-elle.

– Cindy a réussi à trouver un prophète vivant, annonça l'Amérindien pour détourner la conversation. Elle va même le rencontrer en personne.

– C'est un vrai coup de chance, expliqua la jeune femme en rose. Il n'était pas sur ma liste.

– Demande-lui donc les numéros gagnants du prochain loto, grommela Océane.

– Tu ne crois pas que quelqu'un puisse prédire l'avenir ?

– C'est trop compliqué pour moi, mais je lirai tes conclusions avec plaisir.

– Il y a des forces dans l'univers dont nous n'avons pas encore conscience, lui fit observer son collègue.

– Je suis désolée, Aodhan, soupira Océane. Moi, j'ai besoin de preuves concrètes avant de croire à quelque chose. Je n'ai commencé à admettre l'existence des reptiliens que lorsque j'en ai vu un de mes propres yeux.

« Et maintenant je ne peux plus m'en passer », songea Océane.

– Toi, tu n'es vraiment pas dans ton assiette, remarqua finalement Cindy, et je suis prête à parier que ton humeur est liée au départ de Thierry Morin.

– Je dirais plutôt qu'elle est influencée par sa tête de mule.

– Vous vous êtes querellés ?

– Il refuse de suivre mes conseils.

Aodhan ouvrit la bouche pour faire un commentaire, mais Océane l'avertit en relevant l'index de le garder pour lui.

– Je vais voir ce que je peux trouver sur ce Asgad Ben quelque chose, décida-t-elle en se levant.

Elle quitta la salle de Formation sans entrain.

– L'amour est une émotion si complexe, soupira Cindy.

– Le mieux, c'est de ne pas y succomber, répliqua l'Amérindien en remettant le petit dispositif doré dans sa poche. Allons préparer tes questions pour le prophète.

Le visage de Cindy s'illumina instantanément.

...0027

Cédric n'eut nul besoin de communiquer avec la division internationale. Avant qu'il ait pu s'asseoir à sa table de travail, l'ordinateur de la base l'avertissait que Mithri désirait lui parler. Le visage de la grande dame apparut sur l'écran mural. Elle semblait plus détendue que lors de sa dernière vidéoconférence avec les directeurs de l'ANGE.

– Bonjour, Cédric.

– Mithri, répondit le directeur en penchant doucement la tête.

– Merci pour ta communication. J'ai reçu celle d'Adielle presque en même temps. Avant que je consulte les dirigeants continentaux de l'Agence, j'aimerais te parler de ce que j'envisage de faire pour sauver le monde.

L'esprit de Cédric avait un pas d'avance. Il n'y avait qu'une raison qui pouvait motiver la directrice internationale à l'appeler en premier : elle désirait utiliser un de ses agents dans cette affaire.

– Si c'est vraiment l'âme du diable qui s'est installée dans le corps d'Asgad Ben-Adnah, alors il réagira violemment à toute tentative de le retirer de la scène mondiale. Plusieurs services secrets se penchent actuellement sur ce problème, mais je crains que leur approche musclée ne produise pas les résultats escomptés. Je préférerais donc une infiltration discrète même si celle-ci doit nécessiter plus de temps.

– Un agent fantôme.
– Exactement. J'ai fait monter un dossier complet sur monsieur Ben-Adnah pour connaître ses goûts personnels et ses habitudes, mais je crains que cela ne me soit d'aucune utilité. Si le Mal s'est installé en lui, il changera radicalement sa façon de vivre.

– Il est écrit que l'Antéchrist commencera par séduire le peuple par ses bonnes actions, mais qu'avant longtemps il se retournera contre lui, se rappela Cédric.

– Il faut donc le neutraliser avant qu'il ne nous montre son véritable visage.

Cédric se demanda s'il devait lui parler des plans de Thierry Morin.

– L'agent fantôme devra être une femme, car monsieur Ben-Adnah est célibataire, poursuivit Mithri. Cela nous donne une ouverture non négligeable. Il faut aussi que cette femme soit suffisamment douée pour que l'entrepreneur ne se doute de rien. Il doit apprendre à lui faire confiance jusqu'à ce qu'elle l'élimine sans possibilité d'échec. Cette agente devra non seulement afficher une patience à toute épreuve, mais elle devra aussi opérer sans entretenir quelque contact que ce soit avec nous.

– Avez-vous quelqu'un en vue ?

– J'ai analysé les fichiers de tous nos membres féminins dans la trentaine, et la seule qui pourrait tirer son épingle du jeu, c'est Océane Chevalier.

Frappé de stupeur, Cédric fut incapable de prononcer un seul mot. Son visage était devenu blanc comme de la craie.

– Je sais que tu es très attaché aux membres de ton équipe, Cédric, mais Océane est l'agente la plus qualifiée que nous ayons. C'est une comédienne hors pair et son charme ne laissera pas notre homme indifférent.

– Elle est rebelle et imprévisible..., réussit-il à articuler.

– Ce qui jouera en sa faveur, puisque nous ne pourrons pas lui venir en aide. Elle a également un esprit scientifique qui la fera facilement passer pour une spécialiste des lieux bibliques, puisque monsieur Ben-Adnah a l'intention de reconstruire le Temple de Salomon. Il veut que le démantèlement des lieux historiques se fasse dans le plus grand respect des croyants qui les fréquentaient. Océane pourrait lui devenir indispensable sur le terrain.

Cédric fit un énorme effort pour reprendre une contenance.

– Vous avez le droit d'affecter qui vous voulez là où vous en avez besoin. Pourquoi vous adressez-vous à moi pour valider votre choix ?

– Je ne voudrais pas que tu m'en gardes rancune.

– Vous savez bien que je me plierai à votre décision.

– Même si elle te déplaît ?

Il baissa la tête en signe de soumission, comme son père lui avait enseigné à le faire jadis.

– Océane sera évidemment libre d'accepter ou de refuser cette mission, ajouta Mithri pour lui remonter le moral.

– Je vous en suis reconnaissant.

Cédric ne doutait pas un instant que sa fille l'accepterait, peu importe ce qu'il lui dirait.

– Pense à l'immense service qu'elle rendra à l'humanité.

Il préféra ne pas répliquer. Mithri l'informa qu'elle aurait bientôt une discussion avec la jeune femme et le salua.

Dès que le logo de l'ANGE eut remplacé le visage de la dirigeante de l'Agence, Cédric se surprit à ressentir une grande inquiétude. Il avait très récemment appris que l'indomptable Océane était sa fille et il avait encore de la difficulté à accepter cet état de fait. Toutefois, il ne pouvait renier la terrible responsabilité qui accompagnait sa paternité. Il n'avait pas lui-même bénéficié d'un modèle approprié et ignorait comment un véritable père devait se comporter. Contrairement à Patrick Orléans, il n'avait évidemment pas l'intention d'offrir son enfant en pâture à la reine ou encore de la battre jusqu'au sang. Mais avait-il le droit de la laisser courir un aussi grand risque sans rien faire ?

Désemparé, il sortit du bureau, traversa la salle des Renseignements stratégiques sans même s'intéresser au contenu des écrans, et déboucha dans le long corridor. Il marcha comme un robot jusqu'au garage de la base. En le voyant sortir de l'ascenseur, les préposés au transport lui proposèrent leur plus belle berline, mais Cédric secoua négativement la tête.

– J'ai seulement besoin de prendre l'air.

Il attendit le signal de l'ordinateur avant de se retrouver dans le jardin de la Casa Loma, une fois qu'il eut monté les quelques marches qui se dissimulaient sous la statue. Des touristes commençaient à arriver au château. Cédric remonta vers le stationnement et quitta les lieux en longeant le trottoir. Il descendit en direction de la ville en s'interrogeant sur ses sentiments. Il était reptilien et, de ce fait, il n'était pas esclave de ses émotions comme les humains. Pourtant, il avait succombé aux charmes d'Andromède Chevalier en posant les yeux sur elle. Sa formation à Alert Bay, puis son travail sur le terrain l'avaient aidé à reprendre rapidement la maîtrise de ses pulsions. En tant que directeur, Cédric avait toujours su conserver son calme, sauf en de rares occasions.

« Océane est indisciplinée, mais elle a beaucoup d'expérience », se dit-il pour se rassurer. Il lui avait toujours fait confiance, même lorsqu'elle se mettait dans des situations dangereuses. « Mais c'est contre le diable que l'Agence veut l'employer », s'énerva-t-il. Pour la première fois de sa vie, il ressentit le besoin de demander conseil à une autre personne. Il entra dans une cabine téléphonique qui se trouvait sur le trottoir et plongea la main dans ses poches pour prendre de la monnaie. Il n'était pas censé s'exposer ainsi, mais la situation l'exigeait.

Comme il possédait la mémoire phénoménale des reptiliens, Cédric n'eut pas à chercher bien longtemps dans son esprit le numéro de téléphone qu'il voulait composer. Il le connaissait déjà par cœur. Pendant qu'il attendait qu'on lui réponde, le directeur eut au moins le réflexe de regarder autour de lui pour s'assurer qu'il n'était pas la cible d'un tireur de l'Alliance.

– Oui, allô ! fit une voix enjouée.

– Andromède, c'est Cédric.

– Est-il arrivé quelque chose à notre fille ? demanda aussitôt la Pléiadienne d'une voix inquiète. Pourtant, je le saurais...

– Non, elle va bien. Enfin, pour l'instant. Je t'appelle surtout pour connaître ton opinion au sujet d'une proposition qu'on est sur le point de lui faire.

– Je ne te suis pas très bien, mais je t'écoute.

– Tu dois déjà savoir qu'un homme a réussi à rétablir la paix au Moyen-Orient ?

– J'ai vu ce reportage, en effet. Monsieur Morin et les Spartiates sont d'avis qu'il s'agit de l'Antéchrist.

– C'est également ce que pensent mes employeurs.

– Quel est le rapport entre cet homme et Océane ?

– Ils veulent l'utiliser contre lui.

Le silence d'Andromède fit aussitôt regretter à Cédric de l'avoir appelée.

– Et c'est à ce sujet que tu aimerais avoir mon opinion ? hasarda Andromède.

– En fait, la décision finale appartient à Océane, mais en tant que directeur, je pourrais probablement m'y opposer.

– La crois-tu suffisamment préparée pour faire face à un tel ennemi ?

– Elle a reçu une solide formation et elle a un instinct infaillible, mais ce que mes employeurs ignorent, c'est que du sang Anantas coule dans ses veines.

– Et le mien aussi, il ne faudrait pas l'oublier.

– J'éprouve une incompréhensible crainte qu'elle tombe amoureuse d'un mâle de sa race.

– Elle est déjà amoureuse de Thierry Morin.

– Elle ne reverra peut-être plus jamais Morin. Il est même possible qu'elle ne revienne jamais de cette mission.

– Voilà où nos deux races diffèrent, Cédric. Pour nous, les enfants sont de petites entités que nous formons de notre mieux pour affronter la vie. Ensuite, nous leur laissons faire leurs propres choix et vivre leurs propres expériences. Comment pourraient-ils grandir autrement ?

– Même lorsqu'ils risquent d'être tués ?

– C'est un risque que nous courons tous en venant au monde.

Cédric appuya son front sur la paroi en verre de la cabine, profondément découragé.

– Ne va surtout pas croire que je ne tremblerai pas pour elle en sachant qu'elle est en compagnie de Satan, poursuivit Andromède. Même si j'aime ma fille de tout mon cœur, je ne peux pas interférer avec son karma.

– Alors, c'est ton conseil ?

– Elle est peut-être née uniquement en vue de cet affrontement. Est-ce que tu comprends ?

– Je connais la force du destin, mais je sais aussi qu'on peut le changer. J'ai changé le mien.

– Et si tu étais né pour apprendre à t'en libérer ?

– Tout est toujours si simple pour toi.

– Laisse Océane prendre cette décision elle-même et sois fier d'avoir conçu une fille aussi brillante. N'essaie pas de la couver ou de lui dire ce qu'elle doit faire. Cela ne t'empêche pas de lui faire connaître ton inquiétude, mais fais en sorte qu'elle ne se sente pas coupable de tes propres peurs.

– Je ferai mon possible.
– Cela fait partie de ta libération, mon chéri.
– Merci, Andromède.
– Tu peux m'appeler quand tu veux.

Cédric poursuivit sa route jusqu'au bord du lac Ontario. C'était à cet endroit que le docteur Grimm avait enlevé Océane... « Et elle a réussi à s'en sortir », se rappela-t-il.

Il prit place sur un banc en bois et laissa son regard errer sur la vaste étendue bleutée. Les plaisanciers avaient remis leurs embarcations à l'eau et les piétons circulaient en bavardant sur les quais. Cédric s'étonna une fois encore de l'insouciance de ces gens. Il vivait sous terre depuis si longtemps, et même lorsqu'il avait habité avec ses parents ou travaillé comme simple agent pour l'ANGE, il ne s'était jamais accordé un seul moment de répit, à part sa courte liaison avec Andromède. Il ne connaissait pas ces plaisirs tout simples.

Se laissant chauffer au soleil, il ne vit pas le temps passer. Curieusement, son équipe ne chercha pas à communiquer avec lui. Il portait pourtant sa montre. Fletcher n'avait qu'à l'utiliser pour l'appeler... Sa contemplation ne fut brisée qu'à la tombée de la nuit, lorsqu'une jeune femme vint s'asseoir près de lui.

– As-tu une petite idée de l'état de terreur dans lequel tu as laissé la base ? fit-elle.

Cédric sursauta et se tourna vers sa voisine. Le sourire moqueur d'Océane le rassura aussitôt.

– Le dernier directeur qui s'est volatilisé ainsi n'est jamais revenu, ajouta-t-elle.

– J'avais besoin d'être seul, se justifia Cédric.

– Si je n'avais pas reçu la communication de madame Zachariah cet après-midi, je prendrais ta température. Mais je crois comprendre ce que tu ressens.

– Vraiment ?

– Ou bien tu n'as aucune confiance en moi, ou bien tu m'aimes à la folie et tu veux me garder à la maison !

Sans répondre, il se leva et se mit à marcher en direction du centre-ville.

– Aïe ! s'écria la jeune femme, offensée.

Elle s'élança derrière lui et s'accrocha à son bras.

– Tu ne t'en tireras pas aussi facilement, Cédric.

– J'ai passé toute la journée à réfléchir à mes sentiments et je ne suis pas arrivé à les définir, alors je vois mal comment tu pourrais le faire mieux que moi.

– Tu as peur que je me fasse tuer, avoue-le.

– Ce n'est pas le Faux Prophète qu'on te demande de combattre, mais Satan lui-même.

– Après ce que j'ai traversé avec les reptiliens, ce devrait être un jeu d'enfant.

Il s'immobilisa brusquement, mais ravala son commentaire.

– Non, dis-le, le pressa Océane en le défiant du regard.

– Tu es la personne la plus irréfléchie que je connaisse, gronda-t-il, mécontent.

– Je préfère le terme « impulsive », mais ça ira.

– As-tu seulement conscience du danger que représente cette mission ?

– Oui, bien sûr, mais moi je suis entrée dans cette agence pour sauver le monde, pas pour échapper aux Dracos.

Cédric se défit du bras de l'espionne et poursuivit sa route en sentant monter la colère en lui. Peu de gens pouvaient se vanter de le faire aussi facilement sortir de ses gonds.

– Je ne crains pas la mort, poursuivit-elle en le rattrapant. Il est bien plus effrayant de vivre sans but et sans raison.

– Alors, ta décision est prise.

– Oui. Je vais montrer à cet arrogant démon que cette planète ne lui appartient pas.

– Il te tuera.

– Je n'ai pas l'intention de débarquer chez lui et de le lui annoncer aussi abruptement, rassure-toi. Il ne saura pas ce qui l'a frappé.

– Lequel de vous deux est le plus arrogant, en fin de compte ?

– C'est probablement moi, et c'est à cause de Thierry Morin avec qui je passe trop de temps. Mais cela ne m'enlève d'aucune manière mon efficacité.

Elle força son père à s'arrêter et le fit pivoter vers elle.

– Regarde-moi bien en face et dis-moi que tu es fier d'avoir une fille aussi courageuse.

Des larmes coulèrent sur les joues du directeur de Toronto.

– Tu es réellement inquiet, s'étonna Océane, et cela n'a rien à voir avec le travail.

Il hésita un moment, puis essuya ses yeux et voulut partir. La jeune femme lui saisit le bras de façon à l'immobiliser sur-le-champ.

– Dis-moi ce que tu as envie de me dire, Cédric, insista-t-elle.

– Tu es bien plus reptilienne que tu ne le crois, s'attrista-t-il. Tu te moques de la terreur que tu sèmes chez les autres du moment que tu contentes tes propres désirs. S'il y a quelqu'un à qui tu ressembles, ce n'est ni à moi ni à ta mère, mais à mon propre père.

L'espace d'une seconde, le visage de Cédric se couvrit d'écailles bleues. Océane lâcha son bras en étouffant un cri de surprise, mais le directeur avait déjà repris son apparence humaine.

– C'est à ceci que tu te mesureras, gronda-t-il.

Cette fois, Océane le laissa partir en se demandant pourquoi elle finissait toujours par agresser les gens alors qu'elle tentait simplement de leur faire comprendre son point de vue.

– Il faut que je m'adoucisse au plus vite, comprit-elle.

Elle suivit Cédric de loin en respectant son besoin de solitude.

...0028

En sortant de sa transe nocturne, Yannick se rendit compte, une nouvelle fois, que son ami n'était plus dans la grotte avec lui. Ils étaient pourtant convenus que si Océlus ressentait la moindre envie de partir en pleine nuit, il n'aurait qu'à réveiller son compatriote pour obtenir son aide. Quelle était donc cette force mystérieuse qui le possédait ? Sans tarder, Yannick se mit à la recherche de l'apôtre et le trouva en train d'errer dans le quartier le plus riche de la ville. Le soleil n'était pas encore levé, mais les chiens qui aboyaient sur le passage du disciple risquaient d'attirer des témoins indésirables.

Yannick se matérialisa devant le pauvre homme désorienté et lui agrippa les manches. Les yeux hagards d'Océlus lui firent comprendre qu'il n'avait pas toute sa tête. Il le transporta sans tarder dans les grottes chrétiennes. À son grand étonnement, l'apôtre se mit à regarder autour de lui comme s'il ne reconnaissait pas cet endroit, où il vivait pourtant depuis des semaines.

– Mais où suis-je ? murmura-t-il, au bord de la panique.

– Yahuda, que t'arrive-t-il ?

– Où sont les autres ?

L'ancien agent le fit asseoir et alluma toutes les bougies de la caverne. Le visage et la poitrine d'Océlus étaient couverts de sang.

– De qui parles-tu ?

– Yaacov et Netaniel sont entrés dans la maison avec moi, mais ils n'en sont pas ressortis.
– Quelle maison ? Où es-tu allé ?
– Ce n'est pas à moi qu'on a remis les photos.

Yannick dut faire de gros efforts pour ne pas se fâcher contre son ami, qui avait brisé sa promesse de ne plus se laisser tenter par le diable.

– Yahuda, regarde-moi et explique-moi ce que tu as fait hier soir.
– Les Romains nous volent notre pays...
– Les Romains ? Il y a longtemps qu'ils ont quitté ce pays, mon ami.
– Les armées sont retournées à Rome, mais elles ont laissé sur place des sycophantes. Au moment voulu, ils déclencheront une terrible guerre et nous serons tous éliminés. C'est pour cette raison que nous devons les éliminer un à un.

« Il a replongé dans le passé ! » comprit enfin Yannick. C'était donc pour cela qu'il n'avait senti aucune trace de maléfice dans l'esprit de son ami. Le démon n'avait eu qu'à détraquer son horloge interne, puis à se retirer. Mais comment pouvait-il le ramener au présent ?

– Sais-tu qui je suis ? lui demanda le professeur d'histoire.

Océlus le regarda fixement, d'un air incertain.

– Fais un petit effort, c'est très important.

Yannick ne pressa pas son compatriote, de manière que ce dernier puisse parcourir lui-même l'échelle du temps.

– Képhas..., murmura-t-il enfin.
– J'étais mort d'inquiétude lorsque je ne t'ai pas trouvé auprès de moi ce matin. Te souviens-tu d'être parti au milieu de la nuit ?

Si Yannick réussissait à identifier l'élément déclencheur de son somnambulisme, il pourrait sans doute y mettre fin.

– J'étais assis là lorsqu'ils m'ont appelé, se rappela Océlus.
– Qui est entré ici ?
– C'était seulement leur voix. Je suis sorti et ils m'attendaient.
– Dis-moi qui ils sont.
– Ce sont les zélotes.

Ce démon était donc fort bien renseigné, et rien n'indiquait qu'il ne s'en prendrait pas aussi à lui. Il devait réagir rapidement avant que les deux Témoins de Dieu ne se transforment en agents de Satan !

– As-tu confiance en moi, Yahuda ?
– Mais oui, voyons.
– Et en Jeshua ?

La seule mention du nom de leur Maître libéra Océlus du mauvais sort, du moins momentanément. Il battit des paupières et baissa les yeux sur lui-même.

– Je suis encore couvert de sang, s'énerva-t-il. Dis-moi que je n'ai pas tué quelqu'un.
– Je n'en sais franchement rien.
– Un démon s'est infiltré en moi ! Je suis damné, Képhas !
– Non, ce n'est pas mon avis. Il a détraqué ton cerveau, mais pas ton âme. Ce que tu viens de me dire m'en donne la preuve.
– Aide-moi avant que le Père ne punisse mon geste, implora Océlus.
– Il te garderait auprès de lui, mais il ne te châtierait pas pour un acte que tu n'as pas eu conscience de commettre. Chasse tout de suite ta peur, car c'est ce que cherche le démon. Tu as toujours été fort quand j'étais impuissant. Puise dans ce réservoir et bois tout ton saoul, car j'ai encore besoin de toi.

Yahuda ferma les yeux et s'efforça de respirer plus profondément et plus lentement. Tandis qu'il reprenait contact avec la réalité, Yannick en profita pour le nettoyer et faire disparaître le sang sur son vêtement.

– Te souviens-tu de ce que Jeshua t'a dit lorsqu'il t'a ramassé dans la rue ?

– Il m'a dit qu'il m'aimait…, se souvint Océlus.

– Malgré tout ce que tu avais fait avant de le rencontrer.

– Il affirmait que je pouvais changer, mais je ne l'ai pas cru sur le coup. J'ai compris plus tard qu'il avait raison.

– C'est exactement la même chose maintenant. Ce que tu as fait la nuit dernière ou celle d'avant, c'est du passé. À partir de cet instant, tu vas cesser de répondre aux appels de ces fantômes qui veulent te faire perdre ton âme. Est-ce que tu comprends bien ce que je dis, Yahuda ?

– Je te l'avais promis, mais ils ont quand même réussi à m'amadouer.

– Ces gens n'existent plus. Ils ne sont que des images que le démon fait apparaître dans ton esprit. Ils ne sont pas réels.

– Pourquoi n'ai-je pas été victime de ce sort avant aujourd'hui ?

– Nous ne représentions aucun danger pour Satan avant que nous commencions à prêcher la bonne parole, lui expliqua Yannick. Il essaie de nous diviser en te remettant dans l'état d'esprit où tu te trouvais avant de comprendre que seul l'amour pourrait chasser l'envahisseur.

Yannick prit les mains d'Océlus et enveloppa leurs deux corps dans une bulle d'énergie.

– Nous sommes au matin, Képhas, protesta son ami. Les gens vont nous chercher.

– Nous avons bien le droit d'être un tout petit peu en retard, une fois de temps en temps, non ?

Le sourire de l'ancien agent de l'ANGE réconforta Océlus.

– Va les rassurer. Je ne bougerai pas d'ici, lui promit-il.
– Tu en es bien certain ?
– Je serai fort. Pour toi et pour Jeshua.

Yannick libéra ses mains et recula, sortant du même coup de l'aura scintillante qui les entourait.

– En cas de doute, viens tout de suite me rejoindre, exigea-t-il.

Océlus hocha doucement la tête et ferma les yeux, tandis que l'amour du Père pénétrait toutes ses cellules divines. Yannick attendit encore quelques minutes, puis fila vers la place publique. Sa soudaine apparition fit sursauter les fidèles des premières rangées. S'il n'aimait pas impressionner inutilement les enfants de Dieu, l'ancien professeur voyait bien que cette magie renforçait leur attention. Il y avait tellement de monde ce matin-là que Yannick ne parvint pas à distinguer Chantal dans la foule. Il lui faudrait bientôt trouver un autre endroit pour mieux répondre aux besoins des croyants.

– Comment le saurais-je, si Satan s'emparait de mon âme ? lui demanda aussitôt un étudiant.

La question ne pouvait pas mieux tomber.

– Il y a plusieurs degrés de possession, mais l'indice le plus sûr que nous puissions en avoir est notre propre comportement. Lorsqu'un homme ou une femme se met à faire le mal, il y a de fortes chances que son âme soit la proie de Satan.

– Comment s'en protéger ?
– C'est la profondeur de notre foi seule qui peut nous en garder.

Yannick répondit inlassablement à toutes les interrogations de l'audience quant à la possibilité que le prince des ténèbres s'infiltre en eux. Curieusement, même s'il n'était pas équipé d'un micro, ceux qui se trouvaient tout au fond l'entendaient comme s'ils avaient été assis près de lui et, de la même manière, il percevait clairement leurs questions. « Se rendent-ils seulement compte que c'est un autre miracle ? » se demanda-t-il.

Lorsque les sirènes du couvre-feu se firent entendre, les fidèles se dispersèrent rapidement. Yannick vit enfin Chantal. Elle venait à sa rencontre, un journal dans une main et sa petite mallette dans l'autre.

– Ils devraient mettre fin à cette pratique stupide, maintenant que nous sommes certains qu'il n'y aura pas d'autre Ravissement, maugréa-t-elle en lui tendant le quotidien.

– Nous n'avons pas tous reçu les mêmes facultés de compréhension, répliqua-t-il aimablement.

– Au cas où tu n'aurais pas le temps de lire la section politique, il est important que tu saches qu'un homme a fait signer un traité de sept ans aux groupes politiques qui se tiraillaient pour posséder une partie du pays.

– Cet homme s'appelle-t-il Ben-Adnah ?

– Bingo. Maintenant tu sais qui est ton adversaire. Il y a aussi eu d'autres meurtres, mais ceux-là sont vraiment inquiétants, puisqu'ils ont touché des amis d'un des deux signataires. On dirait que les assassins ont l'intention de remonter jusqu'à eux pour menacer cette fragile paix.

« Raison de plus pour que je resserre mon emprise sur Yahuda », comprit Yannick.

– Cette fois, les tueurs ont laissé leur couteau dans le corps d'un des politiciens, lui apprit Chantal. Regarde en page 2. Les policiers sont prêts à payer une forte somme pour tout renseignement à leur sujet. Mais si tu veux mon avis, seuls les archéologues seront en mesure de les aider.

L'ancien agent ouvrit le journal sur-le-champ et reconnut le poignard.

– Ils croient que l'arme a été volée dans un musée.

Yannick releva vivement la tête.
– La patrouille approche, l'avertit-il. Tu dois partir.
Elle s'y résigna, même si elle aimait la chaude présence du Témoin, et disparut dans une ruelle afin de rejoindre son hôtel.
Yannick retourna à la grotte. Comme il s'y attendait, Océlus avait mis fin à sa régénération. Il se tenait debout près de la bibliothèque, les yeux baissés sur un morceau de tissu qu'il tenait à la main. Yannick déposa le journal sur la table basse et s'approcha prudemment de lui. Il reconnut alors ce qui semblait fasciner son ami : le bandeau rouge des zélotes ! C'était donc par le biais de cet objet que le démon opérait son sort.
– Yahuda, donne-le-moi, fit-il d'une voix aussi douce que possible.
– J'entends leurs voix qui demandent qu'on leur rende justice.
– Ce ne sont pas des voix humaines.
– Aide-moi à éliminer les ennemis d'Israël.
– Le seul ennemi que nous devions vaincre, c'est Satan lui-même. Donne-moi ce bandeau, Yahuda.
Au lieu de lui obéir, le zélote l'attacha autour de sa tête. Yannick s'en remit instinctivement à sa formation d'agent de l'ANGE et fonça sur l'insoumis. D'un geste brusque, ce dernier dégagea un poignard de sa ceinture, en tous points semblable à celui qui apparaissait dans le journal, et traça un arc de cercle devant lui. Yannick sentit la lame effleurer sa joue. Il agrippa solidement le bras d'Océlus, tentant de lui faire lâcher la dague. Au moment où il allait enfin lui faire perdre l'équilibre, Océlus se dématérialisa. Yannick s'écroula sur les genoux, impuissant. Une photographie tomba doucement sur le sol devant lui. C'était celle d'Adielle Tobias !

...0029

Les Spartiates tirèrent à la courte paille pour savoir qui accompagnerait Thierry Morin et qui resterait à Saint-Hilaire pour veiller sur la déese. Andromède s'était retirée dans son sanctuaire pour concentrer son énergie. Ce n'était pas une mince affaire d'ouvrir un raccourci magique entre sa cour et l'endroit où le traqueur avait abandonné son véhicule. Ce dernier lui avait indiqué l'endroit exact sur une carte routière qu'il était allé acheter à la librairie la veille.

Thaddeus et Aeneas ne feraient finalement pas partie de l'expédition, mais ils ne boudaient pas pour autant. Ils savaient que leur mission était tout aussi importante que celle de leurs compagnons. Assis près du feu qui brûlait dans un large cercle de marbre au milieu de la cour, ils aiguisaient le fer de leurs lances en attendant que leur bienfaitrice émerge de la maison.

– Dès que tu auras flairé la reine ou le roi, je suggère que nous chargions tous ensemble, proposa Damalis au *varan*. Nous avons conservé notre faculté de marcher à travers les murs.

– Je suis d'accord, accepta Thierry.

Il aurait bien sûr aimé exécuter Perfidia lui-même, mais le temps lui était compté. Il voulait filer vers la Ville sainte le plus rapidement possible afin d'étudier sa prochaine cible. Un Anantas était beaucoup plus dangereux qu'un Dracos, alors il ne laisserait rien au hasard.

Andromède les rejoignit finalement dans le jardin. Thierry s'étonna de voir un reflet lumineux sur sa peau, mais il ne la questionna pas à ce sujet. La Pléiadienne prit place sur son trône immaculé et ferma les yeux. Ayant déjà assisté à cette opération surnaturelle, les Spartiates attendaient patiemment la suite des événements. Quant au traqueur, tous ses muscles étaient tendus.

Il ne se passa rien pendant plusieurs minutes. Puis Thierry ressentit un curieux picotement sur ses bras. La cour se chargeait d'électricité ! Il y eut comme un claquement sec, puis une sourde vibration.

– Préparez-vous, ordonna Damalis.

Portant des vêtements plus contemporains, les quatre Grecs s'approchèrent de la déesse, leur javelot à la main. Thierry les imita. Il n'était pas armé, mais comptait bien retrouver son katana dans la forêt, non loin du camion. Un rectangle de lumière irisée se matérialisa devant le feu. D'abord minuscule, il s'étira jusqu'à atteindre la taille d'un homme.

– Maintenant ! lança le chef des Spartiates.

Habitués à travailler ensemble, ils n'avaient pas à se demander qui devait réagir en premier. Eraste bondit, suivi de Kyros et d'Eryx. Damalis laissa passer le traqueur devant lui, puis sauta à son tour dans le portail magique qui se referma tout de suite après. Aeneas et Thaddeus s'assurèrent aussitôt que leur déesse se portait bien. Andromède ouvrit les yeux.

– Ils sont partis, lui annonça Aeneas.

– J'espère que je ne les ai pas expédiés au pôle Nord, soupira-t-elle, très lasse.

Les Spartiates échangèrent un regard étonné.

– C'est une blague ! les rassura Andromède en voyant leur mine déconfite.

Le rectangle lumineux réapparut sur la route, à une centaine de mètres à peine du camion, puis s'effaça derrière les cinq hommes. Thierry demanda aussitôt aux mercenaires de l'aider à retrouver son katana, que la reine avait laissé tomber dans les fourrés. Ce fut Kyros qui vit finalement briller sa lame entre les branches. Le *varan* nettoya le sang bleu qui y avait séché, sous le regard admiratif de ses congénères. Ils avaient tous rêvé de devenir des traqueurs avant d'apprendre, à l'adolescence, qu'ils n'avaient pas hérité du gène nécessaire.

Les cinq Nagas grimpèrent dans le véhicule, qui s'engagea sur la route de campagne. Habitués à participer à des guerres clandestines, les Spartiates gardaient le silence. Ils avaient toutefois hâte de montrer à l'ancien policier ce qu'ils savaient faire. Ayant attentivement étudié les cartes de cette région, Thierry n'eut aucun mal à retrouver son chemin. Il venait à peine de s'engager sur la route 222 lorsque la sonnerie de son téléphone retentit. Par mesure de prudence, et surtout parce qu'il n'avait jamais pris l'habitude de parler au téléphone tout en conduisant une voiture, il s'arrêta au bord de la route.

– Océane, ce n'est pas le moment, soupira-t-il.

– Tu tiens ton épée dans les airs et tu es sur le point de décapiter la reine ?

– Non. Je suis en route pour Sherbrooke.

– Dans ce cas, je ne te dérangerai pas longtemps, c'est promis. Je t'appelais pour t'annoncer que j'ai accepté une mission ultrasecrète pour la division internationale. Je pars cette semaine et je ne pourrai plus communiquer avec toi avant d'avoir réussi ou échoué.

– Quoi ?

Pour ne pas faire subir le reste de cette discussion à ses amis Nagas, Thierry sortit du camion et se posta devant le capot du véhicule.

– Tu veux que j'essaie de te le répéter en italien ? plaisanta la jeune femme.

– Où t'envoie-t-on ?

– Je ne te le dirai que si tu me jures de rester calme.

– Pas à Jérusalem, au moins...

– Tu devrais participer aux jeux télévisés. Tu es vraiment doué.

– Non, tu ne peux pas aller là-bas ! protesta-t-il, furieux.

– Ce n'est pas moi qui décide du lieu ou de la mission. Je fais seulement le travail qu'on me demande de faire.

– Refuse-le.

– Thierry, c'est ma chance de prouver à mes patrons que j'ai l'étoffe d'une grande espionne.

– Tu n'as rien à prouver à personne. Nous connaissons tous ta valeur. Refuse ce travail.

– J'ai été formée pour affronter n'importe quel type d'ennemi, assura-t-elle, indignée.

– Je ne veux pas que tu te retrouves dans la même ville que Jeffrey.

– C'est donc une question de jalousie.

– Je ne veux pas non plus que tu vives, même temporairement, dans la ville où je me propose d'éliminer l'Antéchrist.

– Premièrement, tu n'as rien à craindre pour ce qui est de Yannick. Il a d'autres chats à fouetter. Deuxièmement, en ce qui concerne le prince des ténèbres, je te lance un défi. Le premier d'entre nous qui réussit à l'éliminer aura droit à un vœu.

– Une exécution n'est pas un jeu !

Thierry aperçut du découragement sur les visages des Spartiates, toujours assis dans le camion, et se retourna pour être dos à eux.

– Justement, ton problème c'est que tu ne t'amuses jamais dans la vie, poursuivit l'espionne.

– Océane, écoute-moi. Lorsque j'aurai tué cet homme, Jérusalem deviendra un endroit très dangereux pour tout ressortissant étranger. Tu ne dois pas y aller.

– J'ai déjà accepté cette mission. Alors au lieu de crier, essaie de te réjouir pour moi.

– Tu t'en vas à ta perte ! Comment pourrais-je m'en réjouir ?

– Tu n'es qu'un égoïste qui veut garder toute la gloire pour toi.

– Ce que tu viens de dire est complètement ridicule.

– Moi, je suis capable de féliciter les autres pour leurs succès et même de les encourager à repousser leurs limites personnelles. Alors, bonne chance dans tes projets et peut-être nous reverrons-nous un jour.

Elle raccrocha.

– Océane ! hurla Thierry, le visage écarlate.

Il fit un mouvement pour lancer le téléphone dans le grand champ à sa droite, puis se ravisa. Damalis comprit que s'il n'intervenait pas tout de suite, le *varan* risquait de faire une bêtise. Il sortit immédiatement du camion et alla se planter devant l'ancien policier.

– Ne me demande surtout pas de me calmer, l'avertit Thierry. J'ai juste envie de l'étrangler.

– En fait, je voulais plutôt te suggérer d'utiliser cette rage pour frapper les Dracos.

La colère du traqueur tomba d'un seul coup.

– Tu as raison, Damalis. Je suis désolé. J'ai une bien meilleure maîtrise de moi-même, en temps normal.

– Les femmes ont le don d'indisposer les hommes. Pourquoi penses-tu qu'aucun d'entre nous n'est marié ?

Le sourire moqueur du Spartiate acheva de calmer Thierry. Damalis lui entoura les épaules d'un bras et le ramena vers la portière du conducteur. Une fois de nouveau installé derrière le volant, le Naga prit une profonde inspiration et remit le véhicule en marche. Il poursuivit sa route en se demandant s'il allait faire parvenir la glande de Perfidia à Silvère ou à Océane, car il éprouvait un urgent besoin de montrer à sa maîtresse qu'il valait cent fois mieux que Yannick Jeffrey.

...0030

Serrée dans un tailleur rose foncé, une petite mallette à la main, Cindy Bloom se mit en route pour son important rendez-vous. Cédric lui avait recommandé d'emmener Aodhan avec elle, mais elle n'avait rien voulu entendre. L'ANGE connaissait l'adresse où elle se rendait et elle ne manquerait pas de déclencher un code rouge en cas de besoin. L'homme qu'elle devait interroger avait presque quatre-vingt-dix ans et lui avait vraiment semblé gentil au téléphone. Cédric la laissa partir, puis demanda à Aaron Fletcher de la faire suivre discrètement compte tenu du fait que les immeubles avaient tendance à exploser sur son passage.

Cindy descendit du taxi devant l'immeuble qu'habitait Aurélien Brillare. Ce quartier était l'un des plus anciens de la ville et les maisons étaient quelque peu défraîchies, mais les rues étaient propres et les résidents avaient commencé à planter des fleurs un peu partout. Le cœur empli d'espoir, la jeune femme appuya sur la sonnette de l'appartement 4. Un bourdonnement lui indiqua de pousser la porte. Elle grimpa allègrement au deuxième étage. La porte de l'appartement du prophète était déjà ouverte.

– Entrez, mademoiselle Bloom, entendit-elle.

Elle se risqua prudemment à l'intérieur en examinant soigneusement son environnement. Le vestibule était plutôt sobre. Cindy arriva au salon, où Aurélien venait de déposer un ensemble de thé en argent sur la table basse. C'était un homme de race noire, aussi vieux qu'elle l'avait imaginé. Il se redressa avec difficulté et fit quelques pas en lui tendant la main.

– Bonjour, monsieur Brillare, le salua l'agente en serrant ses vieux doigts usés.

– Appelez-moi Aurélien.

– C'est coquet chez vous.

Elle promena son regard sur la décoration en se demandant pourquoi cette dernière la mettait si mal à l'aise. Le plancher de bois luisait comme si on venait de le faire vernir. Les meubles en chêne blanc étaient délicats et recouverts de velours vert tendre. Il y avait deux bergères, une causeuse, une table basse et une immense bibliothèque qui devait contenir un millier de bibelots en porcelaine. « On dirait un appartement de femme », conclut-elle au bout de quelques secondes.

– Vivez-vous ici tout seul ou avec votre femme ? s'enquit Cindy en prenant place sur une bergère.

– Il y a bien longtemps qu'elle est décédée, Dieu garde son âme. J'ai appris à me débrouiller.

Il se laissa tomber en position assise sur la causeuse et versa le thé en tremblant.

– Alors, que voulez-vous savoir au juste ?

– Je fais un travail de recherche en eschatologie.

– Ah bon. Est-ce que c'est douloureux ?

Il éclata de rire jusqu'à s'étouffer. Cindy attendit poliment qu'il reprenne son sérieux en se demandant si cette entrevue donnerait les résultats escomptés.

– C'est l'étude des événements de la fin du monde, lui expliqua-t-elle.

– Pourquoi faut-il que les savants trouvent toujours des noms compliqués pour des choses simples ?

– Pour justifier leurs dépenses, sans doute.

Il se remit à rire de plus belle. « Je vais probablement passer la journée ici », se découragea la jeune femme. Elle en profita pour ouvrir sa mallette et sortir son bloc-notes, histoire de rassurer le vieil homme qui ne semblait pas apprécier le modernisme. Elle tourna discrètement le premier bouton de sa veste rose afin d'enregistrer cette rencontre, certaine que celle-ci intéresserait Cédric.

– À qui avez-vous parlé jusqu'à présent ? voulut savoir Aurélien.

– À personne. Vous semblez être le seul prophète qui n'ait pas été enlevé lors du Ravissement. Mon étude a donc commencé dans la Bible elle-même.

– Ces prophéties, tout comme celles de Nostradamus, ne sont pas faciles à déchiffrer. J'ai passé toute ma vie à les étudier, surtout après mes visions de la fin des temps.

– Quand ont-elles commencé ?

– Je travaillais comme débardeur, à l'époque. Je devais avoir une vingtaine d'années. Un matin, un crochet a lâché et la cargaison s'est écrasée sur le quai. J'en ai reçu une partie sur le crâne et je me suis retrouvé à l'hôpital. J'ai passé de longues semaines dans le coma et, à mon réveil, j'ai commencé à voir des choses affreuses. Ma femme a bien failli me faire interner, car nous ne comprenions pas ce qui m'arrivait. C'est finalement un de ses oncles, un prêtre, qui m'a écouté et qui a compris que je voyais l'avenir.

– Avez-vous consigné vos visions quelque part ?

– Non, jamais. Je n'en voyais pas l'utilité. Il y a une quarantaine d'années, j'ai rencontré Ken dans une assemblée de voyants et de médiums. Je voulais voir à quoi ressemblaient les autres pauvres types qui étaient affligés du même sort que moi. J'ai été très surpris de constater qu'il n'y a pas d'âge pour avoir des dons. J'étais assis à côté de Ken et nous avons bavardé toute la journée. Nous avons ensuite gardé le contact. Il est bon, vous savez, d'avoir quelqu'un d'aussi insensé que vous à qui raconter vos folies.

– Vous souvenez-vous de toutes vos visions ?

– Elles ont très peu changé ces dernières années. Les premiers événements que j'ai vus ont fini par se produire, alors je ne les ai plus revus. Chaque fois, j'espérais que ce serait la fin de mes cauchemars, mais il en venait toujours d'autres.

– Les prédictions que j'étudie concernent surtout la période qui suit le Ravissement. J'aimerais que vous me racontiez ce qui nous attend.

– Il est bien curieux qu'une jeune personne de votre âge s'intéresse à ce genre de choses…

– Y a-t-il vraiment un âge pour sauver le monde ?

– J'imagine que non. Vous allez prendre des notes ? Vous n'avez pas un petit magnétophone comme les journalistes ?

– J'ai un appareil MP3, mais je ne voulais pas vous effrayer en utilisant trop de technologie.

– Moi, je dis que si les hommes ont inventé des outils pour nous faciliter la vie, il ne faut pas hésiter à s'en servir.

– Bon, d'accord.

Cindy sortit de sa mallette le petit appareil de la taille d'un briquet et le mit en marche.

– Vous aurez suffisamment d'espace là-dessus ?

– Sa capacité d'enregistrement est surprenante. Alors, où en étions-nous ? Ah oui, je voulais que vous me parliez des événements qui suivront la disparition d'un tiers de la population de la Terre.

Aurélien se cala contre le dossier moelleux de la causeuse afin de rassembler ses idées. Pendant un bref moment, Cindy craignit qu'il ne s'endorme.

– Ce n'est pas la première fois que le monde tire à sa fin, vous savez. C'est déjà arrivé très souvent sur cette planète. Les gens n'en ont pas conscience parce que les civilisations qui ont été anéanties n'ont pas laissé d'écrits.

– Alors, vous croyez que nous serons annihilés à notre tour ? s'informa Cindy.

– Je crois que oui et j'espère me rendre jusque-là si Dieu me prête vie. Je vous en prie, goûtez au thé avant qu'il ne refroidisse.

Cindy prit la délicate tasse finement ouvragée entre ses doigts et fit semblant de boire une gorgée de la boisson chaude.

– Mais c'est délicieux ! s'exclama-t-elle avec surprise.

– Je fais mon propre thé, confessa fièrement le vieil homme.

Comme on le lui avait appris à Alert Bay, l'espionne déposa la tasse sans y toucher davantage. Il n'était jamais prudent de boire du liquide dans un endroit inconnu, surtout si celui-ci était servi par un étranger.

– L'Antéchrist ne sera pas le plus grave de nos problèmes, poursuivit Aurélien sans que Cindy n'ait mentionné le nom de ce personnage. Beaucoup de faux prophètes brouilleront les pistes et les hommes ne sauront plus qui croire. N'allez surtout pas croire que le prince des ténèbres soit un idiot comme nous l'a enseigné l'Église. C'est une créature très intelligente qui s'amusera à nous confondre avant de nous réduire en esclavage. Sans que personne ne s'en aperçoive, il se retrouvera à la tête du monde.

– La Bible dit que tout ceci se produira au cours des sept années suivant le Ravissement.

– Il se peut que cette période soit plus longue ou plus courte. Aucun prophète, si habile soit-il, ne peut fournir de dates précises.

– Même les prophètes bibliques ?

– Comme je vous l'ai dit tout à l'heure, ces textes sont très obscurs. Ils ont été écrits pour des initiés, et non pour le commun des mortels. Il faut en connaître la clé pour arriver à les déchiffrer.

– Et vous l'avez trouvée ?

– J'ai eu le privilège de voir tellement d'événements futurs que j'ai finalement réussi à percer le code secret de ce texte.

– Dites-moi ce que vous avez vu.

Cindy était assise sur le bout de son siège comme une enfant à qui on raconte une passionnante histoire d'aventures.

– Si je m'en tiens à la tranche de temps qui vous intéresse, disons que j'ai assisté à la disparition d'un nombre important de personnes il y a une cinquantaine d'années. Je ne comprenais pas comment cela était possible. J'ai tout de suite pensé que c'étaient les Martiens qui venaient faire leur récolte. Mais je ne voyais pas de vaisseaux spatiaux dans le ciel, ni de rayons qui descendaient sur les gens. Ils s'évaporaient comme si une main magique s'était servie d'une gomme à effacer pour les faire disparaître. Je me suis rappelé ce que j'avais entendu à l'église, alors j'ai ouvert la Bible. Tout était là, noir sur blanc. Dieu était venu chercher les méritants.

Dans son bureau de la base, Cédric écoutait les réponses du vieil homme avec attention. Heureusement, Cindy avait eu la présence d'esprit d'utiliser sa petite caméra pour tout filmer. Sur le mur, il observait les traits de Brillare en cherchant une faille dans son récit.

– Et ensuite ? demanda Cindy, qu'on ne voyait pas à l'écran.

– J'ai vu une grande assemblée de nations qui acclamaient un seul homme comme s'il avait été un dieu. Au bout d'un moment, ce grand chef a changé d'apparence. On aurait dit qu'il se transformait en lézard avec des écailles et des yeux enflammés.

Cédric arqua un sourcil, persuadé que l'Antéchrist ne serait pas assez stupide pour révéler aux hommes sa véritable identité.

– Morts de peur, les hommes continuaient d'applaudir ce monstre, poursuivit le prophète. J'ai tout de suite pensé que cette vision signifiait que nous serions aux prises avec un nouveau tyran. Ce phénomène semble se répéter souvent sur notre planète.

– Le vaincrons-nous comme nous avons vaincu les autres ?

– Je n'en suis pas certain.

– Vincent McLeod demande à vous voir, monsieur Orléans.

– Faites-le entrer.

Le jeune homme, qui portait une blouse ouverte sur des vêtements d'adolescent, déposa un rapport sur la table de travail de son patron.

– C'est la biographie de Ben-Adnah.

Vincent suivit le regard de Cédric, qui continuait d'observer l'écran mural.

– J'ai vu de grands bouleversements, racontait le vieil homme. Il y avait des guerres atroces, des tremblements de terre, des villes entières en feu.

– Comme c'est encourageant, laissa échapper Vincent. Qui est ce vieux corbeau ?

– Aurélien Brillare. Vois ce que tu peux trouver sur lui.

– Avec plaisir.

Vincent quitta le bureau, ne manifestant aucun intérêt pour les récits de fin du monde. Il prit place à un poste libre dans la salle des Renseignements stratégiques et pianota allègrement sur le clavier d'un des ordinateurs, pensant que ce serait une recherche facile. Au bout d'un moment, son sourire s'effaça, car il ne trouva rien dans les états civils. Il fit donc appel à la base de données internationale, estimant qu'il pouvait s'agir d'un immigrant né de l'autre côté de l'Atlantique. Toujours rien. Il fouilla absolument partout. Cet homme n'existait pas ou bien il avait donné un faux nom à l'ANGE.

L'informaticien n'était pas le genre d'homme à se décourager facilement. Il afficha sur son propre écran les images que regardait Cédric et utilisa son programme personnel d'identification pour tenter de savoir s'il s'agissait d'un assassin de l'Alliance. Le carré demeura rouge. Il fit donc un cliché du visage de Brillare et le soumit à la base de données d'identification visuelle de tous les corps policiers du monde. Ce processus dura quelques secondes. Les renseignements qui apparurent à l'écran lui coupèrent le souffle. Sans perdre une seconde, il les imprima et s'élança vers le bureau de Cédric.

– Allez, ouvrez ! s'impatienta-t-il tandis que l'ordinateur annonçait sa présence à son patron.

La porte métallique finit par glisser. Vincent fonça dans la pièce.

– Cet homme est un imposteur ! lança-t-il en déposant la feuille imprimée devant Cédric.

Le directeur s'en empara et la lut rapidement. Le vieillard qui s'entretenait avec Cindy était mort deux ans auparavant dans un hôpital de Toronto. Il s'appelait Ennio Fabbi, et même si les enquêteurs de la police n'avaient jamais réussi à le prouver, il avait été mêlé au monde interlope de la pègre toute sa vie.

– Ordinateur, transmettez immédiatement un code rouge à CB trois, seize.

– Tout de suite, monsieur.

– Faites-le suivre d'un code vert et mettez-moi en communication avec Aaron Fletcher.

Les quelques secondes d'attente avant sa réponse leur parurent durer un siècle.

– Ici Fletcher.

– Cindy est en compagnie d'un imposteur. Sortez-la de cet appartement.

– J'avertis l'équipe.

Au grand étonnement de Vincent, Cédric abattit son poing sur la table.

– J'aurais dû insister pour qu'Aodhan l'accompagne, gronda-t-il.

○

Cindy sentit sa montre vibrer sur son poignet, mais elle était si fascinée par le récit du vieil homme qu'elle ne baissa pas tout de suite les yeux sur son cadran.

– Au lieu d'aider son peuple, Dieu lui enverra une épreuve après l'autre : bains de sang, famines, épidémies, et j'en passe. C'est pour cette raison que les hommes se tourneront vers le chef lézard qui les délivrera de tous ces maux.

Dès qu'il eut terminé sa phrase, la jeune femme se sentit libérée d'un curieux lien télépathique. Elle jeta un coup d'œil à sa montre et eut juste le temps de voir les chiffres passer du rouge au vert. Cédric voulait qu'elle quitte tout de suite l'appartement. La base était-elle en danger ?

– Je vous remercie de m'avoir accordé tout ce temps, Aurélien, fit-elle en se levant.

– Mais je ne vous ai pas encore montré mes croquis.

– Vous savez dessiner, en plus ?

– Je vais aller les chercher.

Dès qu'il fut sorti du salon, Cindy s'empressa de tout ranger dans sa mallette, puis courut en direction de la porte d'entrée. Elle tourna la poignée, mais la porte refusa de s'ouvrir. Elle vérifia tous les loquets. Aucun n'était bloqué ! Elle secoua violemment le bouton doré, en vain. Le prophète allait bientôt revenir ! Elle devait sortir de là !

– Où allez-vous, mademoiselle Bloom ?

Cindy fit volte-face et poussa un cri de terreur. Ce n'était pas un vieil homme qui lui posait cette question, mais une créature d'un vert si foncé qu'il semblait noir. La jeune femme s'écrasa contre la porte.

– Qu'avez-vous fait de monsieur Brillare ? demanda-t-elle d'une voix tremblante.

– C'était moi.

– Qui êtes-vous ?

– J'ai des comptes à régler avec un vieil ennemi, et vous allez m'aider.

– Certainement pas !

Elle se retourna et continua à agiter la poignée de la porte sans parvenir à la faire bouger. En désespoir de cause, elle appuya deux doigts sur le cadran de sa montre pour indiquer à la base qu'elle avait besoin d'aide. Une main glacée lui saisit le bras et la tira à l'intérieur du salon. Cindy se débattit, sans succès.

– Je ne vous ferai aucun mal, cessez toute résistance.

Cindy reprit son souffle en examinant d'autres possibilités de fuite. Son regard s'arrêta sur le visage triangulaire de son ravisseur. Ce dernier ressemblait à une version élancée de celui des Neterou. Ses sombres écailles étaient toutes petites et donnaient une apparence visqueuse à sa peau.

– Êtes-vous un reptilien ? osa-t-elle demander.

– Je suis Baël, des Naas…

Il laissait traîner le dernier « s » comme un serpent, semant la terreur dans le cœur de la jeune femme.
– Nous avons un ami commun, poursuivit la créature.
– Cela me surprendrait beaucoup. Laissez-moi partir, ou vous serez détruit.
– McLeod nous appartenait, mais on nous l'a repris.

« C'est un des démons qui ont pris possession de Vincent ! » comprit Cindy.

– Je ne connais personne qui porte ce nom, affirma-t-elle pour protéger son ami.

Le Naas ouvrit la bouche, découvrant deux rangées de petites dents pointues. Pendant que sa proie les regardait fixement, le lézard planta ses griffes dans sa nuque.

– Une base sous la terre ? C'est là que je trouverai McLeod ?

Un impact dans la porte d'entrée fit sursauter le Naas. Il traîna Cindy jusqu'à la porte arrière du logement, sortit sur le petit balcon et s'envola avec elle.

...0031

Vincent utilisait les capacités de recherche du satellite dans la salle des Renseignements stratégiques, tandis que Cédric, dans son bureau, avait les yeux rivés sur l'écran qui lui renvoyait les images filmées par la veste de Cindy. Il se raidit lorsqu'il vit le visage reptilien de la créature qui s'en prenait à son agente et cessa de respirer lorsqu'elle la traîna sur le balcon et s'envola avec elle.

– Monsieur Fletcher demande à vous parler, monsieur Orléans.

– Permission accordée.

– Cédric, il n'y a plus personne dans l'appartement, mais les affaires de Cindy sont dans le vestibule, lui annonça l'homme en noir. La porte arrière était ouverte, mais il n'y a aucun escalier qui permette de descendre.

– Revenez tout de suite à la base.

– Mais Cindy...

– Faites ce que je vous demande.

La créature possédait un sens qui lui permettait de deviner les pensées des humains. Elle avait découvert dans la tête de Cindy que Vincent travaillait à Toronto, et elle connaissait maintenant l'emplacement de la base. Cédric fonça dans la grande salle dont faisait partie son bureau et faillit entrer en collision avec Aodhan.

– J'ai besoin de tous tes talents, l'informa Cédric.

– Ils sont à votre disposition.

– Je veux que tu personnifies Vincent.

Le jeune savant fit pivoter sa chaise vers les deux hommes.

– Pourquoi ? s'étonna-t-il.

– Un démon va bientôt arriver et c'est toi qu'il cherche.

La peur s'empara immédiatement de Vincent, qui sentit tous ses membres ramollir.

– S'il n'a que ton signalement, nous pourrons le tromper.

Aodhan enleva son veston et emprunta la blouse d'un technicien de sa stature.

– Il lui faut des lunettes, suggéra ce dernier.

– La correction est très faible dans les miennes, proposa un autre homme.

L'Amérindien les mit sur son nez.

– Je suis prêt.

– Dès que je serai dans le garage, bloquez toutes les issues sauf la porte de la cage d'escalier, lança Cédric. Ne laissez passer personne sans mon commandement.

Il s'élança vers le corridor, suivi d'Aodhan.

– Ordinateur, demandez à l'équipe de monsieur Fletcher de ne pas tirer sur le ravisseur de Cindy Bloom. Ils peuvent le mettre en joue, mais ils ne doivent pas tirer.

– Tout de suite, monsieur.

Le directeur et son agent se précipitèrent en même temps dans le garage souterrain. Les mécaniciens bondirent de leurs chaises en les voyant arriver à la course.

– Que se passe-t-il, patron ?

– Tout le monde dans la base, maintenant ! ordonna Cédric d'une voix forte.

Ils échangèrent un regard inquiet et se succédèrent à la porte qui menait au couloir principal. Le directeur sortit son écouteur de sa poche de veston et l'accrocha à son oreille.

– Vincent, je dois savoir où se trouvent Fletcher, ses hommes, Cindy et son ravisseur.

– Les membres de la sécurité arrivent au château, mais l'ordinateur leur a demandé de s'arrêter, répondit-il d'une voix peu assurée.

– Parfait.

– Je cherche toujours Cindy. Je ne vois aucune voiture s'approchant de la Casa Loma.

– Essaie dans les airs.

– Dans les airs ?

– Fais ce que je te demande.

Cédric se tourna ensuite vers Aodhan.

– Lorsque la créature sera ici, dissimule-toi derrière ce mur et attends que je t'appelle. Le but de cette opération est de lui arracher Cindy et de capturer son ravisseur.

– Et s'il propose un échange ?

– Attendons de voir ce qu'il veut.

L'Amérindien hocha vivement la tête pour dire qu'il avait compris et alla se positionner à l'endroit convenu.

– Un intrus demande l'ouverture de la rampe du stationnement, annonça l'ordinateur.

– Accordé, indiqua Cédric, soulagé que le démon ait choisi cette entrée.

– Vous n'êtes pas armé, monsieur Orléans.

– Monsieur Loup Blanc l'est. Remontez la rampe.

La mise en marche des cylindres brisa le silence du garage. Ils grincèrent jusqu'à ce que l'inclinaison de la voie d'accès soit atteinte, puis firent remonter la section d'asphalte dans le stationnement de la Casa Loma.

– Cédric, je tiens cette chose dans ma mire, fit soudain Fletcher dans son écouteur.

– Je la veux vivante.

– Devons-nous la suivre ?

– Non, restez où vous êtes.

Cédric perçut le bruit des pas du reptilien, ainsi que celui des petits talons de Cindy qui piétinaient sur place. Au bout de quelques minutes, ils apparurent sur la rampe. Le reptilien avançait lentement, en regardant autour de lui.

– Ordinateur, refermez l'entrée du garage, murmura Cédric.

– Vous serez coincé avec l'intrus, monsieur Orléans.

– C'est un ordre.

Le Naas s'arrêta net lorsqu'il vit qu'un seul homme l'attendait. Il avait vaguement vu Vincent dans les pensées de son otage. L'individu qui se trouvait en face de lui ne lui ressemblait pas.

– Où est McLeod ? siffla le reptilien.

– Laisse-la d'abord partir, l'avertit Cédric.

Le démon tenait la jeune femme par la gorge, l'empêchant de respirer normalement. Elle ne se débattait pas, mais cherchait à décrocher les longs doigts du Naas qui obstruaient ses voies respiratoires.

– Si je n'ai pas McLeod, je détruirai ce souterrain.

Cédric garda le silence. Voyant que son apparence n'impressionnait pas du tout cet humain, le Naas lâcha Cindy, qui s'écroula sur le sol en respirant à pleins poumons.

– McLeod est ici, mais avant que je ne te le livre, il mettra cette femme en sûreté.

Aodhan sortit de sa cachette. Le Naas se redressa de toute sa hauteur, reconnaissant sa proie.

– Cindy, es-tu capable de marcher ? demanda Cédric.

– Oh oui ! s'exclama-t-elle en se relevant sur ses genoux.

Dès qu'elle fut sur pied, elle courut se jeter dans les bras de l'Amérindien qui venait à sa rencontre. Ayant bien compris ce qu'il devait faire, ce dernier entraîna l'agente vers la cage de l'escalier.

– Ordinateur, verrouillez la porte d'accès intérieure, fit Cédric.

Aodhan n'avait gravi que quelques marches lorsqu'il entendit se refermer l'énorme loquet de métal.

– Non ! s'écria-t-il.

Il abandonna Cindy sur le palier et redescendit à toute vitesse pour tenter de relever la clenche manuellement.

– Ordinateur, ouvrez cette porte ! hurla-t-il.

– Requête refusée.

– Cédric !

Le directeur de la base fit la sourde oreille.

– Ordinateur, cessez immédiatement d'enregistrer ce qui se passe dans le garage.

– Cela est-il prudent, monsieur Orléans ?

– Je sais ce que je fais.

Le Naas avança vers Cédric, toujours étonné de ne pas effrayer cet homme.

– Si tu ne respectes pas ta parole, je devrai te tuer, le menaça le reptilien.

– C'est ce que nous verrons.

Des écailles bleuâtres se mirent à couvrir le visage et les mains de Cédric.

– Maître ? s'étonna Baël. J'ignorais que vous étiez ici...

– Qui t'envoie ?

– Ahriman, votre serviteur, a demandé aux maîtres de l'Orient de s'emparer de McLeod pour obliger son ange à lui venir en aide, et ainsi détruire ce soldat divin.

Cédric fonça sur le Naas, qui n'eut pas le temps de fuir. D'instinct, l'Anantas plaqua son adversaire sur le sol et tenta de l'immobiliser. Le combat inégal ne dura que quelques secondes et prit fin lorsque l'Anantas mordit le Naas dans le cou et lui arracha la carotide. Après s'être assuré que Baël était bel et bien mort, Cédric se redressa et reprit sa forme humaine. Son complet était couvert de sang bleu.

– Ordinateur, vous pouvez débloquer toutes les portes.

Aodhan déboula dans le garage et fonça vers son chef.
– Que s'est-il passé ? s'alarma-t-il.
– Il est mort, se contenta de répondre le directeur. Fais-le transporter à la morgue. Je veux que le docteur Wallace l'examine.

Le manque de réaction émotive de Cédric fit penser à Aodhan qu'il avait dû subir un grand choc. Avant de le questionner davantage, l'Amérindien fit ce qu'il lui avait demandé.

Au lieu d'utiliser la cage d'escalier qui l'aurait mené au long corridor, le directeur décida pour la première fois d'utiliser son ascenseur personnel, car il n'avait pas envie de soutenir les regards interrogateurs de son personnel. Une fois dans son bureau, il retira son veston et sa chemise souillée, les roula en boule et les cacha dans un tiroir. Il ouvrit l'armoire pour choisir d'autres vêtements et vit dans la glace à l'intérieur de la porte qu'il avait été griffé au cou. Il épongea le sang de sa blessure avec son mouchoir et choisit une chemise noire au cas où sa plaie se remettrait à saigner. Il se versa ensuite un verre de whisky qu'il avala d'un trait.

Lorsqu'il avait secouru Cindy dans le sous-sol des reptiliens, Cédric s'était spontanément transformé à la vue d'un Dracos. Il ne se souvenait plus clairement de cette mémorable soirée. Cette fois-ci, cependant, il avait volontairement opéré sa métamorphose et les sensations qu'il avait éprouvées étaient encore fraîches. Sous sa forme humaine, il avait un très grand respect pour la vie, mais sous sa forme reptilienne…

Cédric ferma les yeux, dégoûté par son geste animal. Au lieu de capturer son ennemi, il l'avait tué sans pitié.
– Monsieur Loup Blanc insiste très fortement pour vous voir, monsieur Orléans.

– Rétablissez les systèmes d'enregistrement du garage et laissez-le entrer.

L'Amérindien pénétra dans le bureau en serrant les poings pour dominer sa frustration. Il aimait beaucoup son nouveau patron, mais il n'arrivait pas à comprendre sa logique.

– Que s'est-il passé ? Pourquoi la porte s'est-elle verrouillée derrière moi ? Pourquoi y a-t-il un trou béant dans la gorge de cette créature ? Qui était dans le garage avec vous ?

– Assieds-toi, Aodhan, et calme-toi.

L'agent s'efforça de respirer normalement et prit place dans le fauteuil que Cédric lui indiquait.

– Puis-je te faire confiance ?

– Évidemment, monsieur Orléans. Vous connaissez mon dévouement.

– Ce que je suis sur le point de te révéler pourrait te faire changer d'avis. J'ai gardé ce terrible secret pendant plus de cinquante ans, mais en raison des événements que nous sommes sur le point de vivre, je me dois de le révéler au moins à mes proches collaborateurs. Un jour, quand j'en aurai le courage, je l'avouerai aussi à mes supérieurs et j'accepterai les conséquences de mon aveu.

– Mes collègues sont-ils au courant ?

– Océane et Thierry Morin le sont, mais j'ai dû l'effacer de la mémoire de Cindy qui n'était pas prête à l'entendre et je ne veux pas terroriser Vincent.

– Je me tairai jusqu'à ce que vous me donniez l'ordre d'en parler.

Cédric poussa un profond soupir et s'assit de l'autre côté du bureau. Il posa une main sur la table de travail et surveilla la réaction de son agent lorsque cette dernière se couvrit graduellement d'écailles gris-bleu luisantes. Le premier réflexe de l'Amérindien fut de reculer avec son fauteuil.

– Mais qu'est-ce…, s'étrangla-t-il.

– Je suis l'un de ces monstres, mais je n'ai jamais accepté mes véritables origines. Toute ma vie, j'ai tenté de vivre comme un être humain. Je ne sais plus combien de temps je tiendrai encore, car les attaques répétées de races hostiles à la mienne me poussent à reprendre mon apparence reptilienne et à me battre.

– C'est vous qui avez tué la créature ?

Cédric hocha doucement la tête tandis que sa main reprenait un aspect humain.

– Êtes-vous dans notre camp ? voulut s'assurer Aodhan.

– J'ai passé ma vie à défendre les humains et j'aimerais bien le faire jusqu'à mon dernier souffle.

– C'est tout ce qui compte pour moi.

Un petit sourire se dessina sur les lèvres du directeur démoralisé.

Au même moment, appelé d'urgence à la base, le docteur Adam Wallace sortait de l'ascenseur. Il marcha dans le long couloir et pianota le code de la section médicale. Il se lava les mains, enfila des gants de latex et poussa la porte avec ses fesses. Il se retourna et vit le monstre allongé sur la civière en métal.

– Oh non, pas encore…

...0032

La base de Jérusalem était en ébullition. Ayant perdu la moitié de ses membres, elle ne pouvait pas non plus compter sur des renforts en provenance des autres bases de l'ANGE, qui fonctionnaient presque toutes avec du personnel réduit depuis les disparitions. Les techniciens d'Israël travaillaient de longues heures et leur directrice vivait pratiquement dans son bureau depuis des semaines. C'était évidemment dans ce pays que se jouerait le sort du monde, alors tous étaient sur un pied d'alerte.

Adielle Tobias faisait surveiller Asgad Ben-Adnah, qui pourrait bien devenir dans un proche avenir le pire tyran sur la planète. Pour l'instant, il ne faisait que de bonnes actions, mais n'était-ce pas ce que prédisaient les livres saints ? Tous les jours, la directrice lisait les rapports de ses équipes sur ses déplacements, de manière à établir son profil, persuadée que ce savoir lui servirait un jour. Tant que l'entrepreneur ne faisait rien d'illégal, elle ne pouvait pas le faire arrêter. Il lui fallait patiemment attendre qu'il commette un crime.

Elle refermait justement le rapport de la veille lorsque Yannick Jeffrey apparut dans son bureau. Adielle avait depuis longtemps cessé de s'étonner de ses pouvoirs. Elle remarqua qu'il avait les cheveux plus longs et qu'il ne s'était pas rasé depuis longtemps, mais ce fut son regard consterné qui la mit sur ses gardes.

– Ta vie est en danger, l'informa-t-il sans même la saluer.

– Comme tous les jours, Yannick.

Il déposa sa photographie sur la table de travail.

– Qui l'a prise ?

– Je l'ignore. Tout ce que je sais, c'est qu'elle était entre les mains d'un homme qui assassine des terroristes depuis quelques jours.

– Tu connais son identité ? se réjouit Adielle qui, tout comme la police, cherchait à coincer le tueur.

– Malheureusement oui. Ce n'est pas dans sa nature, mais Satan lui a jeté un sort et il a complètement perdu la tête.

– Es-tu en train de le défendre avant même qu'on l'appréhende ?

– Si c'était un vrai meurtrier au cœur noir, je n'en ferais rien. Mais il s'agit d'un homme de Dieu qui est tombé dans un piège.

– Un prêtre ? Un rabbin ?

– C'est plus compliqué que cela.

– Commence par t'asseoir et te calmer. Je ne comprends rien de ce que tu dis.

Yannick se laissa tomber dans le fauteuil d'invité sans vraiment savoir par où commencer.

– Cet homme s'est-il confessé à toi ? l'interrogea Adielle comme elle l'aurait fait avec n'importe quel témoin.

– Non, mais sa conduite était anormale. Il disparaissait toute la nuit et à son retour, il n'avait aucun souvenir de ce qu'il avait fait la veille.

– Dis-moi de qui il s'agit.

– De Yahuda.

– L'homme qui prêche avec toi sur la place publique ?

Adielle n'en croyait pas ses oreilles.

– Je sais ce que tu penses. Comment un homme choisi par Dieu lui-même peut-il commettre de telles atrocités ? Je crois que c'est justement notre mission qui nous a rendus si vulnérables, en fin de compte. Nous étions si préoccupés par notre ministère que nous n'avons pas pris garde aux attaques indirectes du Mal.

– Je vois mal comment nous pourrions incarcérer un homme qui a le pouvoir de disparaître quand bon lui semble.

– Vous n'y arriverez jamais, alors c'est à moi de jouer. Je dois le ramener auprès du Père, qui sera le seul à pouvoir le débarrasser du mauvais sort. Je suis surtout venu vers toi pour te demander d'être sur tes gardes.

La directrice prit la photographie que Yannick lui tendait en plissant le front.

– Pourquoi suis-je sur sa liste ? s'étonna-t-elle.

– Je n'en sais rien, Adielle. Il faudrait d'abord que je découvre qui le manipule. Nous avons beaucoup d'ennemis. Certaines personnes ne désirent pas que la paix s'installe sur Terre. Satan est d'ailleurs plus à l'aise dans l'anarchie. En nous montant l'un contre l'autre et en transformant Yahuda en assassin, le prince des ténèbres nous fera perdre toute crédibilité.

– Mais pourquoi moi ?

Elle pianota sur son ordinateur et fit apparaître sur l'écran mural les visages des hommes qui avaient récemment été assassinés.

– Voici les victimes de ton ami, tous des terroristes qui se cachaient ici. Même l'ANGE était incapable de les retrouver. Leur conduite dans la société était irréprochable, mais lorsque nous nous sommes mis à creuser plus loin, nous avons tout de suite compris que c'étaient ceux que nous cherchions. Celui qui fournit des cibles à Yahuda est mieux renseigné que nous !

Une idée inquiétante traversa aussitôt l'esprit de Yannick. « Et si c'étaient des *varans* ? » se demanda-t-il.

– Comment ces meurtres pourraient-ils inquiéter le peuple si le tueur le débarrasse d'éléments néfastes ? poursuivit la directrice. Et pourquoi suis-je sur la même liste que ces criminels ? Il me semble que si j'avais le potentiel de terroriser mon pays, je serais la première à le savoir.

Elle vit s'assombrir le visage du Témoin.

– Dis-moi à quoi tu penses, exigea Adielle.

– Récemment, nous avons découvert que des démons dormaient dans le cœur de certaines personnes. Ils y ont été implantés par les serviteurs de Satan et n'attendent qu'un mot de leur sombre maître pour se manifester.

– Là, tu me fais vraiment peur.

– Ce n'est qu'une possibilité.

– Tu es un représentant de Dieu sur Terre, alors il t'a certainement donné le pouvoir de vérifier si je porte une telle abomination en moi.

– En théorie, oui, je peux le ressentir. Certains démons sont cependant très sournois.

– Je veux que tu essaies quand même. Dis-moi ce que je dois faire.

– Viens par ici.

Elle bondit de son fauteuil et vint se placer devant lui, prête à faire n'importe quoi pour connaître la vérité. Yannick fit briller une douce lumière au creux de sa paume et la promena autour de sa tête et au-dessus de son cœur.

– Je ne ressens rien de maléfique.

– C'est rassurant, mais cela ne raye pas mon nom de la liste de ton ami.

Adielle retourna s'asseoir en se frottant les bras.

– Ce que tu fais, il est capable de le faire, non ? Comme apparaître tout bonnement un matin dans mon bureau ?

Yannick hocha la tête d'un air impuissant.

– Je n'aurai aucune chance de m'en tirer, n'est-ce pas ?
– Il y a peut-être une façon...
– Je ne suis pas une peureuse, Yannick, mais je tiens à la vie, surtout en ce moment. La planète n'a jamais eu autant besoin de l'ANGE que maintenant. Je suis prête à faire tout ce qu'il faut pour repousser une attaque de la part de Yahuda. Je pourrais même t'aider à le piéger pour que tu puisses nettoyer son âme au plus vite.
– Il existe dans le monde des objets très rares dont les démons ne s'approchent jamais.
– J'imagine qu'ils doivent coûter une petite fortune.
– Pas nécessairement. Ils sont entre les mains de grands maîtres ou de fraternités secrètes qui ont pour mission de les conserver précieusement dans l'éventualité d'une attaque des forces de Satan.
– Tu ne pourrais pas m'en obtenir un tout petit ? Une médaille ferait l'affaire, tu sais.
– Le temps que je serai à la recherche de ces reliques, je ne pourrai pas te protéger.
– C'est un risque que nous devons courir, Yannick. Je m'entourerai de mes meilleurs tireurs jusqu'à ton retour.
– Dis-leur de ne pas tirer sur Yahuda, mais sur la dague dont il se servira. N'oublie pas que nous sommes tous les deux immortels, mais que pour tuer il doit utiliser de vraies armes. Le choc pourrait servir à le réveiller de la transe dans laquelle le plonge le démon qui le manipule.
– Je me débrouillerai.
– Garde espoir, je ferai vite.
– Merci, Yannick.
Dès qu'il se fut évaporé, Adielle fonça dans le long corridor pour aller se poster dans la grande salle des Renseignements stratégiques en exigeant que le chef de la sécurité et quelques-uns de ses hommes viennent l'y rejoindre.

En mentionnant l'existence des objets religieux à Adielle, Yannick se souvint d'en avoir déjà vu dans un endroit bien particulier. Il apprécia le fait d'avoir repris tous ses pouvoirs, car en l'espace de quelques secondes, il réapparut dans une grotte creusée sous les bâtiments du Vatican et habitée depuis toujours par les maîtres Nagas. Il n'y avait personne dans la pièce principale, où Silvère Morin gardait ses manuscrits et tout ce qu'il avait accumulé au cours de sa longue vie.

Yannick marcha tranquillement le long de la bibliothèque à la recherche d'un objet divin. Il y avait sur les tablettes des pierres de toutes les couleurs, des cristaux, des chandeliers en or, de petites figurines dont les archéologues auraient raffolé et des pierres précieuses. Le Témoin vit alors briller quelque chose tout au bout de l'étagère. Il n'eut cependant pas le temps de s'en approcher.

Sortis de nulle part, deux jeunes hommes blonds vêtus de longues tuniques beiges pointèrent leurs katanas sur sa poitrine.

– Doucement, les enfants, recommanda une voix que Yannick reconnut.

Silvère Morin traversa le mur opposé et plaça ses mains sur le pommeau des armes, obligeant ses élèves à les abaisser.

– Que me vaut cette visite inattendue, Képhas, disciple de Jeshua ?

– Je suis à la recherche d'un objet divin afin de protéger une femme visée par les forces du Mal.

– Sans m'en informer ?

– Le temps presse, mais je vous l'aurais aussitôt rendu, bien sûr. C'est une question de vie ou de mort.

– Alors, j'ai ce qu'il vous faut.

Silvère retira un petit coffret de bois de la bibliothèque et l'ouvrit. Malgré le carré de soie qui enveloppait la relique, Yannick pouvait déjà sentir son pouvoir. Le vieux Naga défit le tissu et tendit son contenu à l'apôtre. Il s'agissait d'un petit poignard doré.

– Je vous raconterai son histoire plus tard, promit le mentor.

– Merci mille fois, maître Silvère.

Yannick le salua de la tête et se dématérialisa devant les yeux émerveillés des deux jeunes Nagas. Darrell Banks et Neil Kerrigan étaient sur le point de quitter le nid et de prendre la place laissée vacante par Thierry Morin.

– Pourrions-nous apprendre à disparaître comme lui ? demanda Darrell.

– Il faudrait pour cela que vous soyez des créatures immortelles, répondit le maître.

– Comment devient-on immortel ? voulut savoir Neil.

– Comment devient-on Naga ? rétorqua Silvère.

– On naît ainsi.

– C'est la même chose pour les immortels. Retournez dans la salle d'entraînement, tous les deux. Vous avez encore des choses à apprendre avant que je vous libère dans le monde.

Cette fois, lorsqu'il revint à la base de Jérusalem, Yannick causa tout un émoi, car Adielle avait averti son personnel de la possibilité que l'assassin des terroristes cherche à s'infiltrer dans leurs installations et que, de surcroît, il possédait des facultés surnaturelles. Dès que l'ancien agent de l'ANGE apparut au milieu de la salle des Renseignements stratégiques, tous les canons de fusils, de revolvers et de mitraillettes se braquèrent sur lui, d'autant plus qu'il tenait à la main un poignard.

– Arrêtez ! s'écria la directrice avant qu'ils ne transforment son allié en passoire.

Elle traversa le groupe de tireurs et se planta devant le Témoin.

– Yannick, c'est bien toi ?

– Oui, Adielle. Voici la relique dont je te parlais. Je regrette que ce ne soit pas une médaille que tu porterais autour du cou.

Il remit l'arme minuscule dans ses mains.

– C'est un objet bénit ?

– Oui, mais je n'en connais pas la provenance exacte. Porte-le sur toi, et si Yahuda devait se présenter chez toi ou ici, assure-toi qu'il le voie. Il ne s'approchera pas.

Soulagée, la directrice se jeta dans les bras de Yannick et l'étreignit.

– Merci, chuchota-t-elle à son oreille.

– Il est tout naturel que je protège les défenseurs de la Terre.

Il l'embrassa sur le front et fila vers l'Éther. Avant de se mettre à la recherche de son compatriote, il avait besoin d'un peu plus d'informations. Il retourna donc à Rome et fit une deuxième apparition, cette fois-ci dans la salle d'exercices, où les deux jeunes Nagas croisaient le fer, sous leur forme reptilienne. Par mesure de précaution, Yannick se matérialisa tout près de leur professeur. Instantanément, les néophytes se tournèrent vers Silvère pour le protéger.

– Ils sont vraiment efficaces, commenta Yannick.

– Je ne forme que les meilleurs, répondit leur mentor.

D'un geste de la main, il indiqua aux combattants de poursuivre leur combat comme si de rien n'était.

– Je ne croyais pas vous revoir aussi vite, dit-il au Témoin.

– Avant de me mettre à la recherche de mon ami, que Satan a ensorcelé, je devais vous poser une question.

– Vous n'êtes pas revenu pour entendre l'histoire de la petite dague dorée ?

– Je l'écouterai aussi si elle est brève.

Le choc des armes résonnait dans la caverne souterraine, faisant sursauter Yannick chaque fois.

– Ils ont presque terminé, le rassura Silvère.

Il avait dit vrai. Au bout d'une minute, les adversaires mirent fin à l'exercice et se saluèrent.

– Venez donc prendre le thé avec nous, mon cher Képhas, l'invita le mentor.

Darrell et Neil reprirent leur forme humaine et suivirent leurs aînés dans une autre pièce où de l'eau chauffait dans une bouilloire. Ils s'assirent autour d'une table basse sur laquelle le maître déposa des tasses de grès.

– Que voulez-vous savoir ? fit-il en versant l'eau dans les récipients.

– Je sais que les Nagas possèdent une façon surnaturelle de retracer des criminels alors que la police n'y arrive pas. J'aimerais en savoir davantage sur ce don.

– Il ne relève pas de la magie. Les Dracos, comme beaucoup d'autres races reptiliennes, possèdent au milieu du front une glande mnémonique. Le traqueur doit l'extraire tout de suite après l'exécution et l'expédier à son mentor qui, lui, sait en retirer les informations qui mèneront à l'identification d'autres Dracos.

– Ils ne peuvent donc pas retrouver leurs victimes sans vous...

– Mes chasseurs possèdent aussi un sixième sens leur permettant de sentir la présence de leurs ennemis, mais ils ont besoin de savoir où les trouver dans ce vaste monde. Avez-vous l'intention d'utiliser nos services ?

– Non. Je cherchais simplement à comprendre comment les démons arrivent à cibler des terroristes qui sont parfaitement intégrés dans la société.

– Si je comprends bien, vous vous demandez si ces démons sont des Nagas.

– Ou si les serviteurs de Satan ont les mêmes pouvoirs que vous.

– Cela exigera un peu de recherche de ma part, mais je pourrai sans doute satisfaire votre curiosité dans quelques jours. Je peux déjà vous dire que les démons aiment emprunter les corps des Orphis, des Naas et des Anantas. Les deux premières races ont d'étranges facultés, mais rien de comparable aux Nagas. Les Anantas, cependant, sont des créatures surprenantes.

– Et vous m'avez dit, lors de mon premier séjour ici, que l'Antéchrist était un Anantas…

– L'information vient sans doute de l'Antéchrist lui-même.

Yannick comprit qu'il ne serait pas facile d'arracher son compatriote aux griffes de Satan en personne. Sans doute devrait-il demander au Ciel des renforts.

– Pour faire une histoire courte, la petite dague que vous avez remise à cette dame en danger a été fabriquée pour un sénateur romain, qui l'a offerte à son fils, comme cadeau d'anniversaire. Ne voulant pas suivre la tradition familiale et devenir politicien, ce jeune homme a quitté la maison un soir et s'est isolé sur une colline pour se suicider. À quelques pas de lui dormaient le maître Jésus et ses disciples.

– Je me rappelle…, murmura Yannick.

– Alors, vous savez que Jésus a retiré cette arme de son cœur et a ramené ce jeune homme à la vie en lui demandant de le suivre et de prêcher avec lui.

– Aelius…

– Il a conservé cette arme toute sa vie, car elle avait le pouvoir d'éloigner les démons et de guérir les blessures.

– Je vous remercie, maître Silvère.

– Dois-je vous rappeler d'être extrêmement prudent dans vos entreprises ? Le prince Anantas qui cherche à se faire une place dans le monde est parfaitement capable de détruire un homme de Dieu.

– Je serai prudent.

Yannick s'inclina devant les Nagas et disparut.

...0033

Une fois calmée et rassurée, Cindy Bloom laissa Aodhan l'emmener à l'infirmerie où le docteur Wallace nettoya les trous laissés par les griffes sur le cou de l'agente. Il colla plusieurs petits sparadraps sur les blessures et déclara la jeune femme en parfaite santé. Toutefois, le beau sourire de Cindy ne revint pas égayer son visage. Elle descendit de la table d'examen, enfila une blouse rose tendre propre et une veste rose foncé, puis sortit dans la salle d'attente, où l'attendait son collègue amérindien.

– C'est encore douloureux ? s'enquit Aodhan devant sa mine déconfite.

– Non.

– On dirait que tu es sur le point de pleurer.

Il n'eut qu'à prononcer ces mots pour que des larmes se mettent à couler sur les joues de l'agente.

– Dis-moi ce qui ne va pas, la pria-t-il doucement.

– J'en ai assez de me faire attaquer par des reptiliens.

– Ils aiment sans doute le rose.

La taquinerie n'eut pas l'effet voulu. Cindy enfonça brutalement son coude dans l'estomac de l'Amérindien qui se tenait près d'elle.

– Ou c'est peut-être ton parfum.

Il intercepta le nouveau coup de coude juste à temps.

– Tu es sans doute la dernière à t'en rendre compte, mais tu es très jolie et tu sens très bon.

Elle leva un regard étonné sur son collègue.

– Et je ne le dis pas pour te faire un compliment. Je constate un fait, c'est tout.

– Donc, si j'arrête de me maquiller et de me parfumer, ils me laisseront enfin tranquille ? bougonna-t-elle.

– Je crains que non. J'ai lu quelque chose de pas mal intéressant dans la base de données des reptiliens. En fait, c'est un texte que Vincent a trouvé sur Internet. Apparemment, les reptiliens raffolent des blondes aux yeux bleus.

– Je vais me teindre les cheveux.

Elle essuya ses larmes en maudissant intérieurement tous les extraterrestres qui étaient venus s'installer sur sa planète.

– Je vais te reconduire chez toi, offrit Aodhan.

– Pour y faire quoi ? J'ai suffisamment de travail ici.

À la grande surprise de son collègue, au lieu de quitter la section médicale, l'agente ouvrit la porte derrière laquelle Adam Wallace venait de disparaître.

– Cindy, pas par là ! s'écria Aodhan.

Trop tard, elle était entrée dans la salle d'autopsie. Elle s'immobilisa à quelques pas de la civière où reposait l'horrible créature vert sombre.

– Vous ne devriez pas être ici, mademoiselle, souligna le médecin qui s'apprêtait à faire de plus amples examens sur le reptilien.

– C'est pour ma santé mentale…

Debout derrière elle, Aodhan fit signe à Wallace de ne pas la chasser.

– Qu'est-ce que je peux faire pour vous éviter de sombrer dans la folie ? soupira le médecin, en jouant le jeu.

– Je voudrais voir le corps de plus près.

– Mais approchez, voyons. Il ne peut plus rien vous faire, puisqu'il lui manque la moitié des organes.

Aodhan signala au médecin qu'il en faisait un peu trop. Le commentaire de Wallace sembla cependant rassurer la jeune femme. Elle avança de quelques pas et promena son regard sur le corps recousu un peu partout.

– Est-ce que ce sont des humains dégénérés ? demanda-t-elle innocemment.

– Absolument pas. Ils ont des organes qui remplissent à peu près les mêmes fonctions que les nôtres, c'est-à-dire qu'ils respirent, mangent et évacuent ce qu'ils ont mangé. Mais, après avoir examiné celui-ci, je ne peux plus affirmer qu'ils sont placés au même endroit.

– Avez-vous peur quand vous devez faire une autopsie sur un monstre pareil ?

– Je ne crains pas ce qui ne vit plus, mais la seule pensée que ce genre de créatures puisse exister quelque part sur notre planète bouleverse totalement mes croyances religieuses.

– J'ai vu ses dents...

– Ce sont celles d'un carnassier.

– Il avait des ailes aussi.

– Et je m'explique mal comment il pouvait voler avec de tels appendices.

Wallace retira une aile d'un grand sac en plastique pour la montrer à la jeune femme. Celle-ci ressemblait à celles des chauves-souris, sauf qu'elle était toute trouée.

– Est-ce un signe de maladie ? demanda Aodhan, curieux.

– Les lésions ressemblent davantage à des blessures. Je pense plutôt que notre petit ami, qui était un mâle même si ce n'est pas apparent, se battait contre d'autres mâles.

– Ils peuvent avoir des bébés ? s'horrifia Cindy.

– Dieu a créé l'homme et les animaux, et leur a ordonné de se multiplier, leur rappela Wallace.

– Avez-vous terminé l'autopsie ? s'enquit l'Amérindien.
– Physiquement, oui. Par contre, je ne sais toujours pas comment organiser mes notes pour que mon rapport soit intelligible. Il va falloir que j'invente une nouvelle méthode de travail si vous continuez à me fournir des dragons.
– Veux-tu retourner chez toi, maintenant ? demanda Aodhan à sa collègue.
– Non.

Sans crier gare, elle s'empara d'un scalpel et le planta dans le front du Naas. Les deux hommes ouvrirent tout grands les yeux, mais ne bougèrent pas.

– La prochaine fois, je le ferai quand tu seras vivant ! grommela Cindy.

Elle tourna les talons et quitta la salle d'autopsie.

– Mais il ne reviendra pas à la vie…, bafouilla Wallace.
– Ce n'est pas ce qu'elle a voulu dire, lui assura l'Amérindien en se lançant à la poursuite de l'agente.

Il la rattrapa au moment où elle pianotait son code sur la serrure à numéros de la porte du laboratoire de l'Antéchrist.

– Cindy, je pense sérieusement que tu devrais aller te reposer.
– Je veux visionner mon enregistrement. Je veux savoir pourquoi je n'ai pas remarqué tout de suite que c'était un reptilien.

Elle s'installa devant l'ordinateur et entra sa demande sur le clavier. L'entrevue avait déjà été répertoriée et même intégrée à sa base de données. Elle appuya sur la touche Départ et se cala dans sa chaise, les bras croisés. Elle s'entendit poser la première question à Aurélien Brillare, mais les mots qui sortirent de la bouche du vieil homme étaient dans une autre langue !

– Vincent McLeod ! se fâcha-t-elle.

Aodhan décida d'abord de vérifier l'intégrité de la bande avant d'accuser qui que ce soit.

– Ordinateur, cette vidéo a-t-elle été altérée ? demanda-t-il.

– Non, monsieur Loup Blanc. C'est le signal que nous avons directement reçu de la caméra de mademoiselle Bloom.

– Mais quand j'ai procédé à l'entrevue, je comprenais tout ce qu'il me disait ! Pourquoi parle-t-il en russe tout à coup ?

– L'analyse révèle qu'une seule langue a été utilisée, soit le français.

– Et toi, qu'est-ce que tu entends ? fit Cindy en se tournant vers Aodhan.

– Ce n'est pas du français. Ordinateur, mettez immédiatement ce fichier en quarantaine et procédez à une vérification de tous les systèmes.

La vidéo disparut instantanément de l'écran.

– Le fichier est en quarantaine, mais je dois obtenir l'autorisation de monsieur Orléans pour effectuer une vérification complète qui paralysera une partie des opérations de la base.

– Je m'en occupe, annonça l'Amérindien en quittant prestement la salle.

Cindy se rappela alors qu'elle avait également utilisé son MP3. Elle fouilla dans sa poche de veston sans le trouver.

– Ordinateur, quelqu'un a-t-il ramassé mes affaires à l'appartement de monsieur Brillare ?

– Elles sont en possession de monsieur Fletcher.

– Merci.

La jeune femme se rendit en courant dans les quartiers de la sécurité. Sa mallette reposait justement sur la table de travail de l'homme en noir.

– Est-ce que ça va, Cindy ? s'alarma Fletcher.

– Je commence à m'endurcir. Puis-je ravoir mes affaires ?
– Certainement. Nous les avons passées dans tous les scanners. Elles n'ont pas été contaminées par quoi que ce soit.

Cindy ouvrit la mallette en cuir et en retira le petit appareil. Elle accrocha l'écouteur à son oreille et actionna le mécanisme.

– C'est en français ! s'exclama-t-elle.

Elle détala vers la sortie, n'emportant avec elle que le MP3, puis fila dans le long couloir et fit irruption dans la salle des Renseignements stratégiques comme si un démon était à ses trousses. Elle n'arrêta sa course qu'une fois arrivée devant la porte du bureau de Cédric.

– Laissez-moi entrer ! exigea-t-elle.

La porte s'ouvrit et elle fonça à l'intérieur. Aodhan et Cédric se penchaient déjà sur le problème de corruption de l'enregistrement.

– J'ai aussi utilisé ceci, annonça-t-elle en remettant le MP3 à son patron.

Cédric n'écouta que quelques secondes de l'enregistrement audio.

– L'ordinateur a déjà commencé à effectuer une vérification complète de tous les systèmes, lui apprit-il en décrochant l'écouteur de son oreille.

– Je ne comprends pas comment c'est possible, s'agita Cindy. Même un virus ne peut pas changer les mots dans la bouche d'une seule personne.

– La langue qu'utilise la créature n'existe même pas sur cette planète, indiqua Cédric qui surveillait maintenant l'écran encastré dans sa table de travail.

– Avez-vous demandé à Vincent d'identifier le problème ?

– C'est la prochaine étape, si l'ordinateur m'assure qu'il ne court aucun risque. Il ne faut pas oublier que c'est lui que tentait de piéger le reptilien.

Ignorant ce qui se passait dans le bureau de son patron, Vincent McLeod s'était isolé dans les Laboratoires pour examiner en toute sécurité le reptilien qui avait bien failli l'enlever. À l'insu du docteur Wallace, l'informaticien avait actionné les caméras de la salle d'autopsie et effectué sa propre analyse de la dépouille. Il avait photographié la créature avant que le médecin ne lui ouvre la cage thoracique, puis avait assisté au prélèvement de ses organes. Au bout d'un moment, complètement dégoûté, il s'était plutôt employé à composer une fiche descriptive sur le reptilien vert sombre afin de l'intégrer dans la base de données de Cindy.

Lorsqu'il fut enfin prêt à transmettre le tout à l'autre laboratoire, l'ordinateur l'informa qu'une importante vérification était en cours et que sa requête devrait attendre. Incapable de rester inactif, Vincent se rabattit sur un ordinateur indépendant de la base qui avait un lien vers l'extérieur. Il avait déjà fait un millier de recherches sur les reptiliens, mais aucune sur les prophéties de la Bible. Pour faire plaisir à Cindy, il se mit à fouiller un peu partout pour trouver des informations qui lui seraient utiles. C'est alors qu'il fit une importante découverte qui allait changer sa vie à tout jamais.

– Pourquoi n'ai-je jamais vu ceci avant aujourd'hui ? s'étonna le jeune savant.

Un mathématicien israélien avait découvert un code secret dans la Bible qui révélait le futur ! Il prétendait que ce livre n'était en fait qu'un programme informatique codé à l'aide d'une serrure à retardement qui n'attendait que l'ordinateur soit inventé pour être décrypté. En enlevant toutes les espaces entre les mots, ce qui en faisait un immense texte en continu, ce savant avait remarqué que la Bible en hébreu était construite comme des mots croisés, c'est-à-dire verticalement, horizontalement et diagonalement. Il y avait une Bible dans la Bible ! Le code découvert par le mathématicien était, selon lui, une série de révélations à retardement, chacune destinée à la technologie de son temps.

Vincent se plongea évidemment dans l'étude de tous les exemples d'utilisation du code. Au bout de quelques heures, il en vint à la conclusion que le code ne servait pas à prédire des événements, puisqu'on ne pouvait pas l'utiliser sans savoir précisément ce qu'on cherchait, mais servait surtout d'avertissement.

Il apprit aussi, en parcourant le récit des deux grandes apocalypses, rapportées dans le Livre de Daniel et les Révélations, que des événements horribles se produiraient lorsqu'un livre secret serait ouvert à la fin des temps. Était-ce la Bible ? Ce qui frappa surtout Vincent, c'était que le codeur avait prédit l'avenir du monde des milliers d'années auparavant et qu'il l'avait d'abord inscrit dans la pierre ! Ce que Moïse avait reçu sur le mont Sinaï était en fait une base de données interactive !

– Yannick devait déjà être au courant de tout ceci…, murmura-t-il.

Le déchiffreur israélien indiquait aussi que le code était avant tout un ensemble de probabilités basées sur un livre dans lequel se trouvaient tous les futurs possibles.

– La Bible devrait donc pouvoir nous dire comment prévenir la destruction de la Terre, conclut Vincent.

Le jeune savant se mit à lire, de plus en plus convaincu de l'existence de ce code. Il frissonna d'horreur en apprenant que, selon ce dernier, une seule ville était associée à la fin du monde : Jérusalem.

313

Vincent sursauta violemment lorsque Cédric posa une main sur son épaule, quelques heures plus tard.

– Tout doux, l'apaisa le directeur.

– Je suis vraiment désolé, Cédric. J'étais tellement absorbé par ces documents...

Cédric vit sur l'écran des grilles remplies de lettres dont certaines étaient encerclées en rouge.

– De quoi s'agit-il ?

– Je voulais aider Cindy dans ses recherches sur la fin du monde et je suis tombé sur ce site qui parle d'un code secret dans la Bible. En avais-tu déjà entendu parler ?

– J'ai lu un article à ce sujet dans un magazine il y a quelques années de cela. Si je me souviens bien, c'est un code qui prévoit tous nos futurs possibles, ou quelque chose comme ça.

– N'est-ce pas extraordinaire ? Dieu est un informaticien !

L'enthousiasme de son jeune employé fit sourire le directeur.

– Donne-moi la permission de mettre la main sur ce programme, je t'en supplie.

– Oui, bien sûr, si c'est légal. En attendant, j'ai un service à te demander, mais seulement si tu te sens à l'aise. Sinon, je l'enverrai à Kevin Lucas.

La curiosité de Vincent était piquée.

– Lorsque j'ai écouté en direct l'enregistrement que Cindy faisait de son entrevue avec le faux prophète de Toronto, les réponses de ce dernier étaient en français, mais lorsque nous avons tenté de le réécouter, ce qui sortait de la bouche de ce reptilien était inintelligible.

– Tu veux que j'essaie de comprendre ce qui s'est passé ?

– Seulement si cela ne t'effraie pas.

Vincent se rappela ce qui lui était arrivé à Montréal lorsque son ordinateur personnel s'était mis à lui renvoyer des dessins psychédéliques et que la voix d'Ahriman avait provoqué une hémorragie dans son crâne.

– Je ne le ferai que sur un ordinateur non relié à quelque système que ce soit, et en présence d'une personne fiable qui pourra me sortir de là si les choses tournent mal.

– Que penses-tu de monsieur Loup Blanc ?

– J'aurais préféré Yannick, mais Aodhan fera l'affaire.

– Merci, Vincent. Tu n'as qu'à m'avertir lorsque tu seras prêt.

– J'aimerais d'abord tenter de télécharger le programme sur le code de la Bible.

– Je sais.

Cédric tapota amicalement le dos de son prodige. Avant même qu'il ait quitté les Laboratoires, Vincent était déjà à la recherche du programme en question.

...0034

Située à la croisée des rivières Magog et Saint-François, Sherbrooke était une ville en pleine expansion, bordée de montagnes et de forêts. Même s'il était là pour retrouver un roi Dracos, Thierry Morin ne put s'empêcher d'admirer la beauté de cette localité. « Si je devais m'installer un jour au Québec, je le ferais dans un endroit comme celui-là », décida-t-il. Il conduisait lentement, flairant chaque rue. Autour de lui, les Spartiates commençaient à s'impatienter, car ils avaient envie de passer à l'action.

– Est-ce que tu sens quelque chose ? demanda finalement Damalis.

– L'odeur de ce Dracos est un peu partout, mais elle n'est pas assez forte pour que j'affirme qu'il est tout près.

– Peut-il être déjà parti ?

– Ce n'est pas impossible.

– Et la reine ? s'enquit Kyros.

– Toujours rien.

Soudain, devant un immeuble commercial, le traqueur stoppa le camion. C'était le signal le plus important qu'il recevait dans son crâne depuis le début de cette chasse. Il ne percevait pas la présence du Dracos, mais il était certain que celui-ci fréquentait souvent cet endroit.

– S'il ne s'y trouve pas, nous attendrons qu'il s'y présente, suggéra Damalis.

– Laissez-moi d'abord m'informer, décida Thierry.

Il gara le véhicule dans le stationnement de l'immeuble et y entra en arborant son sourire le plus irrésistible. Toujours guidé par ses sens de chasseur, il entra dans un bureau du deuxième étage. Le nom sur la porte de verre indiquait qu'il venait de pénétrer dans le siège social d'une petite entreprise pharmaceutique. Thierry s'immobilisa devant le bureau de la réceptionniste. Elle lui sembla très jeune et peu occupée. Une petite plaque dorée indiquait qu'elle s'appelait Julie.

– Bonjour, Julie, le patron est-il là ?
– Vous l'avez manqué de peu. Il est parti ce matin.
– Doit-il revenir bientôt ?
– Il m'a dit qu'il serait de retour dans un mois, mais si vous voulez mon avis, je ne crois pas qu'il reviendra.
– Est-ce une intuition féminine ?
– C'est plutôt une déduction. Hier, il a donné ses affaires à plusieurs personnes. Elles arrivaient ici, entraient dans son bureau et repartaient avec quelque chose.

C'était donc pour cette raison que le *varan* avait capté autant de pistes.

– Pourquoi m'aurait-il donné rendez-vous cet après-midi s'il avait l'intention de partir ce matin ? fit mine de s'étonner Thierry.
– Je pense que c'est à cause d'une femme. Elle l'a appelé au moins dix fois hier, et après mon patron a complètement perdu la boule.
– Est-il parti avec elle ?
– Je ne peux pas l'affirmer, mais c'est ce que je crois.
– Puis-je le joindre quelque part pour lui dire ma façon de penser ? A-t-il un téléphone portable ?
– En principe, je ne suis pas censée donner son numéro à qui que ce soit, mais étant donné qu'il ne reviendra pas...

Elle lui écrivit l'information sur un bout de papier qu'elle lui tendit.

– Vous êtes un amour, Julie.

– Si vous le désirez, vous pouvez revenir lundi. L'associé de mon patron sera au bureau. Je suis certaine qu'il aimerait vous rencontrer.

– Si je n'obtiens pas satisfaction avec ce numéro, je serai là.

Il quitta l'immeuble sans se presser, car il croyait comprendre ce qui s'était passé. Perfidia avait persuadé le roi de fuir avec elle en l'avertissant que des traqueurs étaient sur sa trace. Thierry monta dans le camion et composa le numéro sur son portable. Il obtint une boîte vocale et apprit que sa cible se nommait Perry Falsita.

– Il est parti ce matin avec une femme qu'il venait de rencontrer, et sa secrétaire ne sait pas où il est allé, annonça-t-il aux Spartiates.

– Que fait-on ? s'inquiéta Damalis.

– Sais-tu conduire ?

– J'ai des permis pour conduire une voiture, un autobus, un camion remorque et un tank. J'ai aussi mon brevet de pilote.

– Vraiment ?

– Le chiton est seulement un déguisement, Théo. J'ai roulé ma bosse.

– Dans ce cas, prends le volant. Je vais demander à des amis espions de m'aider à retracer les fuyards.

Ils s'échangèrent leurs places et Damalis lança le camion sur la rue King en direction de l'autoroute 10. Pendant ce temps, Thierry composa le numéro abrégé d'Océane. Comme il s'y attendait, ce fut Cédric Orléans qui répondit à l'appel. Son agente n'ayant plus le droit d'entretenir quelque lien que ce soit avec l'extérieur, le directeur de Toronto l'avait obligée à lui laisser son appareil.

– Bonjour, Cédric. En fait, c'est à toi que je voulais parler. J'aimerais que tu fasses une toute petite vérification pour moi.

– De quoi s'agit-il ?

– J'ai obtenu le nom du roi Dracos qui a facilité la fuite de Perfidia. J'aimerais savoir où ils sont allés.

– Je peux le faire tout de suite, si tu le veux.

– Il s'appelle Perry Falsita.

– Un nom prédestiné, ne put s'empêcher de commenter le directeur.

Thierry l'entendit pianoter sur son ordinateur personnel.

– Il a pris l'avion cet après-midi à destination de Vancouver en compagnie d'une femme qui s'appelle Karyn Décarie.

– Sans doute un alias pour Perfidia. Avez-vous des agents en Colombie-Britannique ?

– Nous en avons partout. As-tu l'intention de la poursuivre là-bas ?

– Je n'en sais rien encore.

– Je peux t'obtenir le nom de l'hôtel où ils descendront.

– Je serais fort surpris qu'ils dorment dans ce genre d'établissement, mais tout renseignement que tu pourras me donner sera fort apprécié.

– Je te rappelle si je trouve quelque chose.

– Merci, Cédric.

– Puis-je aussi te demander de ne pas communiquer avec Océane pendant qu'elle sera en mission à l'étranger ? Cela pourrait mettre sa vie en danger.

– Je suis un homme patient. J'attendrai son retour.

Cédric raccrocha en se demandant si le traqueur tiendrait parole, car il y avait entre sa fille et lui une profonde attirance même s'ils étaient de races totalement opposées.

– Ordinateur, faites-moi un rapport sur les progrès de Vincent McLeod.

– Il est toujours aux Laboratoires, mais il utilise un poste de travail auquel je n'ai pas accès.

– Aodhan Loup Blanc est-il avec lui ?

– Monsieur McLeod lui a demandé de partir.

– Quoi ? Analysez tout de suite les signes vitaux de Vincent McLeod.

– Ils sont normaux.

– Avertissez-moi si vous percevez le moindre changement, surtout au niveau de son rythme cardiaque.

– Très bien, monsieur.

Il avait remis l'enregistrement à son informaticien quelques heures auparavant. Vincent était pourtant très rapide. Normalement, il aurait repéré l'anomalie en l'espace de quelques minutes. Pourquoi était-ce si long ? « Il doit être en train de travailler sur son code secret », déduisit le directeur. La seule façon de le vérifier était de se rendre en personne dans cette section.

Lorsque Vincent fit glisser le petit disque dans le lecteur de l'ordinateur indépendant, il était persuadé de trouver un virus sur ce fichier. Ses premières vérifications ne montrèrent aucune irrégularité. Il remercia donc l'agent Loup Blanc d'être resté assis près de lui tout ce temps et le libéra en l'assurant qu'il ne trouverait probablement rien de plus sur l'enregistrement vidéo.

Dès qu'Aodhan fut parti, Vincent poussa son inspection plus loin. Toujours rien. Rassemblant son courage, il appuya sur la touche qui lui permettrait de visionner la vidéo.

Le personnage interviewé par Cindy ne lui parut pas menaçant. C'était un vieil homme qui tremblait comme sa grand-mère. Il fit un gros plan sur son visage et remarqua que ses yeux n'étaient pas normaux. Ils étaient noirs comme du charbon et parfaitement immobiles. « Cela ressemble aux descriptions de reptiliens sur les sites Internet », remarqua-t-il. Lorsque Brillare ouvrit la bouche, l'informaticien sentit son sang se glacer dans ses veines.

– Du calme, Vincent, du calme…, s'encouragea-t-il.

Il enregistra sa première réponse en audio seulement et fit disparaître l'image afin de ne pas se laisser distraire par le visage du Naas. Il analysa sans succès les mots, les syllabes, les sons. Puis, il se rappela que lors des exorcismes, il arrivait parfois que les démons s'expriment à l'envers des mortels. Il fit donc jouer la bande en sens inverse.

– Ce message est pour toi, Vincent, fit une voix douce comme de la soie. Nous l'avons enregistré ainsi, car tu es le seul qui saura comment le décoder.

– Le code…, s'étrangla le jeune savant.

– Tu n'as rien à craindre de nous.

– Qui ça, nous ?

– Nous sommes des *malachims*, des messagers du Tout-Puissant. Ton monde aura bientôt besoin de piliers qui l'empêcheront de s'effondrer.

Cette voix provenait bel et bien de l'enregistrement, mais elle lui répondait directement !

– Vous ne pouvez certainement pas avoir pensé à moi.

– Tu possèdes un immense savoir. Il ne doit pas se perdre.

– Mais comment faites-vous pour communiquer avec moi par le biais d'un enregistrement, alors que vous ne pouviez pas savoir ce que j'allais vous demander ?
– Tout a déjà été écrit.
« Comme dans la Bible… », se rappela Vincent.
– Êtes-vous des anges ?
– Nous sommes sa Voix.
– Si je ne suis pas en train d'halluciner, j'aimerais bien que vous lui passiez un message de ma part. Dites-lui que j'en ai assez de me faire tuer par des démons.
– Tu es revenu sur Terre plus fort que tu ne le crois, Vincent. Nous comptons sur toi.
– Vous connaissez mon nom ?

L'ordinateur s'éteignit brusquement. L'informaticien le ralluma aussitôt pour écouter le reste de cette communication, mais lorsqu'il voulut une nouvelle fois faire jouer la première phrase de Brillare à l'envers, il constata avec stupeur que ce dernier parlait le plus normalement du monde.

– Et alors ? fit Cédric en arrivant derrière lui.
– Tu ne me croiras pas.

Vincent fit pivoter sa chaise et montra à son patron un visage ébahi.

– Tu as réussi à débarrasser l'enregistrement du virus ?
– Je n'ai rien fait du tout…

...0035

Incapable de localiser Yahuda à Jérusalem, Yannick craignit le pire. Les forces du Mal avaient la fâcheuse habitude de se débarrasser de leurs serviteurs une fois qu'ils avaient accompli leur mandat. Il allait retourner auprès du Père pour lui demander conseil lorsqu'il entendit l'appel des milliers de fidèles qui ne l'avaient pas trouvé sur la place publique ce matin-là. Son premier rôle étant de prévenir le peuple de ce qui allait se passer et de les convaincre de s'opposer à Satan, il redescendit sur Terre et apparut devant la foule.

– Où vas-tu la nuit ? l'interrogea aussitôt un adolescent qui était venu de loin avec ses parents pour le voir.

– Je vais prier, répondit simplement Yannick.

– Mais tu es un apôtre, pourquoi as-tu besoin de prier ? N'as-tu pas déjà tout ce que tu demandes ?

– Prier, ce n'est pas demander des faveurs à Dieu. C'est lui ouvrir son âme pour qu'il l'emplisse d'amour, de joie et de bonté.

– Est-ce que je peux le faire aussi même si je suis jeune ?

– Il n'y a pas d'âge pour s'améliorer.

Un homme s'approcha de Yannick. Il transportait une jeune femme évanouie dans ses bras. Le visage baigné de larmes, il se jeta à genoux à quelques pas du Témoin.

– Je t'en prie, aide-moi, implora-t-il.

Yannick avait soigné beaucoup de malades autrefois en utilisant les pouvoirs que lui avait accordés le Père.

Il avait par la suite répété ce miracle, mais plus rarement, s'étant absorbé dans ses études. Il se pencha sur le corps inanimé.

– C'est ma fille. Je l'ai trouvée ainsi, ce matin...

L'apôtre posa la main sur le front brûlant de la jeune femme et ferma les yeux. Elle sursauta dans les bras de son père comme si elle avait reçu une décharge électrique. Ceux qui les entouraient poussèrent un cri de surprise, puis se mirent à applaudir lorsqu'elle se redressa.

– Merci ! sanglota le père, émerveillé. Vous êtes bel et bien un ange !

Yannick se remit à penser à Yahuda qui, depuis un moment, n'était pas un exemple de bonté et de charité. Il chassa ces pensées et se concentra sur son travail de prédication. Les questions des fidèles étaient souvent les mêmes, mais il y répondait avec plaisir. L'énergie des personnes qui venaient l'écouter commençait à changer. Elles s'intéressaient enfin à leur salut et délaissaient de plus en plus les plaisirs matériels. Elles ne seraient donc plus des cibles faciles pour l'Antéchrist.

Au cours de l'après-midi, Yannick fut content de voir que des marchands offraient gratuitement de la nourriture et des rafraîchissements à la foule. L'esprit de partage s'installait peu à peu dans leurs cœurs.

– Le prince des ténèbres s'attaquera-t-il aussi à l'Amérique ? demanda un vieil homme.

– Il n'épargnera personne, s'affligea le Témoin. Ceux qui lui résisteront tout comme ceux qui le serviront finiront par mourir de sa main, car c'est un maître cruel et intolérant.

– Le mieux serait de fuir, alors ?

– Certains d'entre vous iront se réfugier dans les montagnes jusqu'à la fin de son règne, mais ils vivront dans la misère et la peur.

Yannick reconnut alors la jeune femme qui traversait l'importante assemblée. Jamais il n'aurait pensé revoir Océane avant sa mort. Il arrêta de parler en se demandant comment réagir, car un apôtre ne prêchait pas qu'en paroles, il devait aussi donner l'exemple. Or, la dernière chose qu'il désirait, c'était une explication publique avec elle.

Heureusement, l'agente de l'ANGE ne parvint pas à se rendre jusqu'à lui. L'ayant reconnue intuitivement, Chantal avait tout de suite quitté sa place pour l'intercepter.

– Vous êtes Océane, n'est-ce pas ?
– Qui le demande ?
– Une amie de Yannick.
– Une amie intime ?
– Une véritable amie. Je vous prierais de ne pas vous approcher de lui.

Voyant que les croyants qui les entouraient écoutaient leurs paroles, Océane décida de ne pas s'attirer leur défaveur.

– On pourrait se parler là-bas ? suggéra-t-elle.
– Avec plaisir.

Les deux femmes s'éloignèrent de la foule au grand étonnement de Yannick. Elles ne se connaissaient pourtant pas…

– Si vous savez qui je suis, vous savez aussi ce que je représente pour Yannick, commença Océane en s'asseyant sur la margelle d'un puits.

– Il m'a dit que vous avez eu une courte relation amoureuse et qu'elle s'est mal terminée.

– Puis-je au moins savoir qui vous êtes ? se durcit Océane.

– Je m'appelle Chantal. J'ai rencontré Yannick ici même alors qu'on venait de le cribler de balles de mitraillettes. Il m'a fait visiter la Terre sainte et il m'a montré ce que le mot « amitié » signifie vraiment. Apparemment, cette leçon vous a échappé lorsque vous étiez avec lui.

– De quoi m'accusez-vous, au juste ?

– Vous lui avez brisé le cœur, mais j'imagine que vous ne vous en êtes jamais rendu compte. Vous êtes la seule femme qu'il ait vraiment aimée au cours de ses deux mille ans d'existence. Il pense encore à vous même si vous ne le méritez pas.

– C'était un amour impossible en raison de notre travail. Est-ce qu'il a oublié de vous le mentionner ?

– Il m'a tout raconté.

– À quoi s'attendait-il ? Que je pleure jusqu'à la fin de ma vie ? Ce n'est pas vraiment mon genre.

– Un peu de délicatesse de votre part aurait suffi. Mais, comme vous le dites, ce n'est pas votre genre. Au lieu de lui parler de l'attirance que vous éprouviez pour un autre homme, vous l'avez mis face au fait accompli.

– Yannick n'est pas l'homme faible que vous me décrivez, mademoiselle Chantal. Il a accepté notre séparation même si elle nous déchirait tous les deux. Nous sommes restés amis.

– Est-ce pour cette raison qu'il s'est exilé à Jérusalem ?

– C'est sa mission qui l'a conduit ici.

– Dans ce cas, nous sommes d'accord sur une chose. Il doit se concentrer sur cette mission, et rien d'autre. Allez-vous-en et laissez-le en paix.

– Êtes-vous sa nouvelle maîtresse, par hasard ? se fâcha Océane.

– Il n'y a rien que j'aimerais autant, mais ce n'est plus possible. La seule chose que je puisse faire pour lui, par amitié, c'est d'empêcher les égoïstes de venir gruger son énergie.

– C'est lui qui dit que je suis égoïste ?

– Comment qualifiez-vous les gens qui manipulent les autres sans scrupules, pour leur seule satisfaction personnelle ?

– Écoutez-moi bien, amie du Témoin. Ce que j'ai à lui dire ne vous regarde pas. J'admire votre exaltation et votre dévouement, mais ni vous ni personne ne m'empêcherez de me rendre jusqu'à Yannick. Est-ce bien clair ?

– Si vous êtes encore son amie comme vous le prétendez, alors, vous disparaîtrez à tout jamais de sa vie. Il ne mérite pas de souffrir.

Océane aurait très bien pu donner à cette insolente la correction qu'elle méritait, mais l'ANGE lui avait demandé de se faire discrète à Jérusalem jusqu'à ce que la firme française qui l'employait veuille bien communiquer avec elle. Elle devait agir comme une touriste, ce qui impliquait de s'intéresser au phénomène des deux Témoins qui attiraient de plus en plus de croyants à Jérusalem. De plus, il y avait autour d'elle un peu trop de photographes et de journalistes pour qu'elle envoie son poing sur la jolie frimousse de cette fervente admiratrice.

Elle ravala donc sa colère et tourna les talons, se promettant de revenir plus tard avec des renforts qui tiendraient la jeune Chantal à l'écart tandis qu'elle remercierait enfin Yannick de lui avoir sauvé la vie. « Je ne suis pas égoïste, fulmina-t-elle intérieurement. J'ai parfaitement le droit de le garder comme ami même si mon amant en est jaloux. »

Elle se rendit dans un café qu'elle avait appris à reconnaître sur des photographies avant son départ de Toronto. En demeurant la plus naturelle possible, elle traversa le petit établissement et entra dans l'arrière-boutique où se trouvait une chambre froide. « J'espère qu'ils m'ont donné les bonnes informations », songeat-elle en tournant la poignée de la pièce frigorifiée. Elle referma la porte derrière elle et contourna les pièces de viande qui pendaient du plafond. Elle vit tout de suite le cercle incrusté dans le mur du fond et y appuya le cadran de sa montre. À son grand soulagement, le panneau métallique glissa, révélant la porte d'un ascenseur.

Océane n'avait pas beaucoup voyagé durant sa vie. La division du Québec où elle avait toujours travaillé desservait uniquement Montréal et ses alentours. Lors de son séjour à Alert Bay, elle n'avait vu la Colombie-Britannique que du haut des airs. Elle connaissait cependant Toronto comme le fond de sa poche, mais ce n'était pas une ville très dépaysante. Jérusalem, par contre...

La porte de l'ascenseur s'ouvrit sur un long couloir qui ressemblait à ceux de toutes les bases. Seuls les traits des agents qu'elle croisa différaient de ceux de Toronto. Elle demanda à être admise dans la salle des Renseignements stratégiques en soumettant sa montre à l'examen d'un œil électronique. « Ils sont en avance sur nous », constata-t-elle. Lorsque la porte s'ouvrit enfin, elle se retrouva face à face avec un jeune homme à peu près de sa taille. Il avait un visage rieur, des cheveux bruns très courts, et ses yeux verts brillaient d'un vif éclat.

– Je suis Noâm Eisik. Soyez la bienvenue à Jérusalem, agent Chevalier.

– Vous pouvez m'appeler Océane.

– Venez, je vais vous conduire jusqu'au bureau de la directrice.

Il la rejoignit dans le couloir.

– Son bureau n'est pas là-dedans ? s'étonna la jeune femme.

– Non, il est juste à côté de la salle de Formation.

– Ah bon...

Elle revint donc sur ses pas, à ses côtés.

– Nous avons été prévenus que ce serait votre dernier contact avec nous, l'informa Eisik. Vos codes ne fonctionneront plus la prochaine fois que vous mettrez les pieds dans une installation de l'ANGE. Je crains même que vous ne soyez forcée de nous remettre votre montre.

– On m'a déjà mise au courant des conditions de ma mission.

Il s'arrêta devant une porte non identifiée.

– Elle est arrivée, madame.

La porte glissa et Eisik laissa l'agente canadienne entrer seule dans le bureau. Adielle Tobias se leva pour lui tendre la main. Océane la serra volontiers même si elle venait de remarquer qu'un petit poignard dans sa gaine dorée pendait au cou de la directrice et qu'une mitraillette reposait sur sa table de travail.

– Je vous en prie, asseyez-vous.

– C'est un curieux bijou que vous portez là, madame Tobias, souligna Océane en prenant place dans un fauteuil beaucoup moins confortable que ceux de Toronto.

– Cela va vous paraître étrange, mais c'est une relique. Yannick Jeffrey me l'a offerte pour me protéger de l'assassin qui fait des ravages dans cette ville depuis quelques jours.

– En parlant de Yannick, je me suis arrêtée sur la place publique en quittant mon hôtel pour entendre ce qu'il racontait. Une de ses admiratrices m'a empêchée de me rendre jusqu'à lui.

– Vous devriez faire attention, mademoiselle Chevalier. Les gens qui ont peur sont des gens dangereux.

– Je n'avais aucune mauvaise intention.

– Votre ancien collègue ne nous appartient plus. Il fait désormais le travail de Dieu sur la Terre et je dirais qu'il est plutôt efficace.

– Maintenant que j'y pense, il n'est pas censé prêcher seul.

– Il n'a pas vraiment le choix, puisque Yahuda s'est volatilisé.

– Yahuda Océlus ? C'est impossible. Ils sont comme les deux doigts de la main.

– Yannick prétend que le Mal a réussi à corrompre son ami. Faites bien attention si vous le rencontrez dans les rues de la ville, car il est possédé.

– Merci de me mettre au courant.

– Comme vous le savez, l'ANGE ne pourra pas vous venir en aide durant votre mission secrète. Elle niera vous connaître, surtout si vous vous faites prendre.

Océane hocha doucement la tête pour confirmer qu'elle était déjà au courant. Elle détacha sa montre avec un petit pincement au cœur et la déposa sur la table de travail.

– À partir de maintenant, vous devez cheminer seule. Bonne chance.

Océane rassembla son courage et serra la main d'Adielle une dernière fois. Avant de la laisser sortir de la base, le chef de la sécurité de Jérusalem s'assura qu'elle ne portait sur elle aucun dispositif ou document pouvant la relier à l'Agence, puis la relâcha à la surface.

Se sentant de plus en plus seule, Océane erra dans la ville. « Tout ça parce que je n'aimais pas Toronto... », se dit-elle. Elle prit une collation dans un petit restaurant qui servait des mets dont elle n'avait jamais entendu parler en observant la vie locale. Heureusement, sa mère l'avait préparée à survivre n'importe où, car toute sa vie elle lui avait servi de la nourriture inhabituelle. « C'est comme si elle avait transformé sa cour en Ville sainte, en fait », se dit-elle pour se rassurer. Elle ne connaissait personne, à part Yannick. Cédric lui avait recommandé de ne pas être vue avec lui, car l'Alliance rôdait certainement autour du Témoin. Or, pour s'infiltrer dans l'entourage de l'Antéchrist, il était plus prudent de ne pas entretenir de relation avec l'autre camp.

Ses pas la conduisirent tout de même de nouveau jusqu'à la place publique à la fin de la journée. Les croyants commençaient à partir. Océane étira son cou et ne vit Chantal nulle part. Elle étudia rapidement les lieux et s'empressa de faire un détour pour arriver derrière le muret où se trouvait son ancien amant.

– Yannick, est-ce que tu m'entends ? fit-elle à tout hasard.

Il apparut devant elle, la faisant sursauter.

– Qu'est-ce que tu fais ici ?
– Je n'ai pas le droit de le révéler.
– Tu es en mission ?
– Je ne peux pas te le dire, n'insiste pas. J'avais juste besoin de te revoir pour te dire merci. Sans toi, je serais dans une urne de cristal au milieu du salon d'Andromède.

Yannick n'eut même pas un sourire. Océane ne lui avait jamais connu un air aussi sévère.

– Tu en as tellement fait plus pour moi que j'en ai fait pour toi, s'étrangla-t-elle, émue.
– Ne revenons pas en arrière. Tu as fait tes choix, maintenant acceptes-en les conséquences.
– Ne pourrais-je pas juste avoir un dernier petit câlin ?

Il secoua la tête pour dire non.

– Ça va donc se terminer ainsi, se ressaisit-elle.
– C'est déjà terminé. Quitte Jérusalem pendant qu'il en est encore temps.

Il s'évapora comme un mirage. Océane s'appuya le dos contre le mur. Pour la première fois de sa vie, elle ressentit de cruels remords.

...0036

À genoux dans le jardin, Antinous cueillait des fleurs pour Hadrien. Ce dernier avait passé la majeure partie de sa vie à la guerre, mais cela ne l'avait jamais empêché d'aimer les belles choses comme le théâtre, la poésie, les arts et les fleurs. Le jeune Grec avait souvent suivi son protecteur dans ses parties de chasse, car l'empereur adorait se mesurer aux animaux sauvages. Pour lui faire plaisir, Antinous avait appris à manier le javelot et à mettre sa vie en péril pour abattre un lion ou un sanglier. C'étaient de bien petits sacrifices pour séduire un homme aussi puissant.

Depuis son retour à la vie, le jeune homme constatait qu'il lui restait peu de souvenirs de sa famille. Hadrien avait dû le cueillir chez ses parents alors qu'il était très jeune, puisque le seul visage qui apparaissait dans sa mémoire était le sien. Lorsque les horribles scènes de sa noyade défilaient devant ses yeux, Antinous s'efforçait de les faire disparaître en jouant de la harpe, en lisant les livres en grec que possédait Hadrien ou en lui préparant de beaux vases de fleurs fraîches.

Il ne quittait la villa que lorsque c'était nécessaire, car il ne comprenait pas le monde extérieur. Les mulets et les bœufs avaient cédé leur place à des chariots qui se mouvaient tout seuls. Les oiseaux qui sillonnaient le ciel étaient devenus métalliques. Toutes les statues de sa jeunesse étaient entreposées dans de grandes maisons qu'on appelait des musées. Hadrien l'avait forcé à assister à la signature d'un traité dont il ne comprenait pas les enjeux. Pire encore, il l'avait obligé à enfiler des vêtements tellement serrés qu'ils avaient laissé des marques sur sa peau.

Antinous secoua la tête pour chasser cette mauvaise impression. Satisfait de sa cueillette, il retourna dans la maison. Il crut alors entendre la voix du médecin dans le petit salon. Il déposa les fleurs dans le vase qu'il avait rempli d'eau et se glissa en silence dans le vestibule. Un curieux grésillement parvint à ses oreilles et il émanait de la pièce en question ! Décidément, Antinous détestait ce mage au regard pénétrant, mais il n'arrivait pas à persuader Hadrien de le congédier.

À pas de loup, le jeune homme se glissa jusqu'à l'entrée du petit salon et risqua un œil à l'intérieur. Hadrien était assis dans son fauteuil préféré, les yeux fermés. Le docteur Wolff se tenait derrière lui, les mains écartées. De longs filaments lumineux partaient de ses paumes et effleuraient la tête de son patient.

– Mais que lui faites-vous ? s'indigna Antinous en se précipitant dans la pièce.

Hadrien ouvrit aussitôt les yeux, contraignant Ahriman à mettre fin à son traitement douteux.

– Qu'y a-t-il, mon adoré ?

Antinous s'agenouilla devant l'empereur et prit ses mains.

– Pourquoi es-tu si pâle ?
– Votre médecin...

Le jeune homme leva les yeux, mais le Faux Prophète s'était volatilisé. Pourtant, il n'y avait dans cette pièce aucune autre issue que celles de la porte d'entrée et de la fenêtre, et cette dernière était fermée.

– Qu'a-t-il encore fait ?
– Il se tenait juste là et il vous jetait un sort !

– Tu vois bien que je suis seul.
– Il était là, je vous le jure !
– Calme-toi, je t'en prie.

Hadrien passa ses bras autour de son protégé et l'étreignit avec affection.

– Tu le détestes tellement que tu l'imagines en train de nuire à tout le monde.
– J'ai vu ce que j'ai vu, monseigneur.
– Je me sens parfaitement bien, alors s'il était vraiment ici, ce n'était pas pour me faire du mal. Cesse de trembler. Tu étais bien plus brave lorsque tu voyageais à travers l'empire avec moi.
– C'est vrai, je suis différent, mais je ne peux pas expliquer pourquoi.
– Tous les héros qui traversent le voile séparant la vie de la mort changent un peu, j'imagine.

Du bout des doigts, Hadrien joua avec les boucles noires de l'éphèbe jusqu'à ce qu'il se calme.

– Je vais t'aider à te changer les idées, décida-t-il. Les archéologues ont commencé à démanteler les vieux immeubles qui céderont la place à mon temple. Que dirais-tu de venir y jeter un coup d'œil avec moi ?
– Qu'est-ce qu'un archéologue ?
– C'est une personne qui prend soin des choses anciennes. Beaucoup d'années ont passé depuis que j'ai sombré dans le sommeil et que tu as péri dans le Nil. Les édifices qui étaient tout neufs dans notre temps sont maintenant démodés.
– Moi, je les aimais tels qu'ils étaient.
– Oui, je sais, tu n'as jamais aimé le changement, mon petit dieu. Combien de fois t'ai-je répété l'importance du progrès ?
– Votre progrès ne ressemblait pas à celui qui se trouve dehors.

– Dans ce cas, je vais te faire une promesse. Une fois que j'aurai repris ma place à la tête de mon empire, nous ferons en sorte que toutes ces villes redeviennent exactement comme elles étaient avant.

– Vous le pourriez ?

– Me mets-tu au défi, Antinous ?

– Non. Je sais que rien ne vous est impossible.

– Allons, mettons-nous en route.

Le jeune homme aida Hadrien à se lever.

– Suis-je obligé de porter le vêtement noir ? s'affligea Antinous.

– J'ai trouvé d'autres étoffes plus confortables pour toi. Je pense que tu les aimeras.

Le pantalon en toile et la chemise qu'avait sélectionnés l'empereur se révélèrent moins serrés que le complet, mais lorsque vint le temps de faire chausser au jeune Grec des espadrilles, Hadrien eut presque droit à une révolte en règle. Il transforma donc cette épreuve de force en combat amical et l'emporta, comme d'habitude. Tout en s'habillant lui-même, il observa son protégé qui n'arrêtait plus de se contempler dans la glace.

– Il va falloir que je te protège contre les filles ! le taquina-t-il. Tu es un véritable Adonis.

Ils montèrent dans la limousine et furent conduits sur le chantier de construction du Temple de Salomon. Sélèd n'aimait pas voir son patron s'exposer ainsi en public, mais il avait appris à se taire depuis l'arrivée du docteur Wolff. Les chefs du projet vinrent tout de suite aux devants de l'entrepreneur.

– Avez-vous commencé les travaux ? demanda ce dernier.

– Oui, monsieur. Nous devons toutefois procéder avec beaucoup de prudence afin d'éviter que ces précieux monuments ne s'effritent entre nos doigts.

– Montrez-moi où vous en êtes.

Ils l'emmenèrent d'abord devant une grande table sur laquelle étaient étalés des plans. Antinous ne leur jeta qu'un furtif coup d'œil et poursuivit sa route pour aller voir de près les scies géantes qui découperaient la pierre. Hadrien écouta les boniments des architectes en gardant un œil sur son protégé. S'il devait lui arriver une seconde fois malheur, l'empereur sentait qu'il en perdrait la raison.

C'est alors qu'il ressentit une très curieuse sensation. Quelque chose avait remué au niveau de sa poitrine ! Hadrien cessa de prêter attention aux propos des chefs d'équipe et se concentra sur son propre corps. Antinous avait-il dit vrai ? Son médecin lui avait-il jeté un sort ? Le malaise se transforma rapidement en léger spasme.

– Que se passe-t-il, monsieur Ben-Adnah ? s'inquiéta l'un des architectes, qui l'avait vu grimacer.

– Je n'en sais rien...

L'empereur se rappela, avec horreur, que sa maladie avait commencé de la même manière. Il se redressa fièrement afin de ne pas montrer sa faiblesse à ses sujets. Son regard se porta au loin et s'arrêta net sur une jeune femme serrée dans un tailleur noir qui portait un casque de construction et des lunettes protectrices. Une force mystérieuse le poussa aussitôt à se diriger vers elle.

Il abandonna les hommes à leurs plans et contourna les échafaudages et les machines. Celle qui l'attirait comme du miel n'était visiblement pas de la région même si elle avait des cheveux sombres. Ses traits lui étaient pourtant familiers. Où l'avait-il déjà vue ? À Athènes ? À Alexandria ?

– Nous sommes-nous déjà rencontrés ? lui dit-il en s'arrêtant près d'elle.

Elle lui adressa le plus merveilleux des sourires.

– Non, je m'en souviendrais si j'avais croisé un homme de votre prestance, assura-t-elle. Je suis Océane Orléans.

Elle lui tendit la main avec l'assurance d'une Américaine. Au lieu de la serrer, Hadrien y déposa un baiser.
– Et moi, Asgad Ben-Adnah.

Son médecin l'avait bien averti d'utiliser le nom que lui donnaient les hommes du monde moderne. L'empereur se pliait à cette demande pour l'instant. Il viendrait un jour, cependant, où l'Europe serait forcée de reconnaître sa véritable identité.

– Est-ce vous qui avez réussi à faire signer le pacte de sept ans ? Suis-je en présence de l'homme le plus important de la planète ?

– Je suis seulement doué pour les négociations, c'est tout.

– C'est tout ? Et vous êtes humble, en plus ? Mon admiration pour vous vient de doubler, monsieur Ben-Adnah.

Hadrien ne comprenait pas pourquoi il éprouvait une si grande joie à se trouver près de cette femme.

– Vous n'êtes pas du pays, n'est-ce pas ?
– Qu'est-ce qui vous le fait dire ?
– Votre accent charmant.
– Je suis canadienne d'origine, mais je travaille pour une firme française de restauration de monuments anciens.
– Êtes-vous ici pour effectuer une expertise ?
– Pas tout à fait. Mes patrons m'ont demandé de superviser les travaux de nos équipes. J'ai bien peur d'être à Jérusalem pour un long moment. Je ne m'en plains pas, remarquez. C'est une ville sensationnelle pour quelqu'un qui aime les vieilles choses.
– Votre mari vous accompagne, au moins ?
– Je ne suis pas mariée.
– Une belle femme comme vous ? Mais pourquoi ?
– Il est plutôt difficile de rencontrer de bons partis lorsqu'on a constamment la tête dans la poussière des temples un peu partout dans le monde. Ne vous inquiétez

surtout pas pour moi. Je suis parfaitement heureuse avec mes antiquités.

– Mademoiselle Orléans, pourrais-je vous inviter à dîner, ce soir ?

– J'ai déjà des plans pour ce soir, mais demain, j'en serais ravie.

Océane souriait à l'empereur de toutes ses dents, consciente du charme qu'elle exerçait sur lui. Elle n'avait pas du tout l'intention de se laisser séduire en une seule journée. Le lien qu'on lui avait demandé d'établir avec cet homme devait être suffisamment fort pour qu'elle puisse l'éliminer si nécessaire.

– Je vous ferai chercher, si vous me dites le nom de votre hôtel.

Elle fouilla dans la poche de sa veste et lui tendit une carte.

– Il n'y a pas de hasard. Je l'ai prise sur le comptoir de la réception avant de partir ce matin pour m'éviter de mal le prononcer.

Il lui fit un second baisemain, électrisé par le contact de sa peau.

– À demain, monsieur Ben-Adnah, lui lança-t-elle en faisant mine de se concentrer sur son travail.

Il revint vers l'équipe d'architectes qui se demandaient comment cette spécialiste avait réussi à attirer son attention alors qu'eux-mêmes n'y arrivaient pas. Hadrien marcha lentement, en analysant ses sentiments. Une seule personne l'avait autant bouleversé durant sa vie : Antinous. Il s'arrêta près de la table couverte de plans et vit son protégé, à quelques pas de là, qui l'observait avec inquiétude. Il savait pourtant qu'un empereur devait avoir une épouse pour assurer sa crédibilité auprès du peuple.

Hadrien demanda aux chefs d'équipe de lui parler du temps que mettraient les travaux à se réaliser, plutôt que des travaux eux-mêmes. Lorsque la chronologie des événements fut très claire dans sa tête, il décida de rentrer chez lui. Dès qu'il se fut assis dans la limousine, le malaise qu'il éprouvait à l'estomac se dissipa. À ses côtés, le jeune Grec était silencieux.

– Tu es fâché contre moi ? chercha à savoir l'empereur.

– Ce n'est rien.

– Je veux que tu sois le plus heureux des hommes, Antinous. Si quelque chose te tracasse, tu dois me le dire pour que j'y remédie.

– Vous m'avez déjà fait un sermon sur la jalousie.

– Cette femme travaille sur le chantier et j'ai seulement voulu faire sa connaissance.

Antinous tourna la tête pour regarder dehors.

– Tu as peur qu'elle tombe amoureuse de moi ?

– Pardonnez-moi, monseigneur, mais je lutte très fort en ce moment pour ne pas avoir de pensées égoïstes.

– C'est ta franchise qui me rend fou de toi, mon adoré.

Le rire amusé de l'empereur sembla dérider son amant.

– Prendrez-vous une autre reine lorsque l'empire sera consolidé ?

– C'est possible, et tu sais pourquoi je serai forcé d'agir ainsi. Mais cela n'a rien changé à notre relation par le passé, alors je ne vois pas pourquoi ce serait différent maintenant.

– C'était un mariage arrangé. Votre femme ne vous plaisait pas.

– Antinous, pitié ! Tu connais mes sentiments pour toi. Arrête de te torturer.

Ce soir-là, Hadrien entoura son amant de petits soins, mais le lendemain soir, lorsqu'il lui annonça qu'il devait sortir sans lui, le jeune Grec recommença à paniquer, pour une raison cependant plus personnelle.

– Vous n'allez pas me laisser seul avec votre médecin !
– Il n'habite pas ici, que je sache.
– Sa magie lui permet d'aller où il veut !
– Tu n'as rien à craindre de lui. Il est à mon service, et non le contraire.

Antinous n'en était pas aussi sûr.

– Je demanderai à Pallas de rester avec toi et de ne pas te quitter une seconde. Il pourrait même t'apprendre des choses fascinantes sur le monde moderne.

Le jeune homme baissa la tête en signe de soumission.

– Ce soir, lorsque je rentrerai, tu me raconteras tout ce que vous avez fait.

L'empereur l'embrassa sur le front et quitta la villa.

...0037

Océane passa une bonne partie de l'après-midi à se préparer pour son rendez-vous galant. L'ANGE avait versé à son nouveau compte en banque suffisamment d'argent pour qu'elle s'achète une robe de soirée moulante et de nouvelles chaussures plus féminines que celles qu'elle portait à Toronto. Elle coiffa ses cheveux, fit une pirouette dans un nuage de parfum et s'admira dans la glace de sa chambre d'hôtel.

– Tu as belle allure, Orléans, déclara-t-elle sur un ton macho.

Cédric n'avait pas du tout été amusé d'apprendre qu'elle avait choisi son propre nom de famille pour cette mission. Mais Vincent, lui, avait trouvé que c'était une bonne idée. Il avait donc fabriqué de faux papiers et trafiqué les bases de données du Québec et de la France avant que le directeur ne soit mis au courant.

– C'est mon père, alors j'ai bien le droit d'utiliser son nom, s'était justifiée Océane.

Elle descendit à la réception de l'hôtel à l'heure convenue, fière de faire tourner toutes les têtes. Une limousine l'attendait devant la porte. « Au moins, celui-là sait sortir une fille », songea-t-elle avec amusement. Elle se laissa conduire en mémorisant le chemin emprunté par la grosse voiture, juste au cas où. Cette dernière quitta la ville et grimpa dans les collines jusqu'à ce qu'elle atteigne un vignoble privé. « Est-ce là qu'il habite ? »

s'étonna l'agente. Les documents qu'elle avait consultés évoquaient plutôt une grosse villa un peu à l'extérieur de la ville.

Lorsque la limousine s'arrêta enfin devant la porte principale de la grande maison en pierre, ce fut Asgad lui-même qui vint lui ouvrir la portière. Il lui prit la main et l'aida à sortir de la voiture en humant son parfum.

– J'ignorais qu'il y avait un restaurant ici, indiqua Océane.

– Tout ce qui existe dans l'univers peut être transformé quand on possède une grande fortune. Ce vignoble appartient à l'un de mes amis qui a accepté de me le prêter ce soir.

– Êtes-vous en train de me préparer un conte de fées ?

– Je m'apprêtais à dire « une soirée de rêve », mais votre expression est plus jolie que la mienne.

Il l'escorta à l'intérieur de la bâtisse où une seule table avait été dressée. Des chandeliers très anciens fournissaient le seul éclairage de la pièce. Océane fut incapable de deviner à quoi cette dernière pouvait servir en temps normal. Ce soir-là, on l'avait tout simplement décorée pour en faire un petit coin romantique pour deux. Asgad fit asseoir l'agente en caressant délicieusement ses épaules et ouvrit une première bouteille de vin. Elle accepta la fine coupe avec un sourire émerveillé.

– Êtes-vous un prince charmant ?

– Peut-être bien. J'aime bien vos contes d'Amérique. Si cela vous intéresse, je vous montrerai l'étang où, il n'y a pas longtemps, j'étais encore une grenouille.

Il l'incita à boire un peu de vin. Celui-ci était si doux et si parfait qu'elle se surprit à fermer les yeux pour le déguster.

– Je ne suis pas une experte, mais c'est vraiment bon.

– Le maître de ces lieux sera content de l'apprendre.

Il prit place dans le fauteuil opposé à celui de la jeune femme. S'il n'était pas un prince, il en avait du moins la prestance.

– Parlez-moi de vous, mademoiselle Orléans.

– J'imagine que vos avocats vous ont déjà fourni tout mon dossier en vous recommandant de vous méfier parce qu'à trente ans je suis encore célibataire, n'est-ce pas ?

Il se mit à rire de bon cœur.

– Je n'ai jamais connu de femmes comme vous. Y en a-t-il beaucoup d'autres chez vous qui vous ressemblent ?

– Je crains que non. Je suis unique. Dites-moi ce qu'ils vous ont dit.

– C'est mon secrétaire qui a fait cette petite enquête. Vos diplômes l'ont beaucoup impressionné. Il pense toutefois que vous auriez dû passer moins de temps à l'école et plus de temps sur le terrain, où se joue la vraie vie.

– Je suis encore jeune.

– Jeune et très belle. Si ce sont les vieux monuments qui vous intéressent, je crois que je pourrais vous faire une proposition qui vous obligera à passer le reste de votre existence ici.

Elle sirota son vin en le regardant droit dans les yeux. « Je suis comme ma mère, j'aime les hommes mystérieux… et les reptiliens », se rappela-t-elle. Cédric lui avait répété mille fois avant son départ de demeurer sur ses gardes, car l'Antéchrist était un Anantas, donc plus dangereux que les Dracos. « Mais il n'a pas l'air dangereux… »

Arrivant de nulle part, des serviteurs en livrée déposèrent sur la table du pain cuit au four, des fromages variés, des fruits, des légumes, des olives noires, une salade colorée qui sentait l'ail, des quiches et des grillades de poisson.

– Tout cela, c'est juste pour nous ?
– Je ne connais pas encore vos goûts, alors je me suis dit que vous aimeriez goûter de tout.

Et c'est ce qu'elle fit au grand bonheur de son hôte jusqu'à ce qu'elle soit rassasiée. La nourriture était vraiment excellente. Quelques coupes de vin plus tard, Asgad la convia à marcher avec lui dans le vignoble. Des torches avaient été allumées sur leur chemin. Océane regretta tout de suite d'avoir acheté des talons aiguilles. Ils durent donc s'arrêter au bout d'un moment, car elle n'arrivait pas à conserver son équilibre.

– Il fait beaucoup plus frais ici qu'en ville, remarqua-t-elle.

L'entrepreneur retira sa veste et la déposa sur les épaules de la jeune architecte, en parfait gentleman. Océane constata qu'ils étaient arrivés au bord d'un étang.

– C'est ici que je suis né, plaisanta-t-il.

Elle s'esclaffa, quelque peu encouragée par les effets de l'alcool. Il la serra doucement dans ses bras et l'embrassa. À sa grande surprise, elle ne tenta pas de l'arrêter et se surprit à répondre à ses avances. « Finalement, cette mission n'est pas si mal », se dit-elle. Elle aurait pu tuer Asgad ce soir-là en l'assommant et en le noyant dans la mare, mais une émotion étrange commençait à naître en elle. Même si elle savait qui il était et ce qu'il allait faire dans trois ans, elle éprouvait une attirance grandissante pour cet homme d'affaires exceptionnel. « C'est quoi, le féminin d'Antéchrist ? » se demanda-t-elle en se laissant étreindre passionnément.

– Je crois que j'aime de plus en plus Jérusalem, annonça-t-elle entre deux baisers.

Elle ignorait évidemment que c'était son sang reptilien qui commençait à se manifester. La partie animale de son cerveau, qu'elle avait inconsciemment refoulée toute sa vie, se réveillait. Rien, dans sa vie amoureuse, ne l'avait préparée à cette rencontre électrisante avec un mâle de son espèce. « Cédric ne me fait pourtant pas cet effet-là, mais je le trouve très beau », songea-t-elle.

Asgad la ramena à la maison, où les serviteurs avaient disparu. La table avait même été remplacée par un grand lit recouvert de pétales de roses. Océane cessa de raisonner et se laissa emporter dans un tourbillon de sensations nouvelles jusqu'à ce qu'elle sombre dans le sommeil. Juste avant de s'endormir dans les bras de l'empereur, elle se surprit à penser qu'il lui avait fait l'amour de la même façon que Yannick…

...0038

De retour chez Andromède, Thierry Morin s'informa des différents vols à destination de la côte ouest et de Jérusalem. Il était assis devant le cercle de feu, dans la cour, son téléphone à la main, jonglant avec les diverses possibilités qui s'offraient à lui. Ses deux cibles étaient aux antipodes l'une de l'autre et il ne savait pas par laquelle commencer. En tuant d'abord le prince des ténèbres, il n'éliminerait pas la possibilité que les Dracos fassent la pluie et le beau temps sur la Terre, car ils n'auraient plus rien à craindre des Anantas. D'un autre côté, même s'il s'envolait sans tarder pour Vancouver, Perfidia lui ferait certainement perdre du temps puisqu'elle avait une longueur d'avance sur lui. Il n'était pas rare que des traqueurs passent plusieurs mois avant de coincer leurs cibles.

– Pourquoi ressens-tu autant de hâte ? demanda Damalis en s'asseyant près de lui.

– C'est compliqué, soupira Thierry.

Les autres Spartiates étaient dans la maison avec Andromède et écoutaient le dernier bulletin de nouvelles pour voir s'ils ne découvriraient pas une piste quelconque, les Dracos ayant la fâcheuse habitude de créer des remous sur leur passage.

– À cause d'Océane ?

– Elle est partie pour une mission que je considère comme suicidaire.

– Mais ses patrons ont eu suffisamment confiance en elle pour la lui confier. Elle doit tout de même avoir quelques talents.

– Elle est habile et intelligente, mais son ennemi aussi.

– Alors, tu veux en finir au plus vite avec la reine pour aller épauler ta belle.

– Pire encore, nous avons la même cible.

– Pourquoi ne pas travailler en tandem, alors ?

– J'y pensais.

– Je ne sais pas traquer comme toi, mais je suis prêt à passer Vancouver au peigne fin avec mes frères pour tenter de retrouver Perfidia.

– Elle pourrait tous vous tuer, Damalis.

– C'est un bien petit sacrifice quand on pense aux dommages que feront les enfants qu'elle mettra au monde.

– J'admire vraiment votre courage.

– Nous n'avons pas peur de la mort, d'autant plus qu'un de nos rêves s'est finalement réalisé : nous avons rencontré le plus grand de tous les *varans*.

– Ce n'est pas moi, mais mon mentor.

– Pas pour nous. Nous avons vu ce que tu es capable de faire malgré le poison qui te tue à petit feu. La force que tu devais déployer avant les blessures que t'a infligées la reine devait être fantastique.

Un sourire triste apparut sur le visage de Thierry. Il n'en avait jamais parlé à Océane, mais ses jours étaient comptés depuis qu'il s'était porté à son secours. Il était cependant bien trop fier pour lui avouer ses faiblesses.

– As-tu connu tes parents, Damalis ?

– Je suis l'aîné, alors il me reste un peu plus de souvenirs que mes frères. J'avais sept ans quand nous avons été adoptés par une famille de l'Alberta. Thaddeus n'était qu'un bébé. Je me souviens de ma mère, une femme aux cheveux dorés comme les blés des prairies et d'une douceur angélique. C'est moi qui l'ai retrouvée éventrée dans la cuisine de notre maison.

– Je suis désolé…

– J'ai fait d'horribles cauchemars jusqu'à mon adolescence, lorsque les premières métamorphoses se sont produites. Le couple qui nous avait adoptés et emmenés vivre loin de toute civilisation était des Neterou. Ils croyaient que nous étions des Dracos qui avaient besoin de leur protection.

– Qu'ont-ils fait quand ils ont découvert que vous étiez des Nagas ?

– Ils s'étaient attachés à nous, alors ils nous ont élevés en respectant nos besoins reptiliens très différents des leurs. Malheureusement, leur trahison est arrivée aux oreilles des Dracos de l'ouest. J'étais à l'université et les plus jeunes étaient au secondaire lorsque nos parents adoptifs ont été sauvagement assassinés. Je suis allé chercher mes frères à l'école et nous avons fui vers le nord, là où les dragons n'aiment pas vivre. J'ai mis fin à mes études et j'ai travaillé pour faire vivre ma famille, tout en cherchant à apprendre tout ce que je pouvais sur notre race.

– Comment avez-vous su que vous aviez l'œil du dragon ?

– J'ai finalement trouvé un havre de paix en Oregon. Pour une raison que j'ignore, les Dracos ne mettent pas le pied dans ce coin des États-Unis. Pendant que mes frères grandissaient en force et en sagesse, le hasard m'a permis de rencontrer un ancien traqueur.

– Il chassait encore ?

– Non. Il avait plus de six cents ans, et comme il le disait souvent, il avait mérité de se reposer. Il nous a tout appris sur nous-mêmes. C'est lui qui a insisté pour que nous maîtrisions tous les arts martiaux.

– Est-ce lui qui t'a parlé de moi ? s'étonna Thierry.

– Oui, c'est lui. Il avait gardé le contact avec d'autres *varans* qui parlaient de toi comme étant celui qu'ils attendaient tous.

– J'ai donc déçu beaucoup de monde.

– Je ne suis pas prêt à dire cela.

– Pourquoi vous êtes-vous arraché l'œil ?

– Parce que, dès que nous sommes sortis de l'Oregon, les Dracos ont recommencé à nous harceler. Nous savions que c'était cette glande sur notre front qu'ils pouvaient détecter.

– Pourtant, les autres reptiliens ne devinent jamais qui je suis, s'étonna Thierry.

– Évidemment, puisque tu possèdes le gène.

– En dépit de cela, si vous aviez gardé l'œil du dragon, vous auriez pu chasser, vous aussi.

– Il nous aurait fallu recevoir le même entraînement que toi, ce que la vie nous a refusé. Nous sommes tout de même devenus de sacrés bons soldats.

– As-tu connu ton père ?

– Je ne l'ai jamais vu. Il est certain qu'il a dû revenir à la maison au moins six fois, car ma mère a mis six garçons au monde.

– Ils ont dû l'exécuter en même temps qu'elle...

– Je déteste les Dracos autant que toi, Théo, alors tout ce que je peux faire pour t'aider, je le ferai.

– Si tu tiens absolument à retrouver Perfidia à Vancouver, j'aimerais que tu te contentes de la localiser et que tu communiques avec moi.

– Où seras-tu ?

– À Jérusalem.

...0039

Même si les agents fantômes opéraient indépendamment de l'ANGE, rien ne défendait aux bases autour desquelles ils opéraient de les observer discrètement. Adielle Tobias avait donc demandé à Eisik d'utiliser les capteurs pour tenir un journal des déplacements d'Océane Chevalier depuis son arrivée à Jérusalem. Assise dans son bureau, ce matin-là, la directrice lisait justement les quelques lignes ajoutées par son technicien.

Yahuda ne s'était pas encore manifesté, mais Adielle ne relâchait pas sa vigilance. Sa mitraillette reposait à côté de ses dossiers et le poignard pendait sur une chaînette à son cou.

– Vous avez une communication de la base de Toronto, annonça l'ordinateur.

– Passez-la-moi.

– Bonjour, Adielle, fit la voix inquiète du directeur canadien.

– Bonjour, Cédric. Je pensais justement à toi.

– En bien, j'espère.

– Oh oui. Je suis très impressionnée par la qualité de tes agents. À Noël, c'était Yannick Jeffrey qui nous éblouissait avec ses pouvoirs surnaturels, et maintenant c'est Océane Chevalier qui réussit à entrer en contact avec sa cible dès le lendemain de son arrivée à Jérusalem.

– Est-elle déjà en danger ?

– Mon rapport indique plutôt le contraire. Il semblerait que notre homme l'ait emmenée dîner hier soir dans un endroit si privé que l'ordinateur n'a pu exercer qu'une surveillance par satellite de cet endroit. Selon nos capteurs, Océane n'est pas rentrée à son hôtel hier soir et elle s'est présentée au travail en retard ce matin. Elle a un sacré charme.

– Rien ne lui résiste, affirma Cédric.

– Si tu veux, je peux te faire parvenir ce rapport tous les jours.

– Je l'apprécierais beaucoup. Tu peux aussi m'appeler directement, s'il devait se produire quelque chose de grave.

– Je n'y manquerai pas, mon cher. À la prochaine.

Adielle en avait assez de rester cachée, mais elle deviendrait trop vulnérable si elle montait à la surface. Pourtant, elle éprouvait une terrible envie de se délier les jambes. « Un peu d'exercice me ferait vraiment du bien. » Elle s'empara de la mitraillette et quitta la petite pièce, où elle commençait à étouffer, et se rendit à la salle de Formation dont l'une des portes donnait sur un vaste gymnase. Autrefois, il y avait toujours de l'activité dans cette salle, mais le peu de personnel qui lui restait travaillait d'arrache-pied devant les ordinateurs.

Elle déposa la mitraillette sur le sol, tout près d'elle, et programma le tapis roulant. Elle commença par une marche rapide, puis fit un peu de course en tenant le poignard doré pressé contre sa poitrine. Au bout d'un moment, l'exercice lui fit oublier ses problèmes et elle cessa de penser à l'ANGE, à l'Antéchrist et aux prophéties bibliques.

Sans faire de bruit, Océlus apparut derrière elle, une dague à la main. Ses yeux brillaient d'une étrange lueur rouge. Ayant bien identifié cette femme comme étant celle qui se trouvait sur la photographie, il avança vers elle à la manière d'un automate.

Adielle sentit une présence ennemie et tourna la tête. Océlus lui empoigna brutalement les cheveux, mais n'eut pas le temps de planter sa lame dans son dos. Ayant arrêté de courir, la directrice fut violemment projetée contre son assaillant par le tapis roulant. Dès qu'elle eut touché le sol, elle se précipita à quatre pattes sur la mitraillette. Le Témoin possédé écrasa Adielle sur le sol avec son pied au moment même où elle étirait la main pour s'en saisir.

– Yahuda, arrête ! cria-t-elle pour le sortir de sa transe.

Elle se débattit et réussit à se tortiller suffisamment pour se retourner sur le côté. La dague s'enfonça dans le plancher en bois. Adielle utilisa ses deux pieds pour frapper Océlus dans le ventre, le projetant sur le dos. Il se redressa presque immédiatement, le visage tordu par la rage. Adielle se remit à genoux et lui montra le poignard doré en se demandant si elle aurait le temps de s'emparer de la mitraillette.

Incapable de s'approcher de la relique, Océlus tendit le bras. Un éclair bleuâtre s'échappa de sa paume, frappant sa victime en pleine figure. Assommée, la directrice s'écroula sur le sol. L'assassin s'approcha d'elle sans se presser. Il dégagea son poignard et le releva en serrant les doigts sur le manche.

Au moment où Océlus l'abattait durement en direction de la gorge d'Adielle, son bras rencontra un obstacle invisible. Le choc lui causa une terrible douleur jusque dans l'épaule et le fit tituber vers l'arrière.

– Laisse-la, fit une voix.

Océlus fit volte-face, croyant que c'était Képhas qui tentait encore une fois de le priver de sa vengeance sur les Romains. Quelle ne fut pas sa surprise d'apercevoir un homme nimbé de lumière blanche !

– Tu as perdu ton chemin, Yahuda. Viens avec moi.
Le Témoin secoua la tête négativement.
– Je suis ici pour te sauver. Je connais le mal qui te ronge.
L'étranger s'approcha très lentement, jusqu'à ce que sa large auréole effleure l'apôtre. Ce dernier cligna des yeux comme s'il se réveillait d'un mauvais rêve.
– Qui êtes-vous ? murmura-t-il.
– Je suis Reiyel. Le Père aimerait que tu me suives.
Il lui tendit la main. En pleurant, Océlus avança la sienne et comprit, au contact des doigts lumineux, qu'il s'agissait d'un ange. Les deux créatures divines disparurent au moment où Eisik et l'équipe d'urgence bondissaient dans le gymnase pour secourir Adielle.

À découvrir dans le tome 5...

Codex Angelicus

Vincent ne savait pas exactement ce qu'il cherchait. Tout ce qu'il savait des textes sacrés, il l'avait entendu de la bouche de Yannick. C'était en fait la première fois qu'il ouvrait la Bible. Il commença par la feuilleter au hasard. Peut-être les *malachims* en profiteraient-ils pour lui transmettre un nouveau message... Au bout d'un moment, il dut se rendre à l'évidence qu'il suivait une fausse piste. Il alla se chercher du café et constata qu'il était tard. L'équipe de jour venait de quitter la base. La nuit, Cédric ne gardait désormais sur place que des effectifs réduits. Lorsqu'il revint aux Laboratoires, il n'y avait plus personne.

En avalant son café par petites gorgées, il se tortura les méninges pour trouver une façon ingénieuse de s'attaquer à son problème. Un vent froid souleva alors ses mèches blondes. Il pivota pour voir si quelqu'un avait ouvert la porte. Un frisson d'horreur parcourut sa colonne vertébrale quand il découvrit qu'elle était bien fermée. Un léger crépitement le fit sursauter. Il se tourna vers sa table de travail. Les pages de la Bible s'étaient mises à tourner, comme mues par une main invisible.

– Vincent, calme-toi, murmura le savant, de plus en plus pâle.

Le phénomène cessa au bout de quelques secondes. S'efforçant de respirer le plus normalement possible, le jeune savant avança la main vers le livre. Un rayon aveuglant s'en échappa à la verticale. Vincent en fut si surpris qu'il se projeta lui-même sur le sol avec sa chaise et en perdit presque ses lunettes. Il se redressa sur ses coudes et assista à une scène sortie tout droit d'un film de science-fiction. Au lieu de s'estomper, la lumière continuait de sortir du milieu de l'ouvrage en s'agrandissant comme un entonnoir et formait un cercle au plafond.

« Pourquoi l'ordinateur ne donne-t-il pas l'alerte ? s'alarma Vincent. Est-ce que je suis le seul à voir ce faisceau qui ne devrait pas être là ? » Il se demanda s'il ne s'était pas endormi sur son clavier. Tout ceci n'était peut-être qu'un rêve... Rassemblant son courage, il se releva et s'approcha de la table. Un être, dont il ne vit d'abord que le contour, apparut dans la lumière.

– Pas un autre démon, s'effraya Vincent.

Il tourna les talons avec l'intention de quitter les Laboratoires et de ne plus jamais y mettre les pieds.

– Vincent, l'appela une voix d'une exquise douceur.

Le jeune savant venait de poser la main sur la poignée de la porte. Il ne fit que tourner légèrement la tête, comme s'il ne voulait qu'entrevoir la créature. Il découvrit, à son grand étonnement, qu'il ne s'agissait pas d'une entité démoniaque. Au contraire, l'homme dont on ne voyait que le torse ne pouvait pas être autre chose qu'un ange. Il ne portait aucun vêtement. Ses longs cheveux blonds balayaient ses épaules et sa poitrine, comme s'il avait été captif d'un tourbillon de vent. Dans son dos s'ouvraient deux larges ailes recouvertes de plumes blanches.

– Qui êtes-vous ? balbutia Vincent.

– Je suis Haaiah, de la Sephirah Hesed. Je suis le Tisserand du Temps.

– Vous ressemblez étrangement à un prêtre que je connais. Il s'appelle Reiyel Sinclair.

Un large sourire apparut sur le visage parfait de l'ange.
— Nous sommes tous les deux sous le commandement de l'Archange Zadkiel.
— Mais lui, il n'est pas tout en lumière comme vous... Il a un corps physique comme moi.
— Nous avons tous la possibilité d'œuvrer sur ce plan ou dans l'autre.
— D'être matériels ou pas, vous voulez dire ?
— Reiyel a pour devoir de libérer les âmes du mal, des sortilèges et des ensorcellements. Mon rôle est de protéger ceux qui recherchent la vérité et la contemplation des choses divines.
— Dans ce cas, vous tombez pile.
— Je suis celui qui permet de comprendre la parole du sage. Je suis la source de vos origines, la mémoire de la nature humaine.
— Avez-vous rédigé la Bible ?
— Peu d'humains ont cette extraordinaire qualité d'aller droit au but, Vincent.
— C'est donc vous...
Le jeune savant était à la fois étonné et admiratif.
— Je suis l'infini, le passé et le futur, poursuivit Haaiah. Je suis la force du Verbe, la conscience ultime en devenir.
— Des milliers de personnes ont ouvert ce livre. Leur êtes-vous toutes apparu ?
— Tu es le deuxième, car malgré toutes leurs bonnes intentions, même les plus grands chercheurs ne savent pas toujours où chercher.
— Je travaille sur les codes secrets depuis des heures et pourtant, je m'acquitte assez facilement de ce genre de travail. Je commençais à me douter que l'auteur de ces textes n'était pas de ce monde. Mais comment avez-vous fait pour écrire un livre à l'intérieur d'un autre livre ?

– Mon esprit ne fonctionne pas comme celui des humains. Il est partout à la fois.

– Et vous connaissiez l'avenir du monde quand vous l'avez écrit, c'est cela ?

– Le temps n'existe pas pour les êtres qui habitent ma dimension. Tout se passe en même temps dans notre esprit.

– C'est fascinant…

Vincent remit sa chaise sur pied et prit place devant le bel ange lumineux.

– J'ai trouvé les noms de mes collègues dans cet ouvrage vieux de trois mille ans et, avec ces noms, des faits troublants, ce qui me porte évidemment à conclure qu'il y a tout un autre texte sous celui qu'on veut bien nous laisser lire, pas seulement quelques mots au hasard. Mais je n'arrive pas à obtenir la clé qui me permettrait de l'en extraire en entier.

– Nous savions que ce jour arriverait.

– Vous serait-il possible de me donner un petit coup de pouce ?

– Il est écrit qu'au début de la fin des temps, l'homme découvrirait enfin ses véritables origines. Toutefois, cette ultime révélation, si elle est mal utilisée, pourrait avoir de fâcheuses conséquences.

– Pour moi ou pour tout l'univers ?

– Pour tout ce qui a été créé et qui vit.

– C'est une grosse responsabilité…, se découragea Vincent. Moi, tout ce que je veux, c'est empêcher mes amis de se faire tuer.

– Et si tel était leur destin ?

Vincent baissa misérablement la tête. Qui était-il pour décider du sort du monde ?

– Reiyel me dit que je peux te faire confiance, Vincent, continua Haaiah.

Avant que l'informaticien n'ait pu ouvrir la bouche pour se déprécier, l'ange se mit à tourner sur lui-même, agitant les feuilles du livre. Puis il disparut aussi abruptement qu'il était apparu. Vincent demeura interdit un moment, se demandant s'il avait rêvé cette extraordinaire rencontre. Il avança prudemment sa main vers la Bible et la toucha du bout des doigts. Elle n'était pas chaude comme il s'y attendait. Il s'approcha donc de la table de travail avec l'intention de la refermer, lorsqu'il vit qu'elle n'était plus écrite de la même façon ! Le texte était manuscrit !

– Mais comment…, balbutia Vincent.

Il vérifia un peu partout dans l'ouvrage : à la fin, au début, au milieu. Tout y était écrit à la main et en français, de surcroît ! Il revint à la première page et se mit à lire, écarquillant de plus en plus les yeux. L'auteur ne s'exprimait plus en allégories ou en paraboles. En fait, il ne pouvait pas être plus clair.

Vincent n'était pas pratiquant, mais il connaissait les grandes lignes de sa religion. La traduction les reprenait une à une, mais avec des éclaircissements supplémentaires. La création du monde ne s'était pas produite en quelques jours, mais en quelques milliards d'années. Adam et Ève avaient bel et bien existé, mais ils avaient été fabriqués dans des éprouvettes et ensemencés sur la Terre. « Je savais bien que nous ne pouvions pas descendre du singe », songea le jeune savant, soulagé. Les communications entre le Ciel et les hommes mentionnées dans l'Ancien Testament avaient bel et bien eu lieu, sauf qu'elles avaient parfois été déformées, car elles allaient au-delà de la compréhension des gens de l'époque.

RETROUVEZ
VOTRE SÉRIE CULTE

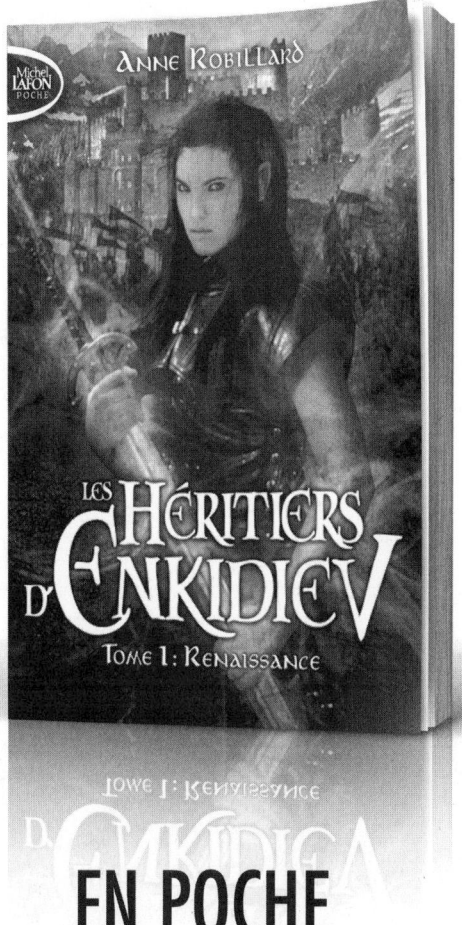

EN POCHE

Lire en série

**Découvrez nos coulisses,
nos actualités
et participez à des concours exclusifs sur :**

- Michellafonjeunesse
- @ Serial Lecteur
- Michel Lafon Jeunesse
- Michellafon
- Newsletter

**Et retrouvez toutes nos parutions
sur notre site internet
www.lire-en-serie.com**

Composition et mise en pages
Nord Compo à Villeneuve-d'Ascq

Imprimé en Espagne
Dépôt légal : juin 2016
ISBN : 979-10-224-0127-2
POC 0102